GERECHTIGKEIT FÜR MICKIE

BADGE OF HONOR: DIE TEXAS HEROES

BUCH 2

SUSAN STOKER

Hilfe für Penny
Hilfe für Kara
Hilfe für Jennifer

Das Bergungsteam vom Eagle Point

Ein Retter für Lilly
Ein Retter für Elsie
Ein Retter für Bristol
Ein Retter für Caryn
Ein Retter für Finley
Ein Retter für Heather
Ein Retter für Khloe

Die SEALs von Hawaii:

Die Suche nach Elodie
Die Suche nach Lexie
Die Suche nach Kenna
Die Suche nach Monica
Die Suche nach Carly
Die Suche nach Ashlyn
Die Suche nach Jodelle

Die Zuflucht in den Bergen

Zuflucht für Alaska
Zuflucht für Henley
Zuflucht für Reese
Zuflucht für Cora
Zuflucht für Lara
Zuflucht für Maisy
Zuflucht für Ryleigh

<u>SEALs of Protection: Legacy</u>

Ein Beschützer für Caite
Ein Beschützer für Brenae
Ein Beschützer für Sidney
Ein Beschützer für Piper
Ein Beschützer für Zoey
Ein Beschützer für Avery
Ein Beschützer für Kalee
Ein Beschützer für Jane

<u>Mountain Mercenaries:</u>

Die Befreiung von Allye
Die Befreiung von Chloe
Die Befreiung von Morgan
Die Befreiung von Harlow
Die Befreiung von Everly
Die Befreiung von Zara
Die Befreiung von Raven

<u>Ace Security Reihe:</u>

Anspruch auf Grace
Anspruch auf Alexis
Anspruch auf Bailey
Anspruch auf Felicity
Anspruch auf Sarah

<u>Die Delta Force Heroes:</u>

Die Rettung von Rayne
Die Rettung von Emily
Die Rettung von Harley
Die Hochzeit von Emily

Die Rettung von Kassie
Die Rettung von Bryn
Die Rettung von Casey
Die Rettung von Wendy
Die Rettung von Sadie
Die Rettung von Mary
Die Rettung von Macie
Die Rettung von Annie

Delta Team Zwei
Ein Held für Gillian
Ein Held für Kinley
Ein Held für Aspen
Ein Held für Jayme
Ein Held für Riley
Ein Held für Devyn
Ein Held für Ember
Ein Held für Sierra

SEALs of Protection:
Schutz für Caroline
Schutz für Alabama
Schutz für Fiona
Die Hochzeit von Caroline
Schutz für Summer
Schutz für Cheyenne
Schutz für Jessyka
Schutz für Julie
Schutz für Melody
Schutz für die Zukunft
Schutz für Kiera

Cruz Livingston atmete tief durch und zwang sich dazu, sich zu entspannen. Seit einem Monat – nein, seit sechsundzwanzig Tagen, um genau zu sein – ermittelte er verdeckt im *Red Brothers Motorradclub* und seiner Meinung nach dauerte es bereits sechsundzwanzig Tage zu lange. Einsätze, bei denen verdeckt ermittelt werden musste, waren nie einfach, aber dieser hatte während der gesamten Zeit einem Ausflug in die Hölle geglichen.

Er hatte nicht erwartet, dass der Job ein Kinderspiel werden würde, aber er war offensichtlich weich geworden, denn Cruz wusste, dass der Mist, den er zwangsweise tun musste, um sich »zu beweisen«, ihn noch lange verfolgen würde. Gott sei Dank war er nicht dazu gedrängt worden, jemanden zu töten oder zu vergewaltigen, aber er hatte Männer bedroht und verprügelt und Drogen verkauft. Es war der Drogenverkauf gewesen, der ihn beinahe gebrochen hätte.

Es war ironisch, dass genau der Grund, warum er sich für diesen verdeckten Einsatz entschieden hatte –

nämlich um den Drogenverkauf zu *stoppen* –, die Sache gewesen war, zu der er zu Beginn seines Einsatzes gezwungen worden war.

Cruz hatte von Ransoms angeblicher Freundin, der Person, der er sich annähern sollte, um Informationen über den Präsidenten zu bekommen, bisher nicht viel gesehen. Ihr Name lautete Angel, aber soweit Cruz es beurteilen konnte war sie nicht seine Freundin, sondern vielmehr eine Frau, mit der er vögelte. Cruz hatte gesehen, wie Ransom Frauen mitten im Clubhaus gefickt hatte, ohne sich darum zu scheren, wer zuschaute, deshalb legte er offensichtlich keinen großen Wert darauf, Angel treu zu sein.

Cruz' eigentlicher Plan hatte vorgesehen, eine enge Verbindung zu der Freundin aufzubauen und zu sehen, was er durch sie über die Operation herausfinden konnte. Aber ihm war schnell klar geworden, dass das nicht funktionieren würde. Ransom interessierte sich einen Scheiß für Angel, deshalb wäre es für ihn auch überaus seltsam, sich mit der Frau anzufreunden.

In Motorradclubs hingen für gewöhnlich zwei Arten von Frauen herum: Die alten Damen der Biker und die Clubhuren. Die alten Damen wurden in gewisser Weise von den anderen Clubmitgliedern respektiert und von den Huren oder irgendjemand anderem außerhalb der eng verbundenen Gruppe respektlos behandelt. Die Huren auf der anderen Seite waren zum Ficken und Ausnutzen dort. Punkt. Die Huren waren sich ihrer Stellung bewusst und beschwerten sich nie darüber, da sie ständig darauf hofften, eines Tages die Aufmerksamkeit von einem der

Mitglieder zu erwecken und zu einer alten Dame zu werden.

Cruz ging aber davon aus, dass viele eher wegen der Drogen dort waren, die ihnen im Gegenzug für ihre Dienste gegeben wurden, als wegen des Wunsches, eine alte Dame zu werden. Es war für ihn schwierig zu verstehen, warum irgendeine Frau es sich gefallen lassen würde, so schlecht behandelt zu werden wie die Huren in diesem Club, kostenlose Drogen hin oder her.

In den sechsundzwanzig Tagen, die Cruz nun Clubanwärter war, hatte er die schlimmste Behandlung von Frauen gesehen, die er in seinem gesamten Leben jemals das Pech hatte zu beobachten, und das sollte etwas heißen. Sein Job als Mitglied des FBI beinhaltete einige wirklich furchtbare Dinge, aber zuzusehen, wie zehn Mitglieder des *Hermanos Rojos Motorradclubs* Gruppensex mit einer zugedröhnten, halb bewusstlosen Frau vollzogen und sich nicht darum scherten, wie grob sie waren, war eins der schlimmsten gewesen. Cruz hatte einzig wegen seines Status als Anwärter nicht mitmachen müssen. Bis er im Club als »würdig« angesehen wurde, durfte er an den Orgien nicht teilnehmen. Gott sei Dank.

Cruz wusste, dass er nicht alle retten konnte, aber zuzusehen, wie die Frauen von den Mitgliedern des MCs im Grunde genommen vergewaltigt wurden, ließ ihn an seine Ex-Frau denken. Sie war zwar nie vergewaltigt worden, aber es war Cruz nicht möglich gewesen, sie vor anderen anrüchigen Seiten des Lebens zu beschützen.

Cruz schüttelte den Kopf und strengte sich an, wieder in seine Rolle zurückzufinden. In der Mitte des Clubhauses der *Red Brothers* war nicht der Zeitpunkt, um sich an die gescheiterte Beziehung zu seiner Ex-Frau zu erinnern.

»Hey, Smoke, beweg deinen Arsch hierher!«, brüllte Ransom einmal durchs Zimmer.

Als Cruz dem Club beigetreten war, hatte er sich den Spitznamen Smoke ausgesucht. Er hatte sich nicht die Mühe gemacht, ihn zu erklären, und es den Clubmitgliedern überlassen, sich ihre eigene Meinung über den Namen zu bilden. Tatsächlich war es sein Freund Dax gewesen, dem dieser Spitzname eingefallen war. Die beiden hatten gescherzt, dass er wie Rauch sei ... er würde sich in jedem Winkel der *Hermanos Rojos* festsetzen und hoffentlich der Grund dafür sein, dass ihnen schließlich das Handwerk gelegt wird.

Cruz war nur in der Lage gewesen, in den MC einzudringen, weil ein FBI-Agent, der in Texas nahe der Grenze zu Mexiko langfristig in einem anderen Club verdeckt ermittelt hatte, für ihn gebürgt hatte, als Ransom und sein Vizepräsident sich nach ihm erkundigten. Allein die Tatsache, dass es ihm gestattet war, das Clubhaus zu betreten, und in vieles von dem eingeweiht zu sein, was dort vor sich ging, war ein riesiger Schritt, um Informationen über den Club zu sammeln und hoffentlich eine der vielen Eintrittsstellen lahmzulegen, über die Drogen in die Stadt gelangten.

Er hatte Ransom und den anderen erzählt, dass er Teilzeit als Sicherheitsbeamter in einem Einkaufszentrum arbeitete. Er musste irgendeinen Job haben und eine Tätigkeit, die direkt mit dem Gesetzesvollzug zu tun hatte, stand definitiv außer Frage, doch er brauchte darüber hinaus einen Grund, warum er relativ adrett aussah und nicht so raubeinig wie ein Biker.

Cruz schlenderte zu Kitty, Tick und drei anderen Mitgliedern des Clubs hinüber.

»Was gibt's?«, fragte Cruz und hob das Kinn in Richtung der Jungs.

»Ich habe einen Job für dich«, sagte Ransom verächtlich. Offensichtlich war er wegen irgendetwas verärgert. »Ich halte mir eine Muschi warm, aber sie geht mir langsam auf die Nerven. Du weißt schon, anspruchsvoll und dieser Scheiß, aber weil ich Pläne mit ihr habe, kann ich sie nicht verärgern. Sie hat angerufen und darauf bestanden, heute Abend ins Clubhaus zu kommen. Ich will ihren Arsch eigentlich nicht in der Nähe des Clubhauses haben, aber wenn ich sie benutzen will, um qualitativ bessere Kunden zu bekommen, muss ich nachgeben. Ich will, dass du losfährst und sie abholst.«

Cruz' Gedanken überschlugen sich. Er ging davon aus, dass Ransom über Angel sprach, war aber nicht darin eingeweiht, welche Kunden Ransom glaubte, bekommen zu können, wenn er sie benutzte. Cruz fragte sich, welche anderen Pläne der Clubpräsident wohl noch hatte.

»Sicher. Wie sieht die Schlampe aus?« Cruz' sprach die Worte abfällig und mit genau dem richtigen Maß an Arroganz aus.

»Sie ist groß und dünn mit großen Titten, das macht sie gut zum Ficken. Sie hat langes blondes Haar und bildet sich ein, mit einem echten, lebendigen MC-Präsidenten eine Liebesbeziehung zu führen.« Die anderen

Kerle lachten, als hätte Ransom soeben das Lustigste gesagt, was sie jemals gehört hatten.

»Wie kommt's, Präsi?« Cruz wusste, dass er sein Glück herausforderte, aber er wollte sehen, ob er nachbohren und herausfinden konnte, ob der einzige Grund, dass der Mann mit Angel herumhing, darin bestand, dass er sich ihren Freundinnen annähern wollte.

»Es kommt daher, dass wir versuchen, das Geschäft auszuweiten. Angel ist hübsch anzusehen, aber dumm wie Brot. Sie hat Zugang zu einem ganz neuen Kundenstamm ... schicke, reiche Weiber ... und an die müssen wir rankommen. Sie ist so entzückt von meiner Rolle und von meinem Schwanz, dass sie alles tut, was ich ihr sage. Ich weiß, dass sie weiterhin meinen MC-Präsidentenschwanz lutschen will, deshalb wird sie auch alles tun, was ich von ihr will, ohne Fragen zu stellen.«

Cruz gefiel nicht, was er hörte, bewahrte aber einen neutralen Tonfall. »Also, ich hole sie ab und bringe sie hierher, und was dann?«

»Dann schmeißen wir eine langweilige Party mit den alten Damen, es werden keine Huren zugegen sein, sie wird sehen, dass wir harmlos sind, wie ein lebensechter, beschissener Liebesroman oder eine dämliche Fernsehsendung, und fröhlich ihres Weges gehen. Ich mache sie süchtig nach mir und dem Lebensstil, den sie glauben will, und sie wird meine Eintrittskarte sein, um mein Zeug an ihre reichen Freundinnen zu verkaufen.«

Cruz drehte sich der Magen um. Er fragte sich, ob es mit seiner Ex auch so begonnen hatte. Er kannte Angel zwar nicht, aber er wollte auf keinen Fall an irgendetwas teilhaben, das Ransom mit ihr vorhatte, geschweige denn mit ihren Freundinnen.

Als er sich für den Einsatz freiwillig gemeldet hatte, war sein Ziel gewesen, etwas Wissen zu erlangen, mit dem das FBI zumindest einen der Wege, über den Drogen in die Stadt gebracht wurden, stillzulegen, und falls notwendig, den Grundstein dafür zu legen, längerfristig einen Agenten in den Club einzuschleusen. Da Cruz nicht monatelang dort bleiben sollte, war es seine Aufgabe, Beweise für den Drogenverkauf zu sammeln, damit das FBI ein Auge auf den Club behalten und – sofern die Dinge nach Plan verliefen – ebenfalls einige ihrer Kontaktpersonen ausschalten konnte. Niemand wusste, wie eng die *Hermanos Rojos* mit den großen Fischen verbunden waren.

Die Tatsache, dass Ransom unschuldige Frauen benutzen würde – wenngleich es immer eine Möglichkeit gewesen war, da sie von Angels Beteiligung gewusst hatten –, war etwas, das für Cruz niemals in Ordnung wäre. Wenn er Angel retten konnte, während er vor seinem Ausstieg einige ihrer Lieferwege zerstörte, umso besser.

»Klingt ganz einfach. Ich hole sie ab und bringe sie hierher. Verstanden. Hast du ihre Adresse?«

»Besser. Ich verfolge ihren Standort. Ich habe heimlich einen Peilsender in ihrer Handtasche versteckt. Die Schlampe geht nirgends ohne diese riesige Scheißtasche hin.« Ransom warf Cruz ein winziges elektronisches Gerät zu. »Du wirst sehen, wo sie ist. Sorge dafür, dass ihr Arsch um zwanzig Uhr hier ist. Wir ziehen die Party-Nummer ab, ich nehme sie mit nach Hause, ficke sie und bin bis dreiundzwanzig Uhr wieder hier. Und dann feiern wir eine *richtige* Party.«

Die anderen Männer um ihn herum lachten derb.

Ransom sah die Mitglieder seines Clubs an. »Sorgt dafür, dass die Huren bis dahin wieder da sind. Ich habe heute Abend Lust auf einen Gruppenfick. Angels enge Muschi reicht mir einfach nicht aus. Es gibt nichts Besseres, als eine Hure zu ficken, wenn sie festgebunden ist und sich windet, während sie um mehr bettelt.«

Cruz lachte mit den anderen Männern über die Worte des Präsidenten, zuckte jedoch innerlich zusammen.

»Eine Sache noch, Smoke«, warnte Ransom, als Cruz sich gerade entfernen wollte.

Cruz drehte sich wieder zum Präsidenten um und hob das Kinn.

»Angel hat ein Miststück von einer Schwester, die nicht will, dass sie irgendetwas mit dem Club zu tun hat. Sie geht Angel damit auf die Nerven und ich bin es leid. Tu, was immer du tun musst, um ihren Nuttenarsch fernzuhalten, selbst wenn das bedeutet, dass du sie für einige Zeit außer Gefecht setzen musst. Diese Schlampe kommt meinen Plänen besser nicht in die Quere, andernfalls wird sie sich so verletzt wiederfinden, dass sie nicht mehr in der *Lage* sein wird, mir Ärger zu machen.«

KAPITEL ZWEI

Michelle »Mickie« Kaiser saß ihrer Schwester in dem kleinen Restaurant gegenüber und versuchte, sie zur Vernunft zu bringen.

»Angel, diese Kerle sind gefährlich, ernsthaft. Das habe ich dir schon eine Million Mal gesagt.«

»Und ich sage *dir* immer wieder, dass du dich verdammt noch mal zurückhalten sollst. Ransom mag dich schon jetzt nicht. Er weiß, dass du bei mir immer mit der gleichen Leier anfängst, und er hat die Schnauze voll davon. Ich hatte gehofft, du würdest mich unterstützen und mit meinem Freund befreundet sein, aber du hast noch *nie* irgendeinen der Männer gemocht, mit denen ich zusammen war.«

»Du weißt, dass das nicht stimmt. Ich bin einfach nur der Meinung, dass du etwas Besseres haben könntest. Ehrlich gesagt glaube ich, dass Ransom dich benutzt.«

»Wie benutzt er mich? Hä? Sag mir das mal. Er schwärmt von mir, er kauft mir Sachen und er *hört mir zu*, wenn ich rede, was mehr ist, als du tust.«

Mickie strengte sich sehr an, nicht aus der Haut zu fahren. »Denk doch mal nach, Angel. Erstens, er ist mindestens zwanzig Jahre älter als du. Eigentlich ist das sogar irgendwie eklig. Darüber hinaus hat er dich noch nie zu sich nach Hause eingeladen, wo auch immer das sein mag. Er kommt zu dir in die Wohnung, vögelt dich und haut wieder ab. Er geht nie mit dir aus. Nicht ins Kino, nicht zum Abendessen, gar nichts. Dir billige und nuttige Unterwäsche zu kaufen ist keine Liebe. Er ist unheimlich und überaus Furcht einflößend.«

Angel warf ihr Haar nach hinten, sodass es ihr in Wellen über den Rücken fiel. Sie beugte sich über den Tisch und sah ihre Schwester aus zusammengekniffenen blauen Augen an. »Er liebt mich, Mickie. Warum kannst du dich nicht für mich freuen?«

Mickie warf die Hände in die Luft und lehnte sich seufzend zurück. Sie war nicht überrascht, dass Angel alles ignorierte, was sie sagte. Sie versuchte, leise und vernünftig zu sprechen. »Ich will genauso wie du, dass du Liebe findest, aber Ransom liebt dich nicht, Angel. Er benutzt dich. Ich weiß nicht, warum oder wie, aber er tut es.«

»Er benutzt mich *nicht*. Es gefällt ihm, von meinen Freundinnen zu hören. Er *interessiert* sich für mich und mein Leben. Und nur, damit du es weißt, er hat mich heute Abend zu einer Party in sein Clubhaus eingeladen. Er will vor seinen Freunden mit mir angeben. Du wirst schon sehen. Er ist in Ordnung.«

»Oh mein Gott!« Mickie verlor langsam die Geduld mit ihrer jüngeren Schwester. »Das hier ist *kein* Liebesroman. Er ist *kein* guter Mann, Angel. Du wirst mit ihm keine Herzen und Blumen finden. Er hat dich zu einer Party in sein Clubhaus eingeladen? Weißt du, was an diesen Orten vor sich geht? Noch mal, es ist nicht so wie in diesen MC-Büchern, die du liest. Er nimmt Drogen, vermutlich handelt er mit Waffen – verdammt, höchstwahrscheinlich hat er einen Stall voller Frauen, die für ihn anschaffen gehen.«

»Das hat er nicht! Herrgott, du musst immer alles schlechtmachen!«

»Du weißt rein gar nichts über ihn, Angel. Ich habe recherchiert –«

»Oh, auf gar keinen Fall! Ich will es nicht hören.«

»Nein, ernsthaft, Angel. Er wurde verhaftet –«

Angel stand vom Tisch auf, stemmte die Hände in die Hüften und starrte ihre Schwester von oben an. »Nein, es ist mir ernst. Du hast jeden Typen gehasst, mit dem ich je zusammen war. Nur weil es dir peinlich ist, dass du schlecht im Bett warst und dein Mann dich für eine andere Frau verlassen hat, heißt das noch lange nicht, dass *jeder* Kerl so ist wie *er*. Sieh dich doch an! Kein Mann wird sich jemals mehr nach dir umgucken. Dein Haar ist zu kurz, niemand mag kurze Haare. Du bist fett, du hast keinen Sinn für Stil und du bist eine nervige Kuh. Es ist nicht so, als würdest du jemals einen meiner Liebesromane lesen und verstehen, wie es in der MC-Welt zugeht. Unter seiner rauen Schale ist er ein guter Kerl. Ich habe es gesehen. Also lass mich in Ruhe. Nur weil Ransom trinkt und raucht und ab und zu einen Stripclub besucht, heißt das nicht, dass er ein schlechter Mann ist.«

Mickie ignorierte den Schmerz, den die Worte ihrer Schwester hervorriefen, und versuchte es noch einmal.

»Ich sage ja nur, dass du auf dich aufpassen sollst. Bitte, Angel, ich weiß, du denkst, dass alle MC-Typen unter ihrem knallharten Äußeren weich wie Marshmallows sind. Dass sie schlimme Dinge zum Wohle der Gemeinschaft tun, aber diese Kerle sind *nicht* so. Sie tun schlimme Dinge, um schlimme Dinge zu tun. Sie brechen das Gesetz und sie sind furchterregend, Schwesterchen. Schlägertypen. Ich will nicht, dass du verletzt wirst.«

»Fick dich, Mickie. *Du* bist nicht glücklich, deshalb willst du *mich* nicht glücklich sehen. Ich glaube, ich möchte nicht mehr mit dir sprechen. Viel Glück mit deinem Leben. Du bist einsam und jämmerlich, und du wirst es für immer bleiben.«

Angel stürmte aus dem Restaurant und ihr blondes Haar wehte hinter ihrem perfekten Körper, als sie das Lokal verließ. Mickie schob ihren Teller von sich und ließ den Kopf geschlagen auf die Arme sinken. »Das ging daneben«, murmelte sie leise.

Mickie hatte keine Ahnung, warum sie weiterhin versuchte, auf Angel aufzupassen. Es war auf absurde Weise offensichtlich, dass ihre Schwester nichts mit ihr zu tun haben wollte. Sie konnte es aber nicht einfach so abstellen. Sie liebte ihre Schwester, ganz egal wie schlecht Angel sie behandelte. Sie hoffte weiterhin, dass Angel irgendwann erwachsen werden würde und die beiden ein schwesterliches Verhältnis miteinander haben könnten.

Mickie war zehn Jahre älter als sie. Angel war ein »Hoppla«-Baby gewesen und als sie geboren wurde, hatten ihre reichen Eltern mit einem weiteren Kind eigentlich nicht noch einmal von vorn anfangen wollen. Sie wälzten sehr viel Verantwortung auf Mickie ab, ihre Schwester großzuziehen, und überließen ihr weitgehend das Babysitting. Als Mickie aufs College gehen wollte, überzeugten ihre Eltern sie davon, die örtliche Volkshochschule zu besuchen und zu Hause zu wohnen, anstatt wegzuziehen. Sie wollten ihr unbezahltes Kindermädchen nicht verlieren.

Mickie hasste es, schlecht über ihre eigenen Eltern zu denken, aber als ihr endlich klar wurde, dass sie ihr ein schlechtes Gewissen damit gemacht hatten, weil sie auf ein weit entferntes College gehen wollte und Angel sie sehr vermissen würde, hatte sie ihre Entscheidung bereits gefällt.

Bis Angel in der Mittelstufe war, war Mickie von ihren Eltern so sehr manipuliert worden, dass sie gelernt hatte, sich wie ein Profi zu verhalten. Ihre Eltern gaben ihr alles, was sie wollte, nur, um sie ruhigzustellen und sie sich vom Hals zu halten. Mickie hatte versucht, Angel beizubringen, was richtig und was falsch war, doch an irgendeinem Punkt hatte Angel entschieden, dass ihre Schwester der Feind war.

Die beiden könnten nicht unterschiedlicher aussehen. Niemand kam jemals darauf, dass die beiden Schwestern waren. Angel war groß, schlank und hatte blonde Haare, Mickie hatte Kurven und ihr Haar war schwarz. Sie trug es kurz und hatte keinerlei Interesse an Make-up, Mode oder daran, den Menschen um sich herum zu gefallen. Sie sagte, was sie sagen wollte, und scherte sich nicht darum, was die anderen dachten. Angel auf der anderen Seite lief bereits in der sechsten

Klasse stark geschminkt herum und war mit mehr Jungs zusammen gewesen, als Mickie überhaupt zählen konnte.

Angels Worte hatten ihr wehgetan, aber leider war Mickie daran gewöhnt. Sie wollte ihnen keine Beachtung schenken, konnte aber nichts dagegen tun. Jedes Mal wenn Angel nicht das hören wollte, was Mickie ihr zu sagen hatte, schlug sie zurück, indem sie ihr Aussehen oder ihre katastrophale Ehe erwähnte. Es gab Tage, an denen Mickie der Meinung war, dass sie gut aussah, aber Angels Worte konnten sie trotzdem manchmal dort treffen, wo sie am verletzlichsten war, und dann glaubte sie wieder, dass sie nicht so hübsch war wie ihre Schwester.

Angel sagte ihr ebenfalls immer, dass sie nie wieder mit ihr sprechen würde, aber Mickie wusste, dass ihre Schwester beim nächsten Mal, wenn sie etwas brauchte, praktischerweise vergessen würde, was sie in der Vergangenheit von sich gegeben hatte, und sie um Hilfe bitten würde.

Mickie ignorierte den Schmerz in ihrer Magengegend und dachte über diesen Ransom-Typen nach. Er machte ihr schreckliche Angst. Er war kein guter Mensch und sie wusste, dass sie es sich niemals verzeihen würde, wenn sie nicht *versucht* hätte, Angel zu warnen. Selbst wenn die beiden nicht miteinander auskamen, liebte sie Mickie trotzdem. Sie war ihre Schwester. Ihre jüngere Schwester. Das Mädchen, das ihre Hand gehalten hatte, als sie klein war. Das Mädchen, das größtenteils von Mickie aufgezogen worden war. Schon vor dem Mittagessen hatte Mickie gewusst, dass es unwahrscheinlich wäre, Angel davon abzubringen, mit dem Präsidenten des Motorradclubs zusammen zu sein, aber sie hatte es versuchen müssen.

Eine Sache musste Mickie Angel jedoch lassen. Ransom war ein gut aussehender Mann. Er war Mitte vierzig und hatte dunkelbraunes Haar. Er hatte einen Bart, aber keinen dieser langen, flusigen Bärte. Ransoms Bart war ordentlich und gepflegt. Er reichte bis etwa zwei Zentimeter unter sein Kinn und sah tatsächlich weich aus. Er war einige Zentimeter größer als Angel, vermutlich etwas über eins achtzig. Er war nicht total muskulös und könnte es vertragen, fünf Kilo weniger zu wiegen, aber er war nicht übergewichtig. Die wenigen Male, die Mickie ihn gesehen hatte, hatte er seine Lederweste mit nichts darunter getragen. Er hatte keinen Bierbauch, aber durchtrainierte Bauchmuskeln waren ebenfalls nicht vorhanden.

Alles in allem war er kein Troll, aber es war der Ausdruck in seinen Augen, der Mickie am meisten Angst machte. Er war kalt. Kalt, hart und leer, als hätte er keinerlei Moral und als würde es ihn einen Dreck interessieren, ob er jemand anderen verletzte. Und genau darum ging es ihr. Mickie wollte nicht, dass Angel diejenige war, bei der er sich nicht darum scherte, ob er ihr wehtat.

Mickie hatte ein wenig über Ransom und seinen Motorradclub recherchiert. Es war tatsächlich eine Bande. Sie nannten sich die *Red Brothers* oder *Hermanos Rojos*, und eine Geschichte besagte, dass der Name auf das viele Blut zurückzuführen sei, das sie in der Stadt vergossen hatten.

Als sei das nicht bereits ausreichend, um Mickie

Angst einzujagen, hatte sie gelesen, dass die Bande in den Drogenhandel verwickelt war, ihr ein Stripclub gehörte, der mehr als einmal wegen Prostitution geschlossen worden war, und dass ein Bandenmitglied im Jahr zuvor wegen Mordes zu einer Gefängnisstrafe verurteilt worden war.

Jeder Mann in der Bande hatte eine Tätowierung mit dem Schriftzug »Loyalität dem Einen«, was auch immer das bedeuten mochte. Mickie hatte ein Bild der Tätowierung in einem Zeitungsbericht über den Club gesehen. Die Männer in der Bande wurden anscheinend mit der Tätowierung »geehrt«, nachdem sie als vollwertige Mitglieder aufgenommen worden waren. Sie war riesig, verlief von Schulter zu Schulter über den gesamten Rücken und reichte bis fast hinunter zum Hintern. Es war eine Nachahmung von Justitia, aber anstelle der Frau war es ein Mann, der auf einem Motorrad saß. Anstatt eines Schwertes hielt er eine Pistole in der einen Hand und anstatt der Gerechtigkeitswaage streckte er den abgeschlagenen Kopf eines Mannes mit einer Augenbinde in die Höhe. Die Buchstaben *RB* befanden sich auf der einen Seite der Weste, die der Mann auf dem Motorrad trug, und auf der anderen Seite war der Buchstabe *R* zu sehen. Oberhalb des Motivs waren die Worte »Loyalität dem Einen« in hübschen, verschnörkelten Buchstaben zu lesen.

Die gesamte Tätowierung war absolut unheimlich und Mickie konnte nicht glauben, dass irgendjemand sich freiwillig so etwas für die Ewigkeit auf den Rücken stechen lassen würde.

Selbst die Frauen, die bei den Männern im Club

herumhingen, waren hart und sahen furchterregend aus. Derselbe Zeitungsbericht über die Bande beinhaltete die Tätowierung, die die Frauen bekamen. Der Schriftzug lautete »Eigentum von ...« und dann folgte der Name des Mannes, dem sie gehörten. Diese Worte wurden sowohl auf den Nacken als auch auf ihren Unterbauch tätowiert. Eine Frau, die interviewt wurde, hatte stolz verkündet, dass dieser Schriftzug an beide Stellen gestochen würde, damit ihr Mann die Markierung auf ihrer Haut sehen konnte, ganz egal, in welcher Stellung er »sie durchnahm«.

Mickie erschauderte. Sie las gern Liebesromane und ihr gefielen selbst die über unterwürfige Frauen, die mit dominanten Männern zusammen waren, aber sie war nicht der Meinung, dass diese MC-Beziehungen so waren.

Angel war vierundzwanzig Jahre alt, sicherlich alt genug, um ihre eigenen Entscheidungen zu treffen, aber Mickie wusste, dass das nicht die *richtige* Entscheidung war. Doch der Versuch, ihre Schwester zur Vernunft zu bringen, hatte offenbar nicht geholfen.

Mickie seufzte und hielt die Augen geschlossen, während sie mit dem Kopf auf ihren Händen ruhte und versuchte, darüber nachzudenken, was sie als Nächstes tun sollte.

Cruz hielt den Atem an und versuchte, gedanklich das durchzugehen, was er soeben gehört hatte. Er saß in der Sitznische hinter Angel und ihrer Schwester. Er war direkt nach Angel eingetroffen, da er ihr mithilfe des Peilsenders gefolgt war, den Ransom in ihrer Handtasche versteckt hatte.

Alles, was Mickie versucht hatte, ihrer Schwester klarzumachen, war vollkommen korrekt gewesen. Ransom hatte mit seiner Einschätzung von Angel richtiggelegen, sie war nicht besonders klug, aber sie war *tatsächlich* sehr hübsch. Cruz tat die Schwester leid. Er hatte keinen guten Blick auf sie erhaschen können, weil er bereits hinter ihnen saß, als Mickie das Restaurant betreten hatte, und sie aus der entgegengesetzten Richtung auf die Sitznische zugegangen war als die, in die er blickte.

Angel hatte ihre Worte nicht beschönigt und Cruz war zusammengezuckt, als sie Mickie wegen ihres Aussehens angegriffen hatte. Keine Frau hörte gern, dass sie nicht hübsch war.

Auch wenn Cruz keine Geschwister hatte, so hatte er dennoch gute Freunde, die er als seine Familie ansah. Wenn sie ihn wegen einer Freundin warnen wollten, stimmte er ihnen vielleicht nicht unbedingt zu, aber aus Respekt, wegen der Geschichte mit seiner Ex und ja, auch aus Liebe, würde er sich anhören, was sie zu sagen hatten.

Die Tatsache, dass Angel nicht einmal hören wollte, was Mickie ihr sagte, war bezeichnend. Sie war es gewohnt, ihren Kopf durchzusetzen und zu tun, was sie wollte. Cruz würde sie als verwöhnt einschätzen. Ransom war nicht der klügste Mensch, dem Cruz je begegnet war, aber er war auch nicht dumm. Das konnte er nicht sein, wenn er sich den Rang des Präsidenten des MCs erkämpft hatte. Mit Angel hatte er eine gute Wahl getroffen. Sie war hübsch, stur, verwöhnt und ahnungslos. Höchstwahrscheinlich würde sie tun, was Ransom von ihr verlangte, inklusive versuchen, ihren Freundinnen Drogen zu verkaufen, wenn die Gelegenheit dazu käme. Verdammt.

Ihm gefiel Ransoms Drohung gegen Angels Schwester nicht. Es war offensichtlich, dass er Pläne mit Angel hatte, und wenn ihre Schwester sie irgendwie davon überzeugen konnte, dass Ransom Ärger bedeutete, würde der MC-Präsident darüber nicht erfreut sein. Er kannte die Frau nicht einmal, die hinter ihm in der Sitznische saß, aber ihrem trotzigen Tonfall nach zu urteilen würde sie es nicht einfach auf sich beruhen lassen, dass ihre Schwester mit Ransom zusammen war. Der Präsident war ihretwegen zu Recht besorgt.

Ransoms nicht gerade subtile Drohung, der Schwester seiner Pseudofreundin Schaden zuzufügen, ging ihm durch den Kopf. Wenn Ransom kein Problem damit hatte, Cruz aufzutragen, ihr wehzutun, hätte er auch kein Problem damit, es irgendeinem der anderen Mitglieder des Clubs zu befehlen. Cruz wusste zweifellos, dass Ransom das ebenfalls tun würde. Er würde dafür sorgen, ihr wehzutun, um sie von Angel fernzuhalten. Und das war inakzeptabel. Cruz konnte sie nicht warnen, ohne seine Tarnung auffliegen zu lassen, aber er konnte versuchen, in ihrer Nähe zu bleiben, um dafür zu sorgen, dass Ransom nicht an sie herankam. Es war kein perfekter Plan, aber wenn ihr etwas passierte und er nichts tat, um es zu verhindern, würde er sich schrecklich fühlen. Wenn es hart auf hart käme, würde er Ransom erzählen, dass er die Schwester beschattete und sie im Auge behielt. Das würde den beiden etwas Zeit verschaffen. Wenn Ransom glaubte, dass die Schwester unter Kontrolle sei, würde er vielleicht niemand anderen auf sie hetzen.

Er dachte über seine nächsten Schritte nach. Er sollte Angel in einigen Stunden treffen und sie in die Höhle des Löwen bringen, aber er wusste, was er vorher tun musste. Er hatte die Idee verworfen, sich Angel anzunähern, weil Ransom bis jetzt dafür gesorgt hatte, dass sie dem Club so fern wie nur möglich blieb. Er sammelte relativ viele Informationen, ohne die Frau zu involvieren, worüber er erleichtert war.

Cruz stand auf und verließ das Restaurant auf dem langen Weg um den Tisch herum, an dem Angel gesessen hatte, damit ihre Schwester ihn nicht sah. Nicht dass sie ihn bemerkt hätte, wenn er direkt an ihr vorbeigegangen wäre. Ihr Kopf befand sich mit dem Gesicht nach unten auf der Tischplatte.

Er legte seine Lederweste, die von den Clubmitgliedern *Cut* genannt wurde, in den Kofferraum der kleinen Scheißkarre, die das FBI ihm für diesen Einsatz zur Verfügung gestellt hatte. Er hatte eine Harley haben wollen, die war ihm von den Erbsenzählern beim FBI aber nicht bewilligt worden. Zur Hölle mit der Regierung und ihren Sparmaßnahmen. Sie hatten es damit begründet, dass die Kosten sich nur bei verdeckten Langzeitermittlungen rechnen würden, nicht bei seinem kurzen Einsatz. Cruz hätte seine private Maschine nutzen können, wollte aber nicht riskieren, dass sie während seines Einsatzes zerstört, konfisziert oder gestohlen wurde.

Aus diesem Grund hatte er die Zähne zusammengebissen und sich den Mist angehört, den die *Red Brothers* ihm wegen des fehlenden Motorrades entgegengeschleudert hatten. Es war nicht normal für einen Anwärter, kein Motorrad zu haben, aber irgendwie hatten sie es ihm abgekauft, dank der Vorgeschichte des anderes Agenten im Süd-Club, der ihnen erzählt hatte, dass sein Motorrad gestohlen worden war.

Cruz nahm ein Paar Turnschuhe aus dem Kofferraum und tauschte seine schwarzen Stiefel mit den Reißverschlüssen und Ringen gegen normale Schuhe aus. Er zog sich ebenfalls ein schwarzes T-Shirt über sein Trägerhemd und steckte es sogar in die Jeans, um seriöser zu wirken. Dann fuhr er mit der Hand über seinen Bürstenschnitt. Gegen die Behaarung in seinem Gesicht konnte er rein gar nichts tun. Sie war zu kurz, um sie als Bart zu bezeichnen, aber zu lang, um als Stoppeln durchzugehen.

Er atmete tief durch, betrat erneut das Restaurant und ging auf den Tisch der Schwester zu. Dies würde ein schwieriges Unterfangen werden.

Mickie wusste nicht, wie lange sie schon mit der Stirn auf den Unterarmen am Tisch gesessen hatte, als sie hörte, wie jemand mit ihr sprach. Sie hob den Kopf und sah einen überaus gut aussehenden Mann neben ihrem Tisch stehen.

Sie schaute sich um, weil sie dachte, er müsse am falschen Tisch sein, aber als sie wieder zu ihm aufblickte, sah er sie von oben an und lächelte.

»Verzeihung, hast du mich etwas gefragt?«

»Nur, ob mit dir alles in Ordnung ist. Ich habe gesehen, wie deine Freundin gegangen ist, und weil du so verstört ausgesehen hast, dachte ich mir, ich erkundige mich nach dir.«

Ach, du liebes Lieschen. Mickie sah sich noch einmal um, denn sie glaubte, ihr würde jemand einen Streich spielen. Als sie niemanden entdeckte, schaute sie zurück zu dem Mann, der neben ihrem Tisch stand.

Er war groß. So groß, dass Mickie den Kopf in den Nacken legen musste, um ihn deutlich sehen zu können. Sie hatte immer schon eine Schwäche für große Männer gehabt. Es gab nichts, was ihr ein sichereres Gefühl gab, als ein Mann, der sie überragte. Aber dann wiederum waren die meisten Männer größer als sie mit ihren eins achtundsechzig.

Er trug ein enges, schwarzes T-Shirt, das seine extrem muskulösen Arme nicht versteckte. Selbst seine Unterarme waren straff und hatten sichtbar pralle Muskeln. Mickie konnte gerade so die Spitze einer Tätowierung erkennen, die aus dem linken Ärmel seines T-Shirts herausschaute. Sie war schwarz schattiert, ohne weitere Farben. Obwohl sie nicht sehen konnte, worum es sich handelte, wünschte sie sich plötzlich, sie ausgiebig inspizieren zu können.

Die Jeans des Mannes waren ausgetragen und saßen an allen richtigen Stellen eng. Sein Schritt befand sich auf Augenhöhe und Mickie errötete und richtete den Blick rasch wieder auf sein Gesicht, während sie versuchte, die Beule zu ignorieren, die seine Hose mehr als nur ausfüllte. Sein Haar war schwarz, genau wie ihres, aber mit Militärpräzision kurz geschoren. Er hatte eine Gesichtsbehaarung, die rau aussah, und Mickie fragte sich kurz, wie sie sich wohl an ihrer Haut anfühlen würde. Wäre sie kratzig oder weich?

Sie schüttelte den Kopf. Sie musste sich zusammenreißen. »Es geht mir gut. Danke der Nachfrage.«

»Bist du sicher? Darf ich mich setzen?«

Der Mann zeigte auf den leeren Platz ihr gegenüber. Mickie runzelte die Stirn. Sie wollte, dass er sich setzte, wirklich, aber was sollte das bringen?

»Warum?«

»Was warum?«

»Warum willst du dich zu mir setzen? Du kennst mich nicht. Ich kenne dich nicht. So wie du aussiehst, kannst du unmöglich Interesse an mir haben, warum würdest du also deine Zeit verschwenden?«

Der Mann verlagerte das Gewicht, lehnte sich mit einer Hüfte gegen den Tisch und verschränkte die Arme vor der Brust. Er wirkte wegen ihrer Worte nicht wütend, sondern schien eher amüsiert zu sein. »Ich möchte mich zu dir setzen, weil ich dich beobachtet habe, seit du reingekommen bist. Du bist mir sofort aufgefallen. Du hast einen niedlichen Hüftschwung und mir hat gefallen, was ich gesehen habe. Du hast recht, wir kennen uns nicht, aber ich versuche, das zu ändern. Ich weiß nicht, warum du denkst, ich könnte unmöglich an dir interessiert sein, aber du liegst falsch. Vermutlich überschreite ich irgendwelche sozialen Grenzen, indem ich es dir sage, aber so ist es nun mal. So wie ich es sehe, verschwende ich meine Zeit keineswegs. Genauer gesagt kann ich mir nichts vorstellen, was ich derzeit lieber täte, als hier zu sitzen und dich kennenzulernen.«

Mickie konnte den Mann nur mit offenem Mund anstarren. Was. Zur. Hölle?

»Mein Name ist Cruz. Es freut mich sehr, dich kennenzulernen.«

Mickie schaute auf die Hand, die der Mann ihr entgegenstreckte. Sie warf einen Blick auf die andere Hand, die auf dem Tisch ruhte. Keine Ringe. Seine Fingernägel waren kurz und gepflegt. Innerlich zuckte Mickie mit den Schultern und streckte ihm ihre eigene Hand entgegen.

»Michelle, aber ich werde Mickie genannt.«

»Es ist toll, dich kennenzulernen, Mickie. Also dann, darf ich mich setzen?«

Mickie ertappte sich dabei, wie sie nickte. Heilige Scheiße. Das sah ihr überhaupt nicht ähnlich, aber sie konnte diesem Mann auf keinen Fall einen Korb geben. Selbst wenn nichts weiter passieren sollte, würde sie die Erinnerung an diesen Moment später hervorkramen und sich darin sonnen, sich zum ersten Mal seit langer Zeit gut zu fühlen. Seine Aufmerksamkeit war Balsam für ihre verletzten Gefühle, die Angels Worte hervorgerufen hatten.

Cruz rutschte auf die Sitzbank und nahm gegenüber von Mickie Platz. Er war überrascht, wie attraktiv er sie fand. Nachdem er Angels Worte gehört hatte, war er davon ausgegangen, dass sie ganz anders aussehen würde. Er schämte sich immer noch ein wenig dafür, das Schlimmste erwartet zu haben. Mickies Haar war kurz geschnitten, aber es rahmte ihr Gesicht trotzdem auf eine sehr hübsche Weise ein. Sie hatte große braune Augen und volle Lippen, ganz besonders weil sie nervös mit ihren Zähnen darauf herumbiss. Da der Tisch im Weg war, konnte Cruz ihren Körper nicht sehen, aber was er sah, war definitiv nicht abstoßend. Ihre Brüste waren relativ üppig und sehr viel größer als das A-Körbchen, das seine Ex gehabt hatte. Und er musste mindestens einen Kopf größer sein als sie.

Sie war das genaue Gegenteil von ihrer Schwester ... und seiner Ex. Sophie war schlank gewesen und obwohl Mickie kleiner war als er, war sie kurvig. Sie dachte vermutlich, dass sie zu viel wog, aber seit er herausgefunden hatte, dass Sophies schlanke Statur das Ergebnis von jahrelangem Drogenmissbrauch war, zog Cruz eine Frau vor, die gesund aussah. Und Mickie entsprach durchaus diesen Anforderungen.

Er fuhr damit fort, sie zu mustern. Er sah zu, wie Mickie sich ihr kurzes schwarzes Haar nervös hinter das Ohr strich. Sie trug ein hellviolettes Oberteil mit einem tiefen Ausschnitt, das einen Hauch ihres Dekolletés freigab. Sie sah ihm in die Augen, dann wandte sie nervös den Blick ab. Ihre Bescheidenheit und Nervosität waren entzückend ... und plötzlich nahm der gesamte verdeckte Ermittlungseinsatz eine seltsame Wendung für Cruz.

Er hatte bloß vorgehabt, sie heute ein wenig kennenzulernen, um ihr zu einem späteren Zeitpunkt zufällig zu begegnen und erneut mit ihr zu sprechen und dann in ihrer Nähe zu bleiben, um dafür zu sorgen, dass Ransom nicht den grandiosen Einfall bekam, etwas Drastisches zu unternehmen, um sie von Angel fernzuhalten. Aber ganz plötzlich wünschte Cruz sich, dass er tatsächlich ohne Hintergedanken und aus keinem anderen Grund hier sitzen würde, als die Frau kennenzulernen, die ihm gegenübersaß. Irgendwie wusste er, dass er sie wirklich mögen könnte.

Würde er nicht verdeckt ermitteln und versuchen, sie vor dem psychotischen Präsidenten eines Motorradclubs zu beschützen, hätte er vielleicht sogar ernsthaft in Erwägung gezogen, mit ihr zusammenzukommen.

»Also dann, Mickie, du hast mir noch nicht gesagt, ob mit dir alles in Ordnung ist oder nicht.«

»Es geht mir gut. Nur so eine Schwesternsache.«

»Ah ...«

»Hast du Geschwister?«

In dem Moment beschloss Cruz, so ehrlich wie möglich zu Mickie zu sein. Wenn er ihr schon etwas vormachen musste, so wollte er solange es ging aufrichtig zu ihr sein. »Nein, ich bin Einzelkind. Meine Eltern wollten mehr Kinder haben, aber es ist nicht passiert. Ich habe einige Freunde, die ich als meine Geschwister ansehe, aber ich weiß, dass es nicht das Gleiche ist. Und du? Nur eine Schwester?«

»Ja. Sie ist sehr viel jünger als ich. Meine Eltern dachten, sie würden keine Kinder mehr bekommen, und dann kam sie um die Ecke.«

»Wow, war das schwierig für dich?«

»Ja und nein. Ich war immer noch jung genug, um es

am Anfang toll zu finden. Sie war meine eigene lebendige Puppe. Dann zeigten meine Eltern immer weniger Interesse daran, noch eine Tochter großzuziehen, und so fiel die Aufgabe hauptsächlich mir zu.«

Cruz streckte den Arm über den Tisch aus und legte seine Hand auf die von Mickie. »Das tut mir leid, es klingt schwierig.« Er zog die Hand zurück und stützte sich auf den Ellbogen ab. Er hatte seine Hand auf ihrer belassen wollen, wusste aber, dass es seltsam wäre, da sie sich nicht kannten. »Ich bin mir sicher, dass deine Schwester alles zu schätzen weiß, was du für sie getan hast.«

Sie schnaubte abfällig. »Davon bin ich nicht überzeugt, aber danke, dass du so optimistisch bist. Stammst du aus der Gegend?«

Cruz nickte und ließ zu, dass Mickie das Thema wechselte. »Ja, und du?«

»Ja, Angel und ich wohnen schon unser gesamtes Leben hier. Gefällt dir San Antonio?«

»Ja, tut es. Hier gibt es Kultur und Kunst. Es ist eine Stadt, aber wenn man zwanzig Minuten in eine x-beliebige Richtung fährt, hat man die Stadt verlassen und kann Langhornrinder und Viehfarmen sehen.«

Mickie lachte. »Das stimmt.«

Cruz wusste, dass er sich mit seiner nächsten Frage auf dünnes Eis begab, aber er konnte nicht aufhören, die Frau vor ihm kennenlernen zu wollen. »Da wir gerade Dinge übereinander erfahren ... was machst du beruflich?«

Mickie legte den Kopf zur Seite und beäugte Cruz kritisch. Irgendetwas an ihm schien seltsam zu sein, aber sie konnte nicht genau sagen, was es war. Innerlich zuckte sie mit den Schultern und gab ihm eine vage Erklärung. Sie war nicht so dumm, ihm alles über sich zu erzählen. Schließlich kannte sie ihn nicht. »Nichts allzu Aufregendes, das kann ich dir versichern. Ich arbeite in einem Autohaus in der Kundenbetreuung. Es ist nicht besonders glamourös, aber ich kann davon meinen Lebensunterhalt bestreiten.«

Cruz schaute Mickie anerkennend an. »Gut gemacht.«

»Was?«

»Du hast mir nicht gesagt, in welchem Autohaus du arbeitest. Das war klug.«

Mickie errötete. »I-ich wollte nicht –«

»Schon in Ordnung. Ich war ehrlich. Du solltest diese Sachen nicht vor jedem x-beliebigen Kerl herausposaunen, der fragt, ob er sich zu dir setzen kann, und dann schamlos mit dir flirtet.«

»Das tust du also?«

»Wenn du nachfragen musst, dann mache ich es offensichtlich nicht richtig. Ich schätze, ich bin eingerostet.«

»Es ist nur ... Kerle flirten für gewöhnlich nicht mit mir.« Wieder errötete sie. Herrgott, dieser Typ würde sie noch für jämmerlich halten, wenn sie nicht die Klappe hielt.

Cruz fand Mickie hinreißend. Er beugte sich noch ein wenig weiter auf seinen Ellbogen zu ihr. »Wenn sie sich das entgehen lassen, bleibt mehr für mich übrig.«

Genervt von Cruz schüttelte Mickie den Kopf. In dem

Versuch, das Thema zu wechseln, fragte sie: »Und was machst *du* beruflich?«

Cruz wurde flau im Magen, doch er zeigte wegen ihrer Worte äußerlich keinerlei Emotionen. Er hatte gehofft, Mickie so weit abzulenken, dass sie vergessen würde, danach zu fragen. Trotzdem hatte er im Laufe der Jahre gelernt, dass es immer der richtige Weg war, aufrichtig zu antworten, aber vage zu bleiben. »Ich bin im Sicherheitsdienst tätig.«

Zwischen den beiden herrschte ein kurzer Moment der Stille, dann fragte Mickie: »Sicherheitsdienst, was?«

»Ja.«

»Mhhhh. Ich glaube, ich kann es sehen. Du bist in Form, im Gegensatz zu vielen anderen Sicherheitsbeamten, denen ich begegnet bin, deshalb bekommst du dafür Pluspunkte.«

Cruz unterdrückte ein Lachen. »Ich bin mir nicht sicher, ob das viel heißen will, aber ich nehme es an. Abgesehen davon kann ich meinen Lebensunterhalt damit bestreiten«, wiederholte er absichtlich ihre Worte und freute sich, als sie ihn anlächelte.

Er beschloss, dass es das Beste wäre, Mickie nicht von der Seite zu weichen, um dafür zu sorgen, dass sie in Sicherheit war, zumindest wenn er sich nicht im Club aufhielt, und platzte heraus: »Ich mag dich. Darf ich dich irgendwann einmal ausführen? Vielleicht zum Abendessen?«

»Äh ... ich weiß nicht.«

Da Cruz wusste, dass er nicht besonders einfühlsam war, versuchte er, sich etwas zurückzunehmen. »Ich weiß, das ging zu schnell, nicht wahr? Gut, dann lass mich dir wenigstens meine Nummer geben. Du kannst mir eine SMS schreiben. Vielleicht können wir uns irgendwann einmal zufällig zum Mittagessen treffen?«

Mickie lachte. »Du gibst nicht auf, oder?«

»Nicht, wenn ich etwas will.«

Sie schwieg kurz und betrachtete ihn. Schließlich sagte sie: »Okay, gib mir deine Nummer. Ich werde darüber nachdenken müssen.«

Cruz gab ihr die Nummer zu dem Telefon, das er als Smoke benutzte. Wenn er ihr die Nummer zu seinem persönlichen Telefon gab, konnte er nicht dafür sorgen, dass sie in Sicherheit war, wenn sie ihn brauchte, da er dieses Telefon nie bei sich trug, wenn er im Club war. Wenn sie ihn kontaktierte, was sie hoffentlich tun würde, würde er ihre Nummer unter einem falschen Namen in seinen Kontakten abspeichern, damit *sie* nicht im Schwierigkeiten geriet, sollte das Telefon von einem der Clubmitglieder kompromittiert werden.

Er sah Mickie in die Augen. »Ich hoffe, du wirst davon Gebrauch machen. Ich will dich wirklich kennenlernen.« Da Cruz wusste, dass er gehen musste, wenn er sie nicht verschrecken wollte, stand er widerwillig auf. »Es war schön, dich zu treffen. Ich hoffe, deine Schwester erkennt, was für einen Schatz sie an dir hat.«

Mickie verfluchte die Röte, von der sie wusste, dass sie ihr schon wieder in die Wangen stieg. »Es hat mich ebenfalls gefreut, dich zu treffen, Cruz.«

»Tschüss, Mickie.«

»Tschüss.«

Cruz verließ das Restaurant und Mickie fiel auf, dass der Anblick seiner Rückseite genauso angenehm war wie der seiner Vorderseite. Bis gerade eben hatte sie das Sprichwort »auf diesem Arsch könnte man einen Vierteldollar hüpfen lassen« nicht verstanden.

Sie seufzte. Was zum Teufel hatte sie sich nur gedacht? Sie schaute auf die Nummer, die sie in ihrem Handy gespeichert hatte. Sie sollte sie wirklich einfach wieder löschen. Es war unmöglich, dass ein Mann wie Cruz ernsthaft an ihr interessiert war, aber es fühlte sich trotzdem verdammt gut an.

Sie drückte auf den Knopf, um den Bildschirm ihres Telefons auszuschalten, und suchte ihre Sachen zusammen. Scheiß drauf. Warum sollte er kein Interesse an ihr haben? Mickie wusste, dass sie sich Angels Worte mehr zu Herzen nahm, als sie sollte.

Sie hatte einen Job, sie war ein guter Mensch, sie trug zwar nicht Kleidergröße zweiunddreißig, aber es war auch nicht so, als sei sie grotesk. Kleidergröße zweivierzig war in der heutigen Zeit sowieso normaler als zweiunddreißig. Und was machte es schon, dass sie auch einige Kleidungsstücke in Größe vierundvierzig in ihrem Schrank hatte? Das Gewicht der meisten Frauen veränderte sich ständig ... und abgesehen davon hatten nicht alle Geschäfte die gleiche Größentabelle. Es war auch egal.

Mickie hatte sich entschieden. Sie würde Cruz eine SMS schreiben und herausfinden, ob er es ernst meinte. Wenn ja, würde sie sich darauf einlassen. Sie verdiente es. Und nicht nur das, sie wollte es auch.

Der Tag schien strahlender zu sein, als Mickie das Restaurant verließ, obwohl Angel und der verdammte MC ihr immer noch im Kopf herumschwirrten. Sie musste etwas unternehmen, wusste aber nicht was. Sie würde warten und inständig hoffen müssen, dass Angel nach der verdammten »Party« heute Abend zur Vernunft kam. Hoffentlich würde es dort wild zugehen und Angel furchtbare Angst einjagen ... und sie dadurch dazu bringen, dem Club fernzubleiben.

KAPITEL DREI

Cruz schaute sich mit kaum verborgenem Ekel im Clubhaus um. Seit dem Moment, in dem er mit Angel eingetroffen war, hatten die Männer sich von ihrer besten Seite gezeigt. Die Musik war laut und der Alkohol floss in Strömen, aber im Vergleich zu einigen der Partys, die Cruz im letzten Monat besucht hatte, ging es extrem gesittet zu.

Nachdem er das Restaurant verlassen hatte, war Cruz rechts rangefahren und hatte seine Bikerklamotten übergestreift. Im Grunde genommen war er zurück in seine neue Identität geschlüpft, eine, die er anfing zu hassen. Er war dann zu Angels Wohnung gefahren und hatte sie abgeholt. Er hatte sich große Mühe gegeben, sich ihr gegenüber wie ein Arschloch zu verhalten, dabei aber nicht Ransoms Zorn auf sich zu ziehen, sollte sie sich beim Präsidenten über sein Verhalten beschweren. Cruz wollte Angel zeigen, dass die Biker keine netten Menschen waren. Er glaubte jedoch nicht, dass seine Taktik funktioniert hatte, da die restlichen Kerle im Club sich die größte Mühe gaben, besorgt und freundlich zu wirken.

Selbst die wenigen alten Damen, die dort waren, nahmen Angel unter ihre Fittiche. Sie hatten sie in ein Hinterzimmer gebracht, als sie angekommen war, und als sie eine Stunde später wieder herauskamen, hatten sie alle so getan, als seien sie die besten Freundinnen.

Von Knife und Donkey, zwei der härteren Kerle in der Bande, hatte Cruz erfahren, dass die Frauen Angel an jenem Abend langsam in ihren Kreis aufnehmen würden, was auch beinhaltete, sie high zu machen. Alles war Teil ihres Plans. Sie gaben ihr so viel Marihuana, wie sie rauchen wollte, und dann würde Ransom sie dazu drängen, härtere Sachen zu probieren.

Sie kicherten und waren gesellig, als sie aus dem Hinterzimmer kamen. Die alten Damen gingen zu ihren Männern und Cruz sah zu, wie Angel sich ihren Weg durch den Raum zu Ransom bahnte. Als sie bei ihm ankam, schlang er den Arm um ihren Hals und zog sie mit Schwung an seine Seite. Er würdigte sie jedoch keines Blickes und unterhielt sich stattdessen weiter mit Kitty und Tick.

Nachdem einige Minuten vergangen waren, sah Ransom endlich Angel von oben an und fragte: »Amüsierst du dich heute Abend?«

»Oh ja, alle waren so nett!«

»Es wird Zeit zu gehen.«

»Aber Ransom, ich bin doch gerade erst gekommen«, jammerte sie.

»Ich *sagte*, es wird verdammt noch mal Zeit zu gehen. Hol deinen Kram, ich fahre dich nach Hause.«

»Okay.«

Angel stöckelte in ihren zehn Zentimeter hohen Absätzen zurück über den Boden des Clubhauses, ohne zu wissen oder vermutlich ohne sich dafür zu interessieren, dass alle Blicke auf ihren Arsch gerichtet waren, als sie sich entfernte. Als sie außer Hörweite war, sagte Camel, ein Anwärter, der erst kürzlich in den Club aufgenommen worden war: »Da muss ich meinen Schwanz mal reintunken.«

Cruz erwartete in gewisser Weise, dass Ransom ausrasten würde, aber es war mehr eine Bestätigung, dass der Mann sich einen Scheiß für Angel interessierte, als er lediglich lachte und entgegnete: »Du wirst deine Chance schon noch bekommen. Hab Geduld, Mann. Alle werden Gelegenheit dazu haben, wenn ich mit ihr fertig bin und wir uns in der Kohle wälzen, die ihre Freundinnen uns geben. Mir ist es scheißegal, ob ihr sie rumreicht ... *sobald* ich mit ihr fertig bin und der Club das bekommt, was er braucht.«

Alle lachten und klatschten sich ab. Cruz machte mit, doch ihm drehte sich der Magen um, als er daran dachte, was Ransom mit Mickies Schwester vorhatte.

»Beeil dich, Präsi. Wenn du weg bist, kommt Bambi mit ein paar ihrer Freundinnen vorbei. Du weißt, dass sie gern in den Arsch gefickt wird«, ließ Dirt seinen Präsidenten grinsend wissen.

»Oh, natürlich weiß ich das. Ich werde Angel nach Hause bringen, sie ficken und zurückkommen. Halbe Stunde, höchstens.«

»Darf sie heute Abend einen Orgasmus haben?«,

fragte Tick. Alle wussten, dass Ransom Orgasmen als eine Form der Kontrolle einsetzte.

»Auf keinen Fall. Ich habe für diesen Mist keine Zeit und es ist mir scheißegal, ob sie kommt oder nicht, solange ich es tue. Ich werde ihr sagen, dass sie mir heute Abend nicht genügend Aufmerksamkeit geschenkt hat oder irgendeinen anderen Scheiß ... wie sehr es mir gefällt, wenn meine Frau vor meinen Augen Drogen nimmt. Wenn ich sie das nächste Mal sehe, wird sie mich anbetteln, etwas zu rauchen.«

Noch einmal lachten alle um sie herum schallend. »Also, beeil dich einfach. Wir brauchen dich, damit die Party anfangen kann«, beschwerte Camel sich, denn er wusste, dass Ransom in Bezug auf die Clubhuren eine Regel hatte. Er war der Erste, der abends vögelte. Nachdem er sich mit den Huren vergnügt hatte, die er haben wollte, wurden sie für alle anderen freigegeben. Niemandem war es gestattet, Sex zu haben, bis er beschlossen hatte, dass er fertig war, und den anderen Männern erlaubte, ihren Spaß zu haben.

»Halt die Fresse, Camel. Ich bin zurück, wenn ich zurück bin. Reg mich nicht auf.«

»War nicht böse gemeint, Präsi.«

Sie sahen zu, wie Angel zu ihnen zurückstöckelte. Ransom grinste sie schief an, schob eine Hand hinten in ihre Jeans und packte sich ihr Haar mit der anderen. Er riss ihren Kopf nach hinten und küsste sie lange und tief. Die Hand, die er an ihrem Arsch hatte, schob er nach oben zu ihrer Brust und drückte zu. Es war offensichtlich, dass seine Zuschauer ihn nicht störten.

Als die anderen Männer anfingen zu pfeifen, löste er

seine Lippen von Angels. Sie hatte einen verträumten Gesichtsausdruck. »Los, gehen wir. Ich will in deiner heißen Fotze sein.«

Mit der Hand in ihrem Nacken führte Ransom Angel aus dem Raum. Es hätte eine liebevolle Geste sein können. Cruz hatte gesehen, wie sein Freund Dax manchmal die Hand in den Nacken von seiner Freundin Mackenzie legte, wenn die beiden nebeneinander hergingen, aber er wusste, dass es für Ransom eine Handlung war, um Kontrolle auszuüben, und nichts mit Zuneigung zu tun hatte.

»An die Arbeit, Arschlöcher. Seht zu, dass Bambi ihren Arsch hierher bewegt. Ransom wird fickbereit sein, wenn er zurückkommt. Wir wollen ihn doch nicht enttäuschen«, befahl Bubba. Die Worte des Vizepräsidenten waren leise und barsch. Er hob das Kinn in Cruz' Richtung. »Smoke, du bist heute Abend auf dem Wachposten. Sorge dafür, dass die Bullen nicht uneingeladen zu der Party erscheinen. Die Snakes bringen heute Abend eine Lieferung. Versau es nicht.«

Als Antwort nickte Cruz dem anderen Mann kurz zu. Bubba war ein riesiger Kerl – nicht muskulös, sondern übergewichtig. Er sah aus, als könnte er jeden Moment einen Herzinfarkt bekommen, aber Cruz hatte gesehen, wie er vor ein paar Tagen einen der jüngeren Anwärter vollkommen mühelos niedergeschlagen hatte. Er war groß und gemein und ließ sich von niemandem im Club dumm anquatschen. Er war vielleicht der Vizepräsident, aber er war auch einer der besten Vollstrecker.

»Kein Problem, Bubba. Erwarten wir Ärger?« Cruz wollte wissen, womit er es zu tun haben könnte.

»Wir erwarten immer Probleme, Anwärter. Deshalb hast du verdammt noch mal Dienst.«

Cruz nickte als Antwort, anstatt den anderen Mann wegen seines Arschloch-Tonfalls niederzustrecken, und wandte sich ab, um das riesige Lagerhaus zu verlassen. Es befand sich im Industriegebiet von San Antonio. Um sie herum gab es andere Lagerhäuser, in denen von Fahrzeugen bis hin zu Kisten und Kartons mit Fanartikeln alles Mögliche aufbewahrt wurde. Inventar, das so lange gelagert wurde, bis jemand es entweder abholte, zur Küste fuhr und in einen Schiffscontainer verfrachtete, damit es ins Ausland verschifft werden konnte, oder per Lastwagen durch die Vereinigten Staaten fuhr. Tag und Nacht fuhren Sattelzüge vor und verließen den riesigen Komplex wieder. Tatsächlich war es das perfekte Versteck für die Bande und ihre illegalen Aktivitäten. Selbstverständlich stachen die Motorräder etwas heraus, aber es schien, als hätte der MC gute Arbeit geleistet, da alle entweder zu verängstigt waren, um etwas zu sagen, oder bestochen worden waren.

Dankbar, dass er der Orgie nicht beiwohnen musste, die heute Abend sicherlich stattfinden würde, verschränkte Cruz die Arme vor der Brust und lehnte sich an die Ecke eines nahe gelegenen Lagerhauses. Er wusste, dass noch weitere Anwärter an anderen wichtigen Positionen um das Gebäude herum standen. Es war unwahrscheinlich, dass irgendjemand aus dem Nichts auftauchen würde, aber es war ein weiterer blödsinniger Job, bei dem dem Präsidenten einer abging, wenn er die Anwärter dazu verpflichten konnte, ihn zu machen.

Cruz dachte über die Ermittlungen nach, die von Tag

zu Tag undurchsichtiger wurden. Er fragte sich, wie zur Hölle er Angel aus der Scheißsituation herausholen sollte, in der sie sich befand. Außerdem musste er Mickie vor Ransoms Zorn bewahren und herausfinden, wer der mysteriöse neue Großhändler war, den der Club irgendwie angeheuert hatte.

Darüber hinaus ertappte Cruz sich dabei, wie seine Gedanken zu Mickie abschweiften. Sie war ganz und gar nicht so gewesen, wie er erwartet hatte. Sie war frech ... und süß. Sie war ein wenig eklektisch und scheute sich ganz offensichtlich nicht davor zu sagen, was sie empfand.

Auf der anderen Seite konnte Cruz sich aber nicht daran erinnern, wann eine Frau das letzte Mal so oft errötet war. Jedes Mal wenn er sie aus dem Konzept gebracht hatte, hatte ihr Gesicht eine hellrosa Farbe angenommen. Es war hinreißend und er war viel zu abgestumpft für sie, aber das würde ihn nicht davon abhalten, in ihrer Nähe zu bleiben.

Als Cruz spürte, dass sein Telefon vibrierte, nahm er es zur Hand. Er dachte, es sei einer der anderen Anwärter, die versuchten, ihn zu verarschen. Überrascht sah er, dass es sich um eine Nachricht von Mickie handelte, da er gedacht hatte, sie würde ihn länger warten lassen, bevor sie sich bei ihm meldete.

Hey. Ich wollte bloß Hallo sagen. Es war schön, dich heute kennengelernt zu haben.

Die Nachricht war kurz und auf den Punkt ... in gewisser Weise ein Herantasten. Sie beinhaltete keinerlei Verpflichtung, wenn er nicht antwortete, würde es ihr nicht peinlich sein. Aber es verriet Cruz ebenfalls eine

Menge. Sie hatte sich bei ihm gemeldet in der Hoffnung, dass er antworten würde. Sofort schrieb er ihr zurück.

Hi, es hat mich ebenfalls gefreut. Schön, dass du dich meldest. Möchtest du morgen zufällig zur gleichen Zeit am gleichen Ort sein, damit wir etwas essen können?

Haha. Okay. Wo?

Cruz lächelte. Oh Gott. Es gefiel ihm, dass Mickie sich nicht gekünstelt zurückhielt.

Wo immer du willst.

Im Sandwichladen an der Ecke Crystal Hill und Wurzbach Road?

Cruz wusste, wovon sie sprach. So nahe des Treffs der *Red Brothers* war es vermutlich keine gute Idee, in seiner »normalen« Kleidung gesehen zu werden.

Eigentlich hatte ich gedacht, wir könnten ins Iron Cactus auf dem River Walk gehen.

Cruz schwitzte die zehn Minuten, die Mickie brauchte, um zu antworten.

Ich hätte nicht gedacht, dass du ein River-Walk-Typ bist.

Mickie hatte vollkommen recht. Normalerweise würde Cruz in der überteuerten Touristenfalle, die eine Ansammlung von Läden im Zentrum am Fluss war, nicht tot gesehen werden wollen. Aber er war ziemlich sicher, dass von den *Red Brothers* ebenfalls niemand dort sein würde.

Ich dachte mir, für unsere erste Verabredung lade ich dich in ein richtiges Lokal ein.

Dagegen hat ein Mädchen nichts einzuwenden. Sehen wir uns gegen dreizehn Uhr?

Ja. Pass bis dahin auf dich auf.

Cruz starrte auf die Worte, die er auf den Bildschirm

getippt hatte. Immer wenn sie sich verabschiedet hatten, hatte er zu Sophie »pass auf dich auf« gesagt. Gegen Ende ihrer Ehe hatte sie nur noch mit den Augen gerollt. Cruz wusste nicht, warum er die Worte zu Mickie gesagt hatte, aber da waren sie nun einmal in Schwarz und Weiß. *Pass auf dich auf.*

Danke, das werde ich. Du auch auf dich. Bis später.

Bis später.

Cruz steckte das Telefon zurück in die Tasche und konnte sich das Lächeln nicht verkneifen, das sich auf seinem Gesicht ausbreitete.

Ein Motorrad, das in den Bereich hineinfuhr, riss ihn urplötzlich aus seinen Gedanken an Mickie. Cruz beobachtete, wie Ransom innerhalb seiner zuvor geschätzten dreißig Minuten zurückkehrte, nachdem er Angel abgesetzt hatte. Kurz danach fuhr ein Wagen vor und drei Huren, die Cruz erkannte, stolperten sichtlich bekifft aus dem Fahrzeug. Das flaue Gefühl in Cruz' Magen wollte einfach nicht vergehen. Obwohl er nicht drinnen war, konnte er sich sehr gut vorstellen, was passieren würde.

Beim Anblick der Prostituierten musste Cruz an seine Ex denken und daran, wie er sie mit drei Männern in ihrem Schlafzimmer vorgefunden hatte.

Als Cruz Sophie zum letzten Mal sah, wurde sie von der Polizei in San Antonio wegen Prostitution und Drogenbesitzes verhaftet. Nach ihrer Scheidung stellte sie ihre illegalen Handlungen nicht ein. Er hatte sie angefleht, sich Hilfe zu suchen, doch sie weigerte sich. Sie bezeichnete ihn als »altmodisch«, behauptete, sie hätte während der gesamten Ehe Drogen konsumiert und dass er sie im Bett nie befriedigt hätte.

Cruz hatte Sophie kennengelernt, als er beim FBI anfing. Sie besuchte zu jener Zeit die Oberstufe in Georgetown und sie trafen sich eines Abends in einer Kneipe. Er verliebte sich beinahe auf der Stelle in sie. Sophie war groß, schlank und ihr langes blondes Haar hatte ihn umgehauen. Sie war lustig und gesellig gewesen und hatte ihm das Gefühl gegeben, der wichtigste Mensch in ihrem Leben zu sein.

Die Realität wurde seinen Vorstellungen mehr als gerecht. Im Bett war Sophie ein wildes Tier und Cruz dachte, er sei der glücklichste Mann auf der Welt. Irgendwann zogen sie nach San Antonio, wo Cruz weiterhin stationiert war. Er hatte gehofft, dass der Umzug in eine neue Stadt ihre Beziehung stärken würde, aber stattdessen schien er die Probleme, die sie gehabt hatten, nur zu verschlimmern.

Sophie war als Stimmungskanone bekannt. Sie hatte ein freundliches Wesen und schloss schnell Freundschaften, egal wo sie hingingen. Es dauerte jedoch nicht lange, bis ihr Party-Gehabe anfing, ihm auf die Nerven zu gehen. Bei Firmenzusammenkünften trank sie für gewöhnlich zu viel und brachte Cruz damit in Verlegenheit. Schließlich ging es so weit, dass er sich weigerte, sie zu den gesellschaftlichen Veranstaltungen mitzunehmen, die er für seine Arbeit besuchte. Er musste ein gewisses professionelles Auftreten bewahren, was jedoch nicht möglich war, wenn er zusehen musste, wie seine Frau schamlos flirtete, und hinterher betrunken nach Hause getragen werden musste.

Sophie schien das egal zu sein. Sie zuckte einfach nur mit den Schultern und ging stattdessen mit ihren Freundinnen aus, anstatt Cruz zu Arbeitsveranstaltungen zu begleiten. Nachdem sie nach San Antonio gezogen waren, hatte Cruz es satt, Ausreden zu erfinden, und wusste, dass sie als Paar nicht funktionierten.

Seine Freunde beim FBI machten ihm ständig Komplimente, wie sexy seine Frau sei, und Cruz nahm sie mit einem Lächeln an, aber da man im Nachhinein immer schlauer ist, hatte er tief im Inneren gewusst, dass er von ihrer Beziehung mehr erwartete. Er hatte eine Beziehung gewollt, in der beide Partner sich gegenseitig unterstützten und die aus mehr bestand als Sex und Partys.

Den Abend, an dem Cruz die wahre Sophie entdeckt hatte, würde Cruz sein Leben lang nicht vergessen, dessen war er sich sicher. Er hatte eine jährliche Wohltätigkeitsveranstaltung in San Antonio besucht, weil er seinen Freunden versprochen hatte, sich dort zumindest blicken zu lassen. Er hatte mit zahlreichen Gesetzeshütern in der ganzen Stadt zusammengearbeitet und mit fünf von ihnen enge Freundschaften geschlossen. Alle von ihnen scherzten darüber, dass sie ein lebensechter Kneipenwitz waren ... kommen ein Polizist, ein FBI-Agent, ein Wildhüter, ein Autobahnpolizist, ein Arzt und ein Hilfssheriff in eine Kneipe ...

Aber Cruz wusste, dass er keine besseren Freunde als Dax, TJ, Quint, Calder, Hayden und Conor finden würde. Die anderen Männer und eine Frau waren sich während zahlreicher anderer Fälle begegnet, an denen sie gearbeitet hatten, und hatten sich infolge dessen angefreundet.

Cruz war bei der Wohltätigkeitsveranstaltung

gewesen und hatte sich furchtbar gefühlt. Er brütete eine Grippe aus und hatte sich früh verabschiedet. Er hatte versucht, Sophie per SMS zu erreichen und ihr mitzuteilen, dass er auf dem Nachhauseweg war, doch sie hatte nicht geantwortet. Er hatte ihr kleines Vorstadthäuschen betreten und sofort gewusst, dass etwas nicht stimmte. Daraufhin hatte er seine Pistole gezogen und vorsichtig das Haus durchsucht.

Als er seine Frau vorfand, stand er im Türrahmen des Schlafzimmers und konnte nicht fassen, welche Szene sich vor ihm abspielte. Sophie befand sich inmitten von drei Männern auf den Knien, lutschte einem von ihnen den Schwanz und holte den anderen beiden einen runter. Sie wechselte zwischen den Männern hin und her und schien zu genießen, was sie tat. Cruz erinnerte sich daran, als sei es erst gestern gewesen ...

»Was zur Hölle?«, brüllte er die Worte in den ansonsten ruhigen Raum.

Sophie nahm den Schwanz des einen Mannes aus dem Mund und schaute um dessen Bein herum, hörte aber nicht auf, mit den Händen die Schwänze der anderen beiden Kerle auf und ab zu bearbeiten. »Hey Cruzch, ich hatte disch nischt so früh zu Hausche erwartet. Geschell dich zu uns.«

Cruz konnte seine Frau einzig anstarren, als sie wieder dazu überging, das zu tun, was sie getan hatte, bevor er sie unterbrochen hatte, ohne sich darum zu kümmern, dass sie von ihrem Ehemann soeben beim Fremdgehen erwischt worden war. Er schaute zu dem Nachttisch neben ihrem Bett und sah drei Lines mit weißem Pulver zusammen mit einer Plastik-Kundenkarte des örtlichen Supermarktes. Auf dem Boden neben dem Bett lagen drei benutzte Kondome und die Decken waren zerwühlt, als hätte die Gruppe ihre Sexorgie soeben in die Mitte des Zimmers verlegt.

Cruz fühlte im wahrsten Sinne des Wortes, wie sein Herz zerbrach, als Erinnerungen durch seinen Kopf schossen und sich alles mit absoluter Klarheit zu einem Gesamtbild fügte. All die Abende, an denen Sophie von Partys mit ihren Freundinnen nach Hause kam und sofort unter die Dusche ging, bevor sie sich zu ihm ins Bett legte. Das Gewicht, das sie scheinbar einfach nicht zunehmen konnte. Ihre exzessive, wilde Energie und die Stimmungsschwankungen.

»Verpisst euch von hier«, sagte Cruz kurz angebunden. Als die Männer sich nicht bewegten, entsicherte er seine Pistole und warnte dann mit tödlicher Stimme: »Ihr habt zehn Sekunden, um eure Ärsche aus meinem Haus zu bewegen, bevor ich erst schieße und dann die Bullen rufe.«

Obwohl Sophie weiter versuchte, ihre Schwänze festzuhalten, gelang es ihnen, sich loszureißen und sich an ihm vorbei durch die Tür nach draußen zu schieben. Das Fass wurde zum Überlaufen gebracht, als Sophie rief: »Legt das Geld auf den Tisch, bevor ihr geht.«

Cruz dachte zurück an Sophies Bemerkung, dass er sie im Bett nicht befriedigt hatte. Es hätte ihn verletzt, nur hatte er bereits mit genügend Süchtigen zu tun gehabt, um zu wissen, dass sie einzig an ihren nächsten Konsum denken konnten. Abgesehen davon wusste er mit Bestimmtheit, dass sie sexuell mehr als kompatibel gewesen waren ... zumindest zu Beginn ihrer Ehe.

Die Beamten der Polizei in San Antonio hatten gewusst, wer Sophie war, und versucht, die ersten paar Male, als sie verhaftet wurde, nicht allzu hart zu ihr zu sein, aber es hatte nichts geholfen. Es war ihr einfach egal gewesen.

Von der Sophie, die er einst geliebt hatte, war nichts mehr übrig gewesen. Sie war den Drogen, ihrem neuen Leben auf der Straße und ihrem Zuhälter verfallen. Cruz hatte versucht, ihre Eltern anzurufen, um Hilfe zu bekommen, aber sie hatten sie wahrhaftig verstoßen, wie sie ihm schon früh in ihrer Beziehung erzählt hatte. Es hatte den Anschein, als hätte sie das Leben der Drogen in der Highschool für sich entdeckt. Als ihre Eltern angerufen wurden, um sie von einer Polizeiwache abzuholen, nachdem sie nackt und im Drogenrausch in einem Hotelzimmer mit zwei Männern, die dreißig Jahre älter waren, aufgegriffen worden war, hatten sie sich geweigert. Eine ihrer Freundinnen hatte sich Sorgen um sie gemacht, ihre Eltern angerufen und um Hilfe gebeten. Doch stattdessen hatten sie ihre Hände von ihr reingewaschen. Sie waren der Meinung, Sophie hätte sich ihre Suppe selbst eingebrockt und müsse sie auch allein auslöffeln.

Cruz wünschte einfach nur, dass sie etwas erwähnt hätten. Gut, er war ihnen nur einmal begegnet, aber es wäre nett von ihnen gewesen, wenn sie sich die Mühe gemacht und ihn kontaktiert hätten, um ihn wissen zu lassen, was mit ihrer Tochter los war. Innerlich zuckte er mit den Schultern. Im Endeffekt hatte Sophie eine tolle Show abgezogen und er war auf ganzer Linie auf sie hereingefallen.

Das laute Auspuffgeräusch eines Wagens brachte

Cruz dazu, die Aufmerksamkeit wieder auf den größtenteils verlassenen Verladehof zu richten. Selbst mit der Party, die im Clubhaus tobte, war der Bereich ruhig und der Abend verging für Cruz nur langsam. Er hasste es, dass er momentan absolut nichts tun konnte, um Bambi und den anderen beiden Frauen zu helfen, die vorhin ins Clubhaus geführt worden waren, doch ihm waren die Hände gebunden.

Dieser Abend war für die Erinnerungen ... für gute und schlechte. Er hatte schon seit Monaten nicht mehr an Sophie gedacht und nur wenige Stunden, nachdem er eine Frau getroffen hatte, die das absolute Gegenteil seiner Ex war, hatte er ihre gesamte Beziehung noch einmal aufgewärmt. Cruz war sich nicht sicher, was er davon halten sollte. Er hatte bereits die Entscheidung getroffen, sich Mickie zu ihrem eigenen Schutz anzunähern, doch er fing langsam an zu glauben, dass sie mehr sein würde als nur ein weiterer Job.

KAPITEL VIER

Zum hundertsten Mal wischte Mickie sich ihre Hände an der Jeans ab, als sie über dem River Walk zum Iron Cactus ging. Sie war sehr unentschlossen gewesen, bevor sie Cruz schließlich am Abend zuvor eine SMS geschrieben hatte. Nachdem sie sich endlich dazu entschieden hatte, es zu wagen, hatte sie ihm die unverbindliche SMS gesendet und gehofft, dass es ihm ernst gewesen war, sie wiedersehen zu wollen. Sie hätte jedoch niemals erwartet, dass er ihr so schnell antworten würde.

Sie hatte nicht gelogen, als sie Cruz erzählt hatte, sie hätte ihn nicht für den Typ Mann gehalten, der mit seiner Verabredung zum River Walk ginge. Er schien eher etwas rau zu sein. Der ikonische San Antonio River Walk war sehr touristisch und passte nicht zu der Vorstellung, die sie von Cruz im Kopf hatte. Mickie zuckte innerlich mit den Schultern. Sicherlich würde sie noch andere Sachen über ihn erfahren, die nicht das waren, was sie erwartet hatte.

Mickie musste unweigerlich an ihren Ex denken und

dass alles, was sie über ihn gewusst hatte, eine Lüge gewesen war. Troy war ein komplizierter Kerl. Mickie hatte sich für die glücklichste Frau auf der Welt gehalten. Sie hatte ihn geheiratet, als sie etwa in Angels Alter gewesen war. Die beiden hatten sich im Autohaus kennengelernt. Troy hatte seinen Wagen zur Inspektion gebracht und sie hatten sich sofort gut verstanden. Er hatte so nett gewirkt.

Troy war einunddreißig und ziemlich wohlhabend gewesen. Mickie hatte Geld. Ihre Eltern stellten ihr eine monatliche Summe zur Verfügung in dem Versuch, ihre Schuldgefühle darüber zu lindern, dass sie nicht viel zu Angels Erziehung beigetragen hatten, aber Troy hatte viel mehr. Er war nicht auf die Art gut aussehend, dass die Frauen auf der Straße die Köpfe nach ihm umdrehten. Er war ein Nerd, doch es war seine vermeintliche Aufmerksamkeit, die Mickie angezogen hatte.

Er hatte sie zu tollen Abendessen ausgeführt und ihr Herz im Sturm erobert. Er hatte sie sogar davon überzeugt, bis nach ihrer Hochzeit zu warten, bevor sie miteinander schliefen. Wie eine Närrin war Mickie sich sicher gewesen, dass es die romantischte Geste war, von der sie je gehört hatte. Sie war zwar keine Jungfrau mehr, hatte aber auch nicht besonders viel Erfahrung.

Sie feierten also eine riesige Hochzeit, die größtenteils von Troys Familie bezahlt wurde. Sie trug ein Hochzeitskleid mit einer fast zwei Meter langen Schleppe, hatte sechs Brautjungfern und sechs Trauzeugen, die allesamt Freunde von Troy waren. Der Sex, den sie in jener Nacht hatten, war nichts Weltbewegendes, aber er war auch nicht schrecklich gewesen.

Sie hatten keine Flitterwochen gehabt, weil Troy behauptet hatte, in dem Steuerbüro, in dem er arbeitete, mitten in einem großen Projekt zu stecken, er versprach ihr aber, dass sie die Reise zu einem späteren Zeitpunkt nachholen würden. Zu diesem späteren Zeitpunkt war es nie gekommen. Troy hatte angefangen, jeden Tag bis nach siebzehn Uhr zu arbeiten und aus achtzehn wurde neunzehn Uhr. Dann zwanzig Uhr. Und langsam, aber sicher war die Intimität zwischen den beiden bestenfalls noch lauwarm gewesen.

Das fehlende Sexleben war das, was Mickie am meisten Sorgen bereitet hatte. Sie war nie besonders abenteuerlustig gewesen, selbst bevor sie Troy begegnet war, aber die beiden hatten immer ausschließlich Sex in der Missionarsstellung gehabt. Mickie hatte sich nach mehr gesehnt, es von Troy aber nie bekommen. Anstatt wie Mann und Frau hatten sie sich wie Mitbewohner verhalten und sein fehlendes Interesse an ihr hatte langsam, aber sicher dafür gesorgt, dass jegliches Selbstbewusstsein zerstört wurde, das sie in Bezug auf ihre eigene Sexualität besessen hatte.

Erst nach zweieinhalb Jahren Ehe hatte sie den wahren Grund herausgefunden, warum Troy sie geheiratet hatte. Es hatte sie am Boden zerstört und Mickie wusste, dass sie niemals vergessen würde, wie niedergeschlagen sie gewesen war, als sie gehört hatte, wie Troy am Telefon mit Brittany sprach, einer der Brautjungfern bei ihrer Hochzeit, die anscheinend von Beginn an Troys große Liebe gewesen war.

»Nein, Mickie hat keine Ahnung. Brit, ich verspreche dir, nur noch ein paar Monate und dann werden wir uns scheiden

lassen. Du weißt, dass ich sie heiraten musste, um mein Erbe zu bekommen. Mom und Pop haben dich nie gemocht. Es war nicht nett von ihnen, mich zu zwingen, zu heiraten, oder das ganze Geld zu verlieren, aber jetzt, da ich Kontrolle darüber habe, werde ich dafür sorgen, dass Mickie das Interesse an mir verliert und wir uns auf eine einvernehmliche Scheidung einigen können. Ich kann dir garantieren, dass der Sex jetzt schon scheiße ist. Wenn ich sie vögeln muss, mache ich mir nicht einmal die Mühe, es angenehm für sie zu machen. Sobald sie die Papiere unterschreibt, in denen steht, dass sie keine Unterhaltszahlungen fordert, bin ich frei für dich, Baby.«

Er hatte kurz geschwiegen und offensichtlich Brittany am anderen Ende zugehört.

»Oh ja. Sie will nie irgendwelchen Ärger machen. Sie wird alles unterschreiben, ohne es zu hinterfragen. Ich schwöre es dir. Und ja, ich werde Mickie sagen, dass ich heute Abend wieder länger arbeiten muss, und gegen fünfzehn Uhr bei dir sein.«

Noch eine Pause und Mickie hatte gespürt, wie ihr die Tränen über die Wangen rollten, sich aber nicht die Mühe gemacht, sie wegzuwischen.

Troys Stimme wurde leiser, als er auf das antwortete, was Brittany gesagt hatte. *»Ich kann nicht abwarten, dich zu schwängern. Nächstes Jahr um diese Zeit wirst du hoffentlich mein Baby austragen. Ich kann es nicht erwarten, unsere Familie zu gründen. Sobald du schwanger bist, werde ich ihr erzählen, dass wir uns auseinandergelebt haben und es besser ist, wenn wir nur Freunde sind. Ich habe keinen Zweifel, dass sie die Scheidungspapiere unterschreiben wird. Ich liebe dich, Baby. Bis später.«*

Mickie hatte im Türrahmen gestanden und Troy mit

emotionslosem Gesichtsausdruck angestarrt, als er sich umdrehte. Das gesamte Blut war ihm aus dem Gesicht gewichen und er hatte die Nerven gehabt, den klischeehaften Satz zu stammeln: »Mickie, es ist nicht, was du denkst.«

Sie hatte bloß entgegnet: »Die Scheidungspapiere werden dir innerhalb der nächsten Woche zugestellt werden, dann brauchst du nicht zu warten, bis sie schwanger ist. Ich hoffe, du hast einen guten Anwalt, denn ich werde definitiv Unterhaltsforderungen stellen.«

Sie hatte ein Vermögen aus der Scheidung erhalten, ganz besonders nachdem Troys Langzeitaffäre mit Brittany ans Licht gekommen war. Seine Eltern hassten Mickie dafür, dass sie den Namen ihrer Familie durch den Schmutz gezogen hatte, fast so sehr, wie sie Brittany hassten, aber Mickie war das vollkommen egal. So wie sie es sah, hatten Troy und seine Eltern es sich selbst zuzuschreiben. Sie hatten ihm von Beginn an nicht erlaubt, den Menschen zu heiraten, den er liebte, und Troy hatte nicht den Mut gehabt, sich gegen sie aufzulehnen.

Ihre eigenen Eltern waren enttäuscht, dass Troy und sie über »ihre kleine Meinungsverschiedenheit« nicht hinwegkommen konnten. Ihre Einstellung hatte Mickie so traurig gemacht wie die Scheidung an sich.

Mickie wusste nur, dass Troy inzwischen mit Brittany verheiratet war und sie nach Seattle gezogen waren. Sie hatten eine kleine Tochter und Troy arbeitete für eine der besten Steuerberatungskanzleien im Bundesstaat. »So viel zum Thema Karma«, sagte Mickie laut zu niemand Bestimmtem.

Sie seufzte und hielt vor dem Restaurant an. Sie hatte

die Sache hinter sich gelassen. Älter und weiser und der ganze Mist. In Bezug auf Beziehungen war sie jetzt viel vorsichtiger und hatte nach Troy niemanden gefunden, dem es gelungen war, ihre Mauern zu durchbrechen. Wichtiger jedoch war, dass es niemanden gab, mit dem sie es *versuchen* wollte ... bis jetzt.

Da sie wusste, dass sie spät dran war – der Verkehr war wegen eines Unfalls auf der Autobahn furchtbar gewesen –, öffnete Mickie die Tür zum Restaurant und wurde von einer Wand aus unterschiedlichen Geräuschen und Gerüchen getroffen. Eine große Menschengruppe stand im Barbereich und der Geruch von Gewürzen und Tequila stieg ihr in die Nase. Ihr knurrte der Magen. Mexikanisch war ihr Lieblingsessen und Mickie hatte vergessen, wie gut die Speisen hier waren.

»Hallo, Mickie. Danke, dass du mich nicht versetzt hast.«

Mickie drehte sich um und sah Cruz neben sich, als sei er aus dem Nichts aufgetaucht. Sie schüttelte den Kopf. »Tut mir leid, dass ich zu spät bin. Der Verkehr war die Hölle. Und ernsthaft, ich weiß nicht, mit wem du ausgehst, aber jede Frau wäre verrückt, einer Verabredung mit dir zuzustimmen und dann nicht aufzutauchen.«

»Oh, du würdest dich wundern, Süße. Komm mit, unser Tisch ist schon bereit.«

Mickie schmolz innerlich ein wenig, als er mit den Fingerspitzen über ihr Kreuz strich, während er sie sanft vor sich herschob und sie vor der Menschenmenge beschützte, als sie der Hostess folgten, die sie zu ihrem Tisch brachte.

Ihnen wurde eine Sitznische im hinteren Teil des Restaurants zugewiesen, die auf der entgegengesetzten Seite des Wassers lag. Mickie hielt es nicht unbedingt für einen erstklassigen Platz, aber abseits der Menschen im gedämpften Licht zu sitzen schien genauso intim zu sein, als sei es ein Abendessen bei Kerzenschein.

Cruz hielt sie am Ellbogen, als sie sich setzte, und entschied sich dann überraschenderweise dafür, neben ihr Platz zu nehmen anstatt auf der anderen Seite des Tisches.

»Macht es dir etwas aus?«, fragte Cruz lächelnd und deutete auf den Platz neben ihr auf der Bank.

»Äh, nein. Ich glaube nicht«, stammelte Mickie. Sie hatte noch nie erlebt, dass ein Mann, mit dem sie eine Verabredung hatte, neben ihr sitzen wollte. Jedes Mal wenn sie mit Troy ausgegangen war, hatte er ihr gegenübergesessen und während des Essens die Nase in seinem Telefon vergraben.

Er setzte sich und bemerkte lässig: »Ich ziehe es vor, neben dir zu sitzen. So fühlt es sich mehr nach einer Verabredung an.« Er zuckte mit den Schultern. »Ich weiß ... es ist seltsam, nicht wahr? Tut mir leid, ich werde einfach ...« Cruz machte Anstalten, aufzustehen und sich auf die andere Seite zu setzen.

Mickie legte die Hand auf seine. »Schon in Ordnung, Cruz. Ich muss ehrlich sein, du hast mich überrascht, aber nicht auf negative Weise, okay? Ich bin es einfach nicht gewohnt. Aber es macht mir überhaupt nichts aus, ehrlich.«

Er lachte und machte es sich wieder neben ihr bequem. »Es ist schon eine Weile her, seit ich das letzte

Mal mit einer Frau aus war, die ich beeindrucken wollte. Ich glaube, ich weiß nicht mehr, wie es geht.«

»Ich bin der Meinung, du machst das schon ganz gut.«

»Wirklich?«

»Wirklich.«

»Möchten Sie beide etwas trinken?«

Die Stimme der Kellnerin unterbrach ihre Unterhaltung und sie lachten. Nachdem sie bestellt hatten und die Kellnerin sich wieder entfernt hatte, drehte Cruz sich auf seinem Platz zu Mickie um und sah sie an.

»Kommst du oft hierher?«

Mickie kicherte. »Ja, ich war schon ein paarmal hier, und du?«

»Einmal.« Als sie eine Augenbraue hochzog, fuhr Cruz fort: »Zu einem feierlichen Abendessen. Ich kam mit meinem Freund, seiner Frau und unseren restlichen Freunden. Sie hatte erst kurz zuvor etwas Schreckliches durchgemacht und wir haben die Tatsache gefeiert, dass sie lebendig war, und unsere Freundschaft ebenfalls.«

»Wow, ich bin froh, dass sie in Ordnung ist. Du klingst, als würdest du deinen Freunden sehr nahestehen.«

»Ja, ich habe dir bereits gesagt, dass sie für mich wie meine Brüder und Schwestern sind. Ich glaube nicht, dass solche Menschen zufällig oder sehr häufig in unser Leben kommen.«

Als Mickie schwieg, fluchte Cruz. »Scheiße. Tut mir leid. Für eine erste Verabredung ist das ziemlich tiefgründig, oder? Es ist bloß –«

Mickie drückte Cruz' Hand, die sie weiterhin in ihrer

hielt. »Es ist in Ordnung. Eigentlich ist es sogar erfrischend. Es ist echt. Ich habe das Gefühl, dass die meisten von uns so oft falsch und unehrlich durchs Leben gehen, dass es schwierig ist, sich daran zu erinnern, wer wir tief im Inneren wirklich sind. Es gefällt mir, dass du dich nicht zurückhältst. Das ist nett.«

Cruz rutschte unruhig hin und her. Ganz plötzlich gefiel es ihm nicht, dass er sich ihr nur annäherte, um sie vor Ransom und den anderen Clubmitgliedern zu beschützen. Bis jetzt mochte er sie. Sie hatte nichts Verrücktes getan und er fühlte sich in ihrer Nähe wohl. Gut, er war erst eine Stunde in ihrer Gegenwart, aber eine Stunde war für einige Frauen, die er in der Vergangenheit getroffen hatte, ausreichend, um von interessant zu durchgeknallt zu werden. Zu hören, wie sie ihm ein Kompliment machte, verschlechterte sein Gefühl über den Grund seiner Anwesenheit, ganz besonders weil er nicht vollkommen ehrlich zu ihr war.

Mickie sah Cruz verwirrt an. Es war, als hätten ihre Worte, die als Kompliment gemeint waren, ihm ein unbehagliches Gefühl bereitet. »Ich habe das nicht negativ gemeint. Nett zu sein ist gut. Ich mag es, wenn jemand nett ist.«

Cruz versuchte, sich zu entspannen und zu lächeln. Er stellte sich wahrlich beschissen an, sie dazu zu bringen, Zeit mit ihm verbringen zu wollen. Wenn es so weiterging, würde sie vorgeben, zur Toilette zu müssen, und sich dann rausschleichen. »Tut mir leid, und du solltest wissen ... mir gefällt es auch, nett zu sein. Und ab jetzt werde ich mich von meiner besten Seite zeigen, du wirst dir also keine Ausrede einfallen lassen müssen, um mich loszuwerden.«

Mickie erwiderte sein Lächeln. »Abgemacht.«

Die Kellnerin erschien mit ihren Getränken und nachdem sie einen kurzen Blick in die Speisekarte geworfen hatten, trafen beide ihre Wahl.

»Wie geht es deiner Schwester? Hattest du Gelegenheit, mit ihr zu sprechen?«, fragte Cruz und hasste es, diese Sache überhaupt anzusprechen, aber er wollte wissen, wie sehr die gestrige Party zu Ransoms Gunsten gewirkt hatte. Als Cruz ihn heute früh gesehen hatte, war er entspannt und zufrieden gewesen. Cruz hatte sich zwar nicht nach Angel erkundigt, da er wusste, dass es für einen Anwärter seltsam wäre, Interesse an seiner Beziehung zu zeigen, aber er hatte darüber nachgedacht.

Mickie seufzte. »Ich habe sie heute Vormittag angerufen und sie ist tatsächlich rangegangen, was mich überrascht hat. Aber nachdem ich ihr zugehört hatte, wusste ich, dass sie nur mit mir sprach, um mir zu erzählen, dass ich mit allem, was ich gestern gesagt hatte, falschgelegen habe.«

»Worum ging es bei eurem Streit, wenn ich fragen darf?«, wollte Cruz wissen.

»Sie ist mit diesem Kerl zusammen, der nicht gut für sie ist, und will nicht auf mich hören.«

Cruz zuckte lässig mit den Schultern. »Sie ist erwachsen, oder? Sie wird zwangsläufig Fehler in Beziehungen machen, während sie lernt, was und wen sie will.«

»Normalerweise würde ich dir zustimmen, aber nicht bei diesem Kerl. Da du aus der Gegend stammst, gehe ich davon aus, dass du vom *Red Brothers Motorradclub* gehört hast, richtig?« Als er nickte, sprach sie weiter. »Nun, sie ist mit dem Präsidenten des Clubs zusammen. Sie denkt, er sei missverstanden und ein toller Typ, aber das ist er nicht. Ich schätze, du hast davon keine Ahnung, aber MC-Liebesromane sind derzeit sehr gefragt. Wenn du online suchst, wirst du einen Haufen davon finden. Seitenweise Bücher mit scharfen, durchtrainierten, tätowierten Männern auf dem Titel. Meist werden diese großen, Furcht einflößenden Kerle angepriesen, die hinter ihrer ganzen Angeberei zahm wie Kätzchen sind. Sie machen Dinge, die am Rande der Legalität sind, aber alles nur, um ihre Gemeinschaften zu beschützen. Sie handeln nicht mit Drogen, weil es falsch ist, und lassen eventuell zu, dass Frauen als Prostituierte arbeiten, aber nur, weil sie ihnen einen ›sicheren Ort‹ geben wollen, um Geld zu verdienen und dafür zu sorgen, dass keiner der Männer sie ausnutzt. Am Ende finden sie immer zusammen und sind überglücklich. Es sind gute Geschichten. Mann, ich lese selbst einige dieser Bücher und mir gefallen sie. Aber meine Schwester denkt, dass *dieser* Kerl direkt aus einem der Liebesromane entsprungen ist. Das ist er nicht. Ich habe ein wenig recherchiert. Ich habe Todesangst um sie. Er bedeutet Ärger.«

Da Cruz wusste, dass er sich auf dünnes Eis begab, ging er vorsichtig vor. Er pfiff leise. »Mit den *Hermanos Rojos* ist *tatsächlich* nicht zu spaßen.«

Mickie gab ihm nicht einmal Zeit, weiterzusprechen oder das Ganze weiter auszuführen. Sie stützte sich mit einem Ellbogen auf dem Tisch ab und legte den Kopf in die Handfläche, bevor sie sich ihm zuwandte. »Ich *weiß*,

Cruz. Angel hat mir heute Morgen erzählt, dass sie auf ihrem Gelände war, während dort eine Party stattfand. Sie sagte, alles sei zivilisiert und normal gewesen. Sie erwähnte sogar, dass es ein wenig langweilig gewesen sei. Sie erzählte, sie hätte einige der ›alten Damen‹ getroffen und dass alle sehr nett zu ihr gewesen seien. Sie hätten abseits der Männer im Hinterzimmer gefeiert, weil dies ihr Ort sei, und dann hätte Ransom sie nach Hause gefahren. Irgendetwas daran scheint nicht richtig zu sein, aber ich glaube, sie ist noch verliebter in diesen Kerl als zuvor. Er ist Abschaum und je mehr ich versuche, sie von ihm wegzubringen, desto fester krallt sie sich an ihn.«

»Ich hoffe, du denkst nicht darüber nach, etwas Verrücktes zu tun.«

Mickie seufzte. »Wenn ich wüsste, welche verrückte Sache ich unternehmen müsste, würde ich sie vermutlich tun. Angel ist verwöhnt und hat in der Vergangenheit ein paar ziemlich gemeine Dinge zu mir gesagt ... aber sie ist meine Schwester und ich liebe sie. Ich weiß mit absoluter Sicherheit, dass sämtliche Einmischung meinerseits sie nur noch sturer machen wird. In dieser Hinsicht ist sie mir ziemlich ähnlich.« Sie lächelte traurig.

Cruz hasste es, Mickie so niedergeschlagen zu sehen, aber er konnte seine Tarnung nicht auffliegen lassen und ihr sagen, dass er ihre Schwester im Auge behalten und alles tun würde, um sie von der Gefahr fernzuhalten. Er beschloss, dass ein Themenwechsel angebracht sei, und versuchte, ein wenig mit ihr zu flirten. »Erzähl mir von dir. Ich weiß, dass du in einem Autohaus arbeitest, eine Schwester hast, die dich auf die Palme bringt, und dass du Haare hast, die in mir den Wunsch erwecken, mit den

Fingern hindurchzufahren, aber was noch?« Er lächelte, als er sah, wie ihr die Röte in die Wangen stieg.

»Du kannst nie eine einfache Frage stellen, was?« Mickie lachte und fing an, mit ihrer Serviette zu spielen, als sie antwortete: »Ich bin wirklich nicht besonders interessant. Ich weiß, ich sollte dir allerlei tolle Sachen erzählen, aber ich bin wirklich einfach nur eine Langweilerin. Ich bin vierunddreißig Jahre alt und ziehe es vor, mit einem guten Buch zu Hause zu sitzen, anstatt rauszugehen und Partys zu feiern. Ich war einmal verheiratet, habe keine Kinder und wohne schon mein gesamtes Leben hier. Ich habe meinen Bachelorabschluss in Psychologie an der Universität von Texas in San Antonio gemacht und das einzige Land, das ich außerhalb der Vereinigten Staaten bereist habe, war Mexiko.«

Cruz hob wie von selbst die Hand und strich ihr eine Haarsträhne hinter das Ohr. Er fuhr mit den Fingern durch die Haare, die sich in ihrem Nacken befanden, und fand es toll, dass sie bei seiner leichten Berührung nicht zurückwich. »Ich halte dich nicht für eine Langweilerin, Mickie. Es gibt viele Leute, die sich nichts aus der Kneipenszene machen. Ich hasse sie beispielsweise. Dort tummeln sich zu viele Menschen, es ist zu laut, und trinken, um betrunken zu werden, hatte noch nie einen besonders großen Reiz für mich. Wieso hast du dich für Psychologie entschieden?«

Mickie versuchte, nicht jedes Mal zu erzittern, wenn Cruz mit seinen Fingern ihren Nacken berührte. Verdammt, wenn die bloße Berührung seiner Finger sie schon erregte, steckte sie in großen Schwierigkeiten. Die Chemie zwischen den beiden war einfach unbeschreiblich. Sie war verrückt, fühlte sich gleichzeitig aber auch gut an. »Mir hat einfach gefallen zu lernen, warum Menschen gewisse Dinge tun, und nach einer Weile hatte ich so viele Psychologiekurse belegt, dass es einfach Sinn gemacht hat.«

»Dann willst du also wissen, wie die Menschen ticken?«

»Ja, aber ich konnte keinen Job finden, der mir gefällt. Ich weiß, ich bin viel zu wählerisch, aber ich konnte mir einfach nicht vorstellen, als Sozialarbeiterin oder Schulpsychologin zu arbeiten. Der Job im Autohaus ist nicht unbedingt mein Traumberuf, aber er ist unterhaltsam und du wärst überrascht, wie oft ich das anwende, was ich an der Uni gelernt habe.« Mickie lachte, da sie sich offensichtlich an einige Mätzchen der Kunden erinnerte, mit denen sie es zu tun hatte. »Und du? Was hat dich bewogen, im Sicherheitsdienst zu arbeiten?«

Cruz nahm einen Schluck von seinem Getränk und überlegte, was er Mickie erzählen sollte. Er wollte ihr wirklich zu gern davon berichten, warum er sich entschieden hatte, im Gesetzesvollzug zu arbeiten, konnte aber nicht so sehr ins Detail gehen, wie es ihm möglich gewesen wäre, wenn sie wüsste, dass er für das FBI tätig war. Er versuchte, sich vorsichtig vorzutasten.

»Um das zu verstehen, musst du zuerst etwas mehr über mich wissen. Meine Mutter ist an einer Herzkrankheit gestorben, als ich klein war. Mein Vater hat einige Jahre später wieder geheiratet und ich kannte eigentlich keine andere Mutter als Barb. Nachdem sie geheiratet hatten, sind wir sehr viel umgezogen. Wir haben einige Jahre an der Ostküste gewohnt, dann wurde mein Vater nach Ohio versetzt. Dann hat Barb einen Job in Südkalifornien angenommen und wir zogen wieder um, aber den beiden wurde schnell klar, dass das schnelle Leben dort nichts für sie war, weshalb wir nach Maine zogen, wo ich meinen Highschool-Abschluss gemacht habe.

Die beiden leben immer noch dort und lieben es. Sie wohnen in einer konservativen Kleinstadt, in der nie irgendetwas passiert. Meine Eltern waren nicht reich, aber sie waren auch nicht arm. Als Kind hatte ich alles, was ich haben wollte, genau wie die meisten meiner Freunde. Die einzigen Verbrechen, mit denen ich Erfahrung hatte, waren gelegentliche Bagatelldiebstähle.« Cruz lachte leise. »Das und Alkoholkonsum als Minderjähriger.«

Die Kellnerin unterbrach seine Geschichte, als sie ihre Speisen brachte. Nachdem sie gegangen war und sie beide anfingen, ihr Mittagessen zu sich zu nehmen, fuhr Cruz zwischen den Bissen fort.

»Während meines zweiten Highschool-Jahrs waren wir in Kalifornien, es war das einzige Jahr, das wir dort wohnten. Die kleine Schwester von einem meiner Klassenkameraden verschwand. Sie war im wahrsten Sinne des Wortes einen Tag da und am nächsten verschwunden. Es gab viele Spekulationen darüber, was ihr zugestoßen sein könnte, aber ich glaube, wir wussten alle, dass sie nicht nach Hause kommen würde. Avery schien ein gutes Mädchen zu sein. Ich kannte sie nicht, aber ich habe gehört, wie ihr Bruder eines Abends in den Nachrichten sprach und den Menschen, der sie mitgenommen hatte, anflehte, sie zurückzubringen. Sie liebte es, zu singen und zu tanzen, sie liebte Hunde und hatte unzählige Kuscheltiere. Ich habe über ihr Verschwinden die Nachrichten gesehen und in der Zeitung gelesen. Es dauerte nicht allzu lange, da wurden aus den Interviews mit ihren Eltern und ihrem Bruder und Berichte über die organisierten Suchtrupps plötzlich andere, sensationellere Geschichten, in denen es um Morde, den Klimawandel und selbstverständlich Politik ging.

Ich habe Avery aber nie vergessen. Nur etwa drei Wochen später war ein Ehepaar in einem Wald fernab von unserem Heimatort entfernt unterwegs und hat ihre Leiche gefunden. Ein hübsches kleines Mädchen, tot. Kurz gesagt, sie war von einem Mann getötet worden, der überall junge Frauen und Kinder entführt hat. Er hatte sich insgesamt zehn Stunden in unserer Stadt aufgehalten. Zehn verdammte Stunden. Länger hatte er nicht gebraucht, um mindestens vier Leben zu ruinieren. Averys Eltern ließen sich scheiden und ihr Bruder ging später zur Navy.«

»Das ist hart, Cruz. Was hat das damit zu tun, dass du einen Beruf im Sicherheitsdienst ergriffen hast?«

Ihre Frage war berechtigt und Cruz versuchte, es ihr zu erklären, ohne irgendetwas über seinen Beruf als FBI-Agent preiszugeben. »Die Polizisten in unserer Stadt waren auf eine gründliche Untersuchung im Fall von Averys Verschwinden nicht vorbereitet gewesen. Ihre Eltern flehten sie bei der Suche nach ihrer Tochter um Hilfe an, aber nach einer symbolischen Suche sagte die Polizei, es gäbe nicht viel mehr, was sie tun könnten, weil ihnen einfach die Beweise fehlten. Entführungen durch Fremde sind selten und gehören zu den Fällen, die am schwierigsten zu lösen sind. Ich habe aus erster Hand erfahren, wie wichtig es ist, dass alle *irgendetwas* tun. In die Suche nach Avery involviert zu sein und zu sehen, wie alle sich freiwillig gemeldet haben, um zu helfen, hat etwas in mir bewegt. Ich weiß, dass der Beruf eines Sicherheitsbeamten mit dem eines Polizisten nicht gleichzusetzen ist, aber selbst wenn ich nur alten Damen dabei helfen kann, ihre Handtasche zurückzubekommen, nachdem sie ihnen weggeschnappt wurde, gibt mir das ein gutes Gefühl.«

Der letzte Teil war etwas lahm, aber Mickie schien es ihm abzukaufen.

»Das ist großartig, Cruz.«

Er zuckte bloß mit den Schultern. »Der beste Teil der Geschichte war, in den sozialen Medien zu sehen, dass Averys Bruder kürzlich das Arschloch gefunden hat, das seine Schwester umgebracht hat. Seit seinem Highschool-Abschluss hatte er ihn gejagt. Anscheinend war er zur Navy gegangen, SEAL geworden und hat ihn zusammen mit einigen seiner SEAL-Kumpel geschnappt und endlich getötet. Ich habe zu Averys Bruder Sam keinen Kontakt gehalten, aber ich wette, wäre ich in Kalifornien geblieben und hätte dort meinen Abschluss gemacht, wären wir gute Freunde geworden.«

»Das ist eine tolle Geschichte. Wirklich. Und du solltest dich wegen deines Berufs nicht schlecht fühlen. Ich meine ... ich weiß nicht genau, *was* du tust. Ich bin mir sicher, du bist kein Texas Ranger oder so was, aber ich gehe davon aus, dass du dein Bestes tust, um dafür zu sorgen, dass die Menschen in Sicherheit sind.«

Er ignorierte die Bemerkung über den Texas Ranger, machte sich aber eine mentale Notiz, Dax zu erzählen, was Mickie gesagt hatte, weil er daran seine helle Freude hätte. Es war offensichtlich, dass sie es nicht so gemeint hatte, wie es ihr entfahren war. »Ladendiebe aufzuhalten oder Streife zu gehen, um Eindringlinge zu schnappen, ist weit davon entfernt, Serienmordfälle zu lösen.«

»Ja, aber wenn es keine Menschen wie dich gäbe, würde Chaos herrschen. Wer weiß, was gestohlen oder zerstört werden würde. Wir hätten eine Anarchie.« Sie lächelte. »Die Teenager hätten wahnsinnig viel Spaß. Erst neulich habe ich gesehen, wie ein Sicherheitsbeamter einer Gruppe alter Damen den richtigen Weg durch das Einkaufszentrum gewiesen hat. Ohne Menschen wie dich würde die Welt verrückt werden, ich sage es dir.«

Cruz lächelte. Sie war hinreißend in ihrer Annahme, dass er ein Sicherheitsbeamter war, und versuchte, ihm deswegen ein gutes Gefühl zu geben. Es existierten einige wirklich gute Männer im Sicherheitsbereich, mit denen er im Laufe der Jahre zusammengearbeitet hatte, aber er war ehrlich zu ihr gewesen, als er ihr erzählt hatte, dass es bis zum Lösen von ernsten Fällen ein weiter Weg war.

»Was ist das Verrückteste, was du je erlebt hast?«, fragte Mickie, während sie ihr Kinn auf der Handfläche aufstützte und sich über den Tisch beugte. Es gefiel ihm, dass sie ihm ihre ganze Aufmerksamkeit zukommen ließ. Sie schien sich weder für ihr Handy zu interessieren noch dafür, was um sie herum geschah. Es war erfrischend. Er beschloss, ihr ein wenig auf den Zahn zu fühlen. Er wusste, dass sie sich um ihre Schwester sorgte, wollte aber noch tiefer vordringen.

»Einmal wurde ich Zeuge eines Drogenhandels.«

»Oh mein Gott! Wirklich? Was hast du gemacht?«

»Ich habe die Polizei gerufen. Ich bin dem Kerl gefolgt, der die Drogen verkauft hat, weil ich mir dachte, dass er vermutlich mehr involviert ist als der Junge, der sie gekauft hat. Ich kann Drogenkonsum und die Folgen für die Konsumenten und ihre Familien nicht ertragen. Konsum ist eine tückische Sache. Am Anfang scheinen Drogen harmlos zu sein, Menschen fühlen sich mit ihnen gut und unbesiegbar. Der Junge, der die Drogen gekauft hat, sah nicht wie ein Schwerstabhängiger aus. Er hat sie vermutlich für eine Party gekauft. Aber Drogen können das Leben eines Menschen ganz schnell vereinnahmen. Jedes Mal wird die Fallhöhe größer und die Konsumenten erweitern die Grenzen dessen, was sie tun würden, um wieder high zu werden.«

Mickie stellte ihren nun leeren Teller zur Seite und bemerkte aufrichtig: »Es klingt, als sei es für dich sehr persönlich.«

»Das ist es auch. Meine Ex-Frau war darin verwickelt.«

»Tut mir leid, Cruz. Das ist furchtbar.«

»Ja.«

Er flüsterte seine Antwort und Mickie konnte die Trauer in seiner Stimme hören. Sie legte die Hand auf seinen Unterarm und drückte leicht zu.

Cruz seufzte und legte seine Hand auf die von Mickie. Er konnte die Körperwärme spüren, die aus ihrer Handfläche durch seinen Ärmel strahlte und direkt in seinen Blutkreislauf eindrang, oder zumindest hatte es den Anschein. »Sie wurde bereits in der Highschool süchtig, aber ich hatte keine Ahnung. Sie hat sich vor mir in einer Weise porträtiert, während sie sich die gesamte Zeit prostituierte, um an Geld für noch mehr Drogen zu kommen.«

»Wow. Wie lange wart ihr verheiratet?«

»Zu lange. Ich hätte es sehen müssen.«

»Cruz, du hast sie geliebt. Zumindest gehe ich davon aus, dass du es getan hast.« Mickie wartete, bis er nickte, dann fuhr sie fort: »Du hast ihr vertraut. Das tut man eben, wenn man einen Menschen liebt. Man erfindet Ausreden für ihn, wenn er irgendwelche Sachen tut, und vergibt ihm, wenn er einen verletzt.«

»Wie bei dir und deiner Schwester.«

Mickie schnaubte. »Ja, wie bei Angel und mir.«

Cruz griff das vorherige Thema wieder auf. »Meine Ex lebt immer noch hier in San Antonio. Ab und zu wird sie wegen Prostitution verhaftet. Ich habe das Gefühl, für alle meine Freunde eine Lachnummer zu sein. Alle wissen über sie Bescheid.«

»Ich bin mir sicher, dass deine Freunde nicht über dich lachen, Cruz. Wahrscheinlich fühlen sie sich deinetwegen schlecht, aber das ist etwas ganz anderes, als Mitleid mit dir zu haben oder dich auszulachen.«

Cruz brachte Mickies Hand an seine Lippen und küsste die Rückseite. »Danke, Mickie. Tut mir leid, dass ich so ein Trauerkloß bin. Ich hatte nicht vor, dir das alles bei unserer ersten Verabredung zu erzählen.«

Mickie lachte leise. »Das hier ist eine der interessantesten ersten Verabredungen, die ich jemals hatte.« Als Cruz sie skeptisch ansah, sprach sie schnell weiter. »Ernsthaft. Meistens wollen die Männer darüber reden, wie toll sie sind und wie glücklich ich mich schätzen sollte, mit ihnen zusammen zu sein.«

»Ich weiß nicht, wie glücklich du dich fühlst, aber *ich* fühle mich sehr glücklich, dass du mit mir hier sitzt.«

»Ich weiß nicht, ob du mich gut genug kennst, um dich glücklich zu fühlen, hier zu sein. Wenn es um meinen Ex geht, habe ich meine ganz eigene traurige Geschichte.«

»Er war ein Idiot.«

Mickie lachte über seine sofortige und aufrichtig klingende Bemerkung. »In diesem Punkt stimme ich dir zu.«

Die beiden lächelten einander an. Cruz hatte ihre Hand nicht mehr losgelassen, seit er sie geküsst hatte, und verstärkte den Griff an ihren Fingern. »Ernsthaft, Mickie. Ich kann mir nicht vorstellen, was passiert ist, dass er die Entscheidung getroffen hat, nicht mehr mit dir verheiratet sein zu wollen. So wie ich es sehe, bist du ziemlich großartig.«

»Danke, Cruz. Das bedeutet mir sehr viel.«

»Genug, um noch einmal mit mir auszugehen?«

Mickie lachte. »Möglicherweise schon.«

»Nur möglicherweise?«

»Nun, möglicherweise eher auf der definitiven Seite.«

Cruz' Stimme wurde leise und rau und Mickie erschauderte bei dem Versprechen, das sie darin hören konnte. »Gut. Ich muss sagen, ich freue mich darauf, dich besser kennenzulernen, Mickie.«

»Ich mich auch.«

»Darf ich dich anrufen?«

»Ja, das wäre schön.«

»Und in der Zwischenzeit bleibst du mit mir in Kontakt?«

»Ja.«

»Gut. Komm mit, ich werde dich nach draußen bringen.«

Sie standen vom Tisch auf und Cruz half Mickie aus der Sitznische. Er trat zurück und führte sie mit der Hand im Kreuz aus dem Restaurant nach draußen. Mickie wusste nicht, was an dieser Geste ihr das Gefühl gab, wertgeschätzt zu werden, aber es war so. Vielleicht lag es daran, dass Troy sie, abgesehen von der Zeit, die sie im Bett verbracht hatten, nie wirklich berührt hatte, aber Cruz' Hand fühlte sich an ihrem Körper wunderbar an.

Sie gingen nebeneinander über den Bürgersteig, der am Wasser verlief, bis sie zu einer Treppe kamen, die zur Straße hinaufführte.

»Hier muss ich rauf. Ich habe in dieser Straße geparkt«, sagte Mickie.

»Ich werde dich bis zu deinem Wagen bringen.«

»Wirklich, Cruz, es ist schon in Ordnung, ich kann –«

»Ich werde dich bis zu deinem Wagen bringen«, wiederholte Cruz mit unnachgiebiger Stimme.

Mickie schaute ihm ins Gesicht und sah, dass es ihm ernst war. »Gut, aber es ist nicht notwendig, es ist mitten am Tag.«

»Für mich ist es notwendig.«

Mickie gab würdevoll nach, lächelte und nickte. Sie stiegen die Treppenstufen hinauf und gingen eine Straße entlang, bis sie einen kleinen Parkplatz erreichten, auf dem Mickie ihren Wagen abgestellt hatte.

Cruz hielt an der Fahrertür an und drehte sich zu Mickie um. Er ergriff ihre Hände und führte beide an seinen Mund. Nachdem er den Handrücken ihrer linken Hand geküsst hatte, drehte er ihre rechte Hand um und küsste die Handfläche. »Ich habe mich gut amüsiert. Danke, dass du gekommen bist, Mickie.«

»Ich mich auch. Ich werde dir schreiben und wir können uns diese Woche weiter unterhalten, okay?« Mickie trat nicht von Cruz zurück, denn ihr gefiel das Gefühl ihrer Hände in seinen.

»Das klingt toll.« Cruz beugte sich langsam zu Mickie, um ihr Zeit zu geben zurückzuweichen. Als sie das nicht tat, berührte er kurz ihre Lippen mit seinen. Er wollte dort verharren und ihren ersten Kuss genießen, aber das tat er nicht. Er zog sich zurück und drückte ein weiteres Mal ihre Hände, bevor er sie losließ. »Los, steig ein. Wir sprechen uns bald.«

»Tschüss, Cruz.« Mickie öffnete die Wagentür und Cruz schloss sie hinter ihr. Als sie den Motor anließ und sich umdrehte, sah sie, dass Cruz immer noch neben ihrem Wagen stand. Sie winkte ihm kurz zu und machte sich bereit loszufahren. Er erwiderte die Geste, indem er das Kinn hob. Mickie fuhr rückwärts aus der Parklücke und rollte langsam in Richtung Parkplatzausfahrt. Sie schaute sich noch einmal um und sah, dass Cruz zurück in Richtung des River Walk die Straße entlangging.

Es war ein interessantes Treffen gewesen. Ab und zu etwas anstrengend, aber sie hatte es genossen, mit Cruz zusammen zu sein und im Mittelpunkt seiner Aufmerksamkeit zu stehen. Sie hoffte definitiv, dass er anrufen würde.

KAPITEL FÜNF

»Oh ja, fick diesen Arsch. Besorg es ihr.«

Cruz trank hastig den letzten Rest des Bieres aus der Flasche, die er hielt, und versuchte, die Handlungen zu ignorieren, die hinter ihm stattfanden. Seit seiner Verabredung mit Mickie waren fünf Tage vergangen und er hatte sich noch nie so unsauber gefühlt ... vielleicht mit Ausnahme des einen Mals, als er zum Arzt gegangen war, um sich auf sexuell übertragbare Krankheiten untersuchen zu lassen, nachdem er die Wahrheit über Sophie erfahren hatte.

Dieser Mist musste aufhören. Er musste herausfinden, woher und von wem Ransom seine Drogen bezog, versuchen, die *Red Brothers* lahmzulegen, und dann zusehen, dass er von dort verschwand, bevor er zu einem Menschen wurde, mit dem er nicht mehr leben konnte.

Cruz saß mit Ransom, Tick und zwei weiteren Anwärtern an einem Tisch. Ransom verteilte derzeit die neuen Aufgaben für die Anwärter. Jeden zweiten Tag bekamen sie irgendeinen dämlichen Job, um Ransom und dem MC ihre Loyalität zu beweisen.

Es war zehn Uhr morgens und hinter ihnen befanden sich drei andere Mitglieder des Clubs und ein Mädchen, das Cruz noch nie zuvor gesehen hatte und das nicht älter als zwanzig Jahre sein konnte. Bubba hatte sie über einen Tisch gebeugt, während Dirt und Camel ihn anfeuerten. Die beiden hatten ihren Spaß bereits gehabt und Cruz wusste, dass derjenige, der das Zimmer als Nächstes betrat, sich höchstwahrscheinlich ebenfalls vergnügen würde.

Fast alle Männer im Club waren groß, entweder groß gewachsen und muskulös oder übergewichtig, und in der Lage, sich selbst und ihren Präsidenten zu schützen. Die Clubhuren waren vermutlich irgendwann einmal hübsch gewesen, aber im Laufe der Zeit hatten sie sich durch unzureichende Ernährung, Drogenkonsum und den Missbrauch durch die Clubmitglieder in Hüllen der Frauen verwandelt, die sie einmal waren. Die meisten waren durchschnittlich groß, einige waren definitiv minderjährig und wegen des Drogenkonsums hatte keine von ihnen zu viel Gewicht auf den Rippen. Cruz drehte sich der Magen um, als er zusah, wie die MC-Mitglieder sie herumreichten und abwechselnd mit ihnen Sex hatten. Die Frauen unter den riesigen, erbarmungslosen Körpern der Männer zu sehen, die sie fickten, war etwas, das Cruz nie vergessen würde.

An diesem Morgen hatten Bubba und die anderen die Frau mit den Fußgelenken in etwa einem Meter Abstand an die Tischbeine gebunden und ihre Handgelenke mit einer Art Kabel auf dem Rücken gefesselt. Sie hatten ihr einen Ballknebel in den Mund gesteckt und Cruz hatte gesehen, wie die Spucke unter ihrem Mund eine kleine Pfütze bildete. Sie wehrte sich in keiner Weise und lag stattdessen bloß schlaff auf dem Tisch, während jeder der Männer sie fickte.

Der Blick aus den Augen der Frau war leer. Sie war vollkommen zugedröhnt mit Drogen und sich höchstwahrscheinlich nicht einmal bewusst, was vor sich ging, oder falls doch, war es ihr egal, weil sie nur darauf wartete, dass die Männer fertig waren, damit sie in Form von weiteren Drogen bezahlt werden konnte. Keiner der Männer benutzte ein Kondom und Camel und Dirt hatten auf den Rücken und die Hände der Frau ejakuliert, als sie gekommen waren.

Die gesamte Szene war ekelhaft und obszön und Cruz konnte nichts dafür, dass er vor seinem inneren Auge zuerst Sophie und dann Angel sah, die anstatt der unter Drogen stehenden Frau auf dem Tisch lagen.

»Verstanden, Smoke?«

Mist. »Tut mir leid, was?«

Ransom lachte herzhaft. »Du bist heute früh etwas abgelenkt, Smoke. Du wünschtest, du könntest mitmachen, nicht wahr? Nun, was für ein Pech. Du weißt, dass Anwärter nicht ficken dürfen. Die Clubmuschis gibt es nur für die *Hermanos Rojos*.«

Cruz versuchte, angemessen gescholten auszusehen. »Tut mir leid, Präsi.«

»Und jetzt pass verdammt noch mal auf. Ich wiederhole mich nicht gern. Heute werdet ihr Arschlöcher Angel ausführen und sie und ihre Schlampen-Freundinnen beschwatzen. Ich muss die Sache vorantreiben.

Sie ist unfassbar nervig und es muss so bald wie möglich passieren. Ich habe meinem Lieferanten versprochen, dass der neue Markt heiß sein würde. Es dauert einfach zu lange.«

Zum Glück fragte Tiny, ein weiterer Anwärter, was Cruz durch den Kopf ging. »Wie wird es helfen, die Sache voranzutreiben, wenn wir nett zu dieser Schlampe sind?«

Ransoms Faust sauste über den Tisch und landete in Tinys Gesicht, noch bevor Cruz überhaupt gesehen hatte, wie er zuschlug. Tiny, der ironischerweise diesen Namen trug, denn er wog mindestens hundertdreißig Kilo, bewegte sich von der Wucht des Schlags durch Ransoms Faust kaum. Sein Kopf flog nach hinten, aber das war auch alles, was sich rührte.

»Wofür war das?«, jammerte er und hielt sich die Handfläche an die Wange.

»Weil du das, was ich sage, niemals infrage stellst, Anwärter. ›Loyalität dem Einen.‹ Und *ich* bin verdammt noch mal ›der Eine‹. Wenn ich dir sage, du sollst mitten auf den River Walk scheißen, dann wirst du es tun, ohne nach dem Warum zu fragen oder herumzuplärren. So läuft das hier. Wenn du dich mir gegenüber, mir ganz allein, als loyal bewiesen hast – und Teil dieser Loyalität bedeutet, dass du meine Worte und Taten *nicht infrage stellst* –, dann werde ich *vielleicht* in Erwägung ziehen, dich in den Club aufzunehmen. Bis dahin tust du aber, was zur Hölle ich sage und wann immer zur Hölle ich es sage. Und heute werdet ihr drei Angel abholen, mit ihr zu Smokes beschissenem Einkaufszentrum fahren, wo sie sich mit ihren reichen Schlampenfreundinnen trifft, und ihnen zeigen, wie wohlerzogen und höflich ihr sein könnt. Als Abschiedsgeschenk werdet ihr Angel einige Joints geben und sie ermutigen, sie mit ihren Freundinnen zu teilen.«

»Ja, Sir. Kein Problem«, antwortete Roach demütig. Cruz und Tiny taten es ihm gleich.

Der Ausflug schien für Cruz dämlich zu sein, aber er würde jetzt auf keinen Fall etwas sagen. Er würde abwarten und sehen müssen, wie sich die Sache entwickelte. Ransom dachte, er würde als Sicherheitsbeamter im Einkaufszentrum arbeiten, und hatte offensichtlich beschlossen, dass es der perfekte Ort wäre, an den er Angel und ihre Freundinnen bringen könnte, um sie dem MC vorzustellen.

Cruz und die anderen beiden Anwärter ignorierten die Gruppe Männer, die nun auf sechs angewachsen war und sich um das Mädchen versammelt hatte, das an den Tisch festgebunden war, und die einander nun noch lauter anfeuerte, und verließen das Clubhaus, um Ransoms Pseudofreundin abzuholen.

»Scheiße. Ich kann es nicht abwarten, bis ich ein vollwertiges Mitglied bin. Das da ist eine erstklassige Muschi«, brummte Roach, als sie in den Lieferwagen stiegen, der dem MC gehörte.

»Ich mag sie lieber etwas älter«, sagte Cruz.

»Du verpasst was, Bruder.« Dieses Mal war es Tiny, der sich zu Wort meldete. »Je jünger sie sind, desto enger ist ihre Muschi. Ich bin ein riesiger Scheißkerl und ich brauche eine enge Muschi, um zu kommen. Zwölf und dreizehn ist ideal.« Er lachte über sich selbst. »Versteh mich nicht falsch. Ich nehme jede Muschi und jeden Arsch, ganz egal wie ich sie bekommen kann, aber ich bevorzuge die Mädchen. Bei ihnen fangen die kleinen Titten gerade erst an zu wachsen.«

Cruz schluckte die Galle herunter, die ihm in der Kehle aufgestiegen war. Herrgott noch mal, er musste diesen Job so schnell wie möglich hinter sich bringen. Er konnte es nicht erwarten, diese Arschlöcher zur Strecke zu bringen. Er hoffte nur, sich in dem Prozess nicht selbst zu verlieren.

Mickie versuchte noch einmal, zu ihrer Schwester durchzudringen. »Angel, warum kommst du nicht hierher? Wir können losziehen und gemeinsam zur Maniküre und Pediküre gehen.«

Angel seufzte hörbar ins Telefon. »Nein. Ransom schickt ein paar der Jungs, die mich ins Einkaufszentrum bringen, wo ich mich mit Cissy, Kelly und Bridgette treffe.«

»Warum würden MC-Typen mit dir ins Einkaufszentrum gehen wollen?«, fragte Mickie in einem Tonfall, den sie für vernünftig hielt. Diese ganze Sache ergab für sie keinen Sinn. Auf keinen Fall würden raubeinige und knallharte Männer aus einem Motorradclub mit verwöhnten, reichen Frauen in ihren Zwanzigern im Einkaufszentrum abhängen wollen. Sie hatten irgendetwas vor, und Mickie gefiel es nicht.

»Vielleicht weil sie *mich* mögen und meine Freundinnen kennenlernen wollen?«

Mickie wusste, dass sie nichts sagen konnte, was ihre Schwester umstimmen würde. Es gab so viele Sachen, die sie sagen *wollte*, aber nichts, was Angel derzeit nicht als Beleidigung auffassen würde.

Sie begnügte sich, ihrer Schwester zu sagen: »Dann sei vorsichtig, okay? Kannst du mich anrufen, wenn du wieder zu Hause bist?«

»Nein. Ich bin keine zwölf mehr, Mickie. Ich muss dich nicht anrufen, wenn ich zurück bin, und ich brauche dich auch nicht um Erlaubnis zu fragen, wenn ich irgendwas machen will.«

»Ich mache mir bloß Sorgen um dich.«

»Das brauchst du nicht. Ich weiß, dass du Ransom und seine Freunde nicht gutheißt, deshalb will ich auch nichts weiter hören, was du über sie zu sagen hast.«

Mickie starrte auf das Telefon in ihrer Hand. Angel hatte aufgelegt.

Sie seufzte. Cruz und seine SMS waren derzeit der einzige Lichtblick in ihrem Leben. Sie waren wirklich lustig. Mickie hatte versucht, die Kommunikation mit ihm auf ein Minimum zu beschränken, schließlich kannten sie einander nicht wirklich, aber er hatte es ihr schwer gemacht. Cruz war charmant, selbst in seinen SMS. Er sagte ihr immerzu, wie schön es war, von ihr zu hören, und gab ihr das Gefühl, etwas Besonderes zu sein.

Mickie klickte auf die App und las Cruz' letzte SMS, die er ihr am Tag zuvor geschickt hatte.

Grüne Bohnen oder Maiskolben?

Mickie hatte Mais geantwortet. Bei seiner nächsten SMS hatte sie laut lachen müssen.

Ich schätze, dann werde ich heute Nachmittag wohl noch mal zum Supermarkt gehen. :)

Was auch immer du kaufst, ist in Ordnung. Ich kann grüne Bohnen essen.

Nein, du willst Mais und wirst Mais bekommen.

Sie hatten ihre nächste Verabredung festgelegt. Cruz hatte sie in seine Wohnung zum Abendessen eingeladen. Mickie war der Ansicht, die sollte ein seltsames Gefühl haben und nervös sein, zu ihm nach Hause zu gehen, aber dem war nicht so. Sie wusste, dass sie ihn gerade erst kennengelernt hatte, aber bis jetzt hatte er sehr aufrichtig gewirkt. Und auch wenn ihre erste Verabredung angesichts einiger ihrer Gesprächsthemen nicht bilderbuchmäßig verlaufen war, war sie weiterhin daran interessiert, ihn besser kennenzulernen.

Sie genoss es, mit ihm zu sprechen, und es fühlte sich gut an, wieder im Mittelpunkt der Aufmerksamkeit eines Mannes zu stehen. Wenngleich ihre Beziehung, wenn man sie an diesem Punkt überhaupt als das bezeichnen konnte, neu war, wollte sie einem Mann wieder vertrauen. Troy hatte ihr das Herz herausgerissen und ihr wirklich übel mitgespielt, aber Troy würde gewinnen, wenn sie niemals wieder jemandem vertraute, und sie weigerte sich, das geschehen zu lassen.

Mickie schrieb schnell eine SMS und ließ Cruz wissen, dass sie an ihn dachte ... und ihn etwas fragen wollte. Sie hoffte, nicht paranoid zu sein, dachte aber, dass eine zweite Meinung sie beruhigen würde, dass sie sich alles nur einbildete.

Hey, ich wollte einfach nur Hi sagen.

Seine Antwort dauerte einige Minuten, aber sie lächelte, als sie den Benachrichtigungston ihres Telefons hörte.

Hey zurück. Wie geht es dir?

Gut. Ich glaube, ich hatte heute früh einige Besucher. Mickie kam direkt zur Sache mit dem, was sie ihn fragen wollte.

??

Ich habe zwei Motorräder gesehen, die heute früh meine Wohnanlage verlassen haben. Ich habe sie noch nie zuvor gesehen. Vielleicht haben sie jemanden besucht, aber es war noch früh und die Kerle hatten Lederwesten an. Meinst du, es könnten Red Brothers *gewesen sein?*

Vielleicht. Hast du Pfefferspray?

Ja.

Gut. Trage es immer bei dir und halte es in der Hand, wenn du zu deinem Wagen gehst. Ruf mich an, wenn du anfängst, dir Sorgen zu machen, dann werde ich kommen und dich begleiten.

Das brauchst du nicht zu tun. Sie haben nichts gemacht, aber wegen der ganzen Sache mit Angel hat es mir einen kleinen Schrecken eingejagt.

Dein Bauchgefühl liegt vermutlich richtig. Sag mir Bescheid, wenn noch etwas anderes Seltsames passiert, okay?

Werde ich. Tut mir leid, dass ich die Stimmung so runterziehe.

Entschuldige dich nie dafür, mich wissen zu lassen, dass du dir Sorgen machst.

Hören wir uns später?

Ich werde mich bei dir melden, um sicherzugehen, dass du in Ordnung bist.

Okay. Bis dann.

Bis dann.

Mickie legte das Telefon zur Seite und seufzte.

Verdammt, Angel. Irgendwie hatte sie gewusst, dass die Motorräder mit Angel und dem MC zu tun hatten. Zur Sicherheit würde sie extra vorsichtig sein müssen.

Cruz' Angebot fühlte sich gut an. Obwohl sie sich erst kennenlernten, war es schön, dass sie jemanden hatte, den sie kontaktieren konnte, falls etwas passieren sollte.

Cruz spürte, wie sein Handy in der Gesäßtasche vibrierte, und zog es heraus. Mickie. Nach ihrer SMS-Konversation heute Morgen hatte er sich zwingen müssen, Ransom nicht windelweich zu prügeln. Er hasste es mehr als alles andere, dass der Präsident es auf sie abgesehen hatte. Er hatte gehofft, Ransom davon überzeugt zu haben, dass sie keine Gefahr darstellte, weil sie und Angel nicht miteinander auskamen, aber offensichtlich hatte der Mann sie weiterhin auf dem Schirm.

Er wusste, wenn Ransom den Mitgliedern auftrug, ihre Wohnung zu überwachen, würde er dafür sorgen müssen, dass es als Teil der Rolle ausgelegt werden konnte, die er spielte, sollte er dort gesehen werden: ein Auge auf Angels Schwester zu haben, damit sie sich aus den Clubangelegenheiten heraushielt.

Cruz schaute auf sein Telefon und wagte es nicht, das Lächeln zu zeigen, das sich unbedingt auf seinem Gesicht breitmachen wollte, für den Fall, dass die Arschlöcher, mit denen er zusammen war, wissen wollten, weshalb er grinste.

Gerade als ich dachte, die Welt sei verrückt geworden, schreibst du mir eine SMS über etwas vollkommen Normales und Unverfängliches. Danke. Und ich sehe nicht annähernd so aus wie Julianne, aber danke. :) Ich denke an dich.

Vorhin hatte er ihr eine kurze Nachricht geschickt. *Mir ist gerade klar geworden, an wen du mich erinnerst ... Julianne Wie-heißt-sie-noch-gleich von dieser Tanz-Show. Scharf.* Als Anhang hatte er ein älteres Bild der Frau geschickt, als sie einen »Pixieschnitt« hatte, wie das Internet diese Frisur nannte. Ihr Haar war blond, aber in Cruz' Vorstellung hätten Mickie und sie Zwillinge sein können.

Cruz steckte das Telefon zurück in seine Tasche und versuchte, ihre Worte nicht an sich heranzulassen.

Scheiße, wem versuchte er eigentlich, etwas vorzumachen? Die Tatsache, dass Mickie an ihn dachte, war ihm bereits ins Blut übergegangen und hatte sich dort festgesetzt.

»Da ist sie. Verdammt, sie ist vielleicht nicht zwölf, aber ich würde sie trotzdem durchnehmen.« Tinys Worte schnitten wie ein Messer, das durch Butter gleitet, durch das wohlig warme Gefühl, das er beim Lesen von Mickies SMS bekommen hatte.

Cruz blickte auf und sah, wie Angel ihre Wohnung verließ und sich umdrehte, um die Tür abzuschließen. Sie trug eine enge Jeans, die nichts der Fantasie überließ, und ihr Stringtanga war über ihrem hinteren Jeansbund deutlich sichtbar. Sie hatte ein bauchfreies T-Shirt an und als sie auf den Lieferwagen zuging, konnten alle sehen, dass sie es unter ihren Brüsten zusammengeknotet hatte. Ihr Bauchnabelpiercing glitzerte in der Sonne, als sie gemütlich zu ihnen schlenderte.

»Oh ja. Ich glaube, *wir alle* würden das da gern durchnehmen«, stimmte Roach zu.

»Halt die Fresse. Wir dürfen uns ihr nicht annähern, sonst reißt der Präsi uns den Kopf ab. Behaltet eure Schwänze in der Hose und denkt daran, wir müssen dafür sorgen, dass sie und ihre Freundinnen sich heute amüsieren«, brummte Cruz verstimmt.

»Ja, ja. Scheiße. Wer hat dir denn in die Cornflakes gepisst, Smoke?«

Cruz ignorierte Tinys Bemerkung und stieg gerade in dem Moment aus dem Lieferwagen, in dem Angel herantrat.

»Hey. Kann es losgehen?«

»Ja. Danke, dass du gekommen bist, um mich abzuholen, Smoke.«

Cruz grunzte als Antwort und half Angel auf den Beifahrersitz. Roach fuhr und Tiny saß hinter ihm. Cruz stieg ein und nahm hinter Angel Platz.

»Hey, Roach, Tiny. Wie geht es euch?«, fragte Angel höflich, als sie es sich auf dem Sitz bequem machte.

»Gut. Wie geht es dir?«

Angel kicherte wie ein Teenager. »Mir geht es auch gut.«

»Ransom hat dir ein Geschenk geschickt«, teilte Roach Angel mit. Er hielt ihr einen Joint hin.

»Cool. Er denkt immer an mich. Hast du Feuer?«

Tiny beugte sich von der Rückbank nach vorn und hielt ihr sein brennendes Feuerzeug hin. Die drei Männer sahen zu, wie Angel die Marihuana-Zigarette anzündete und hustete, als sie einatmete.

»Danke, Tiny.«

»Wen treffen wir heute, Angel?«, fragte Roach.

Auf dem Weg zum Einkaufszentrum unterhielten die

drei sich weiter locker miteinander. Jedes Mal wenn Angel zu viel redete und den Joint abbrennen ließ, ermutigte Tiny oder Roach sie, erneut daran zu ziehen. Als sie am Einkaufszentrum eintrafen, war Angel vollkommen bekifft. Auftrag erfüllt.

Der restliche Nachmittag verlief mehr oder weniger identisch. Cruz tat so, als sei er nett zu Angels Freundinnen, und beobachtete, wie Tiny und Roach langsam die Frauen für sich gewannen. Sie trugen ihre Tüten und machten ihnen häufig Komplimente.

Als Cissy Angel irgendwann fragte, ob es ihr gut ginge – Angel hatte unkontrolliert über alles und jeden gekichert –, legte Roach den Arm um die schlanke Frau, beugte sich zu ihrem Ohr und flüsterte: »Sie fühlt sich großartig. Hast du noch nie einen Joint geraucht?« Als Cissy schockiert zu Roach aufblickte, sagte er: »Nein? Na, das gibt es ja nicht. Dann werden wir dich aufklären müssen.«

Cruz musste zugeben, dass Roach und Tiny gut waren. Ransom hatte seine Anwärter wohlüberlegt ausgesucht. Am Ende der Einkaufstour saßen alle sieben von ihnen im Lieferwagen auf dem Parkplatz. Er war mit ihnen zum Mitarbeiterparkplatz gefahren. Da er einen Mitarbeiterausweis als Teil seiner Deckung besaß, dachte er, dass die Polizisten dem absolut auffälligen Lieferwagen hier vielleicht weniger Aufmerksamkeit schenken würden, als wenn er zwischen den Mercedes und teureren Fahrzeugen geparkt wäre, mit denen die Leute für gewöhnlich ins Einkaufszentrum fuhren. Die Frauen kicherten und lachten, nachdem sie sich zwei Joints geteilt hatten.

»Oh mein Gott, das ist so großartig! Ihr seid die besten Freunde, die ich je hatte«, sagte Bridgette begeistert.

»Ich weiß. Ich liebe euch!«, stimmte Cissy ein. »Angel, du hast uns nie gesagt, wie toll dieses Zeug ist.«

In dem Versuch, erfahren zu klingen, schnaubte Angel. »Ich war mir nicht sicher, ob ihr cool genug wärt, es einmal auszuprobieren.«

Kelly schmollte. »Das ist nicht fair. Du weißt, dass wir genauso cool sind wie du.«

Tiny zwinkerte Roach und Cruz zu. Er beugte sich zur Seite und flüsterte Cruz ins Ohr: »Und so fängt es an. Es klappt immer. Bei diesen reichen Schlampen ist alles ein Wettbewerb.«

»Wann können wir das wiederholen?«, wollte Cissy von Angel wissen.

Mit verwirrtem Blick schaute Angel zu Roach und stammelte: »Ransom hat sie mir gegeben ...«

Roach mischte sich in das Gespräch ein, als sei er ein Puppenspieler, der die Fäden der Marionetten namens Cissy, Bridgette, Kelly und Angel in der Hand hielt.

»Du weißt, dass dieses Zeug nicht billig ist, Angel. Er verwöhnt dich gern, aber es ist nicht so, als würde es auf Bäumen wachsen.«

Bridgette schluckte den Köder. »Oh, aber wir haben Geld, nicht wahr, Mädels? Wir erwarten nicht, es *kostenlos* zu bekommen.«

»Ja, ich habe letztes Jahr Zugang zu meinem Treuhandfonds bekommen. Ich habe einen Haufen Geld«, sagte Cissy.

Cruz stöhnte innerlich auf. Herrgott noch mal, diese Frauen brauchten einen Aufpasser.

»Das ist super, Süße«, säuselte Roach, beugte sich zu Cissy und leckte direkt an ihrem Ohr über ihren Hals. »Hast du jetzt Geld dabei? Ich habe noch mehr und du könntest es mitnehmen, wenn du willst. Nein, warte! Ich habe eine Idee. Willst du noch mehr von deinen Freundinnen zusammenrufen? Ich wette, du hast noch mehr coole Freundinnen, die Lust darauf hätten, was?«

Bridgette meldete sich als Nächste zu Wort. »Oh ja. Cissy, wir könnten nächste Woche eine Gruppe versammeln. Deine Eltern verlassen doch das Land, nicht wahr? Wir könnten ihr Haus nutzen. Sie haben dieses große Zimmer, das perfekt wäre. Es wäre wie in der Highschool.«

Alle vier Frauen kicherten hysterisch.

»In Ordnung. Das klingt großartig. Aber anstatt es bei einer von euch zu Hause zu konsumieren, wie wäre es, wenn ihr alle ins Clubhaus kämt? Es ist privat und alle eure Freundinnen könnten die MC-Mitglieder kennenlernen. Wir würden uns freuen, wenn ihr zu einer unserer Partys kommt.«

Als die Mädchen begeistert nickten, fuhr Roach damit fort, sie zu überzeugen. »Ich werde allerdings eine Anzahlung benötigen. Gib mir jetzt etwas Kohle, dann sage ich dir die Adresse des Clubs. Du bringst ein paar deiner Freundinnen mit und der MC wird auf euch warten und genügend Zigaretten für alle haben«, sagte Roach gewandt.

Als die vier Frauen ihre Handtaschen öffneten und ihre Portemonnaies herausnahmen, nahm Tiny Kelly das

Portemonnaie aus der Hand und zog zwei Hundertdollarscheine heraus. Er schloss die Geldbörse, gab sie zurück und beugte sich zu ihr, um an ihrem Ohrläppchen zu knabbern. »Das sollte ausreichen, *ma chère*. Ich kann es nicht abwarten, mit dir und deinen Freundinnen abzuhängen.«

Roach sammelte Geld von Cissy ein und Cruz nahm widerwillig fünfhundert Dollar von Angel und Bridgette.

»Weil ihr Damen so großzügig wart, werden wir euch mit einigen Geschenken des *Hermanos Rojos MCs* nach Hause schicken. Sorgt dafür, dass ihr sie mit euren Freundinnen teilt, und vergesst nicht, nur die Freundinnen einzuladen, von denen ihr glaubt, dass sie damit umgehen können und nichts bei der Polizei oder ihren Daddys ausplaudern. Wenn alles glattgeht, könnt ihr immer zu uns kommen und mit uns feiern.« Roach zwinkerte den Mädchen zu.

Nach den längsten dreißig Minuten in Cruz' Leben stolperten die drei Mädchen aus dem Lieferwagen auf den Parkplatz. Jede von ihnen hatte zwei Joints in ihrer Handtasche, als sie wieder zu ihren Fahrzeugen gingen. Cruz wusste, dass es für sie nicht sicher wäre zu fahren, aber es gab absolut nichts, was er momentan tun konnte, ohne seine Tarnung auffliegen zu lassen.

Da Roach darauf bestand, dass er fuhr, kletterte Cruz auf den Fahrersitz und brachte Angel zurück zu ihrer Wohnung. Sie saß zwischen Roach und Tiny auf der Rückbank und jedes Mal, wenn er in den Rückspiegel blickte, sah er, dass die beiden Männer ihr Glück herausforderten. Tiny hatte ihr Bein über seins gelegt und strich mit seiner Hand auf und ab über ihren Oberschenkel, wobei er mit jeder Bewegung ihrem Schritt etwas näher kam. Würde sie einen Rock tragen, wäre Tinys Hand schon lange nicht mehr im neutralen Bereich gewesen.

Roach hatte das Gesicht an Angels Hals vergraben und leckte an ihr, als sei sie eine Eiswaffel. Jedes Mal wenn er an ihrem Ohrläppchen ankam, sog er es in den Mund. Cruz sah sogar, wie er einmal die Zunge in ihr Ohr drückte. Sie kicherte, hielt die beiden aber nicht auf, da sie so verloren in den guten Gefühlen des Marihuanas und der sexuellen Spannung in der Luft war.

Cruz räusperte sich hörbar und sagte in drohendem Tonfall: »Ransoms.«

Tiny hielt mit der Hand auf dem Weg nach oben inne, aber Roach schaute bloß auf und grinste bösartig.

»Angel, wir sind da«, verkündete Cruz lautstark, als sie bei ihrem Wohngebäude vorfuhren.

Ohne ihr die Gelegenheit zu geben, sich zu bewegen, ergriff Roach ihr Kinn und zog ihr Gesicht zu sich. Er hielt sie fest, während er ihr die Zunge in den Mund schob und sie verschlang. Cruz konnte den Druck seiner Finger an ihrem Kinn sehen, selbst als sie sich in seinem Griff leicht wand.

Als Roach sich endlich zurückzog, drehte er ihren Kopf gewaltsam in Tinys Richtung und hielt sie fest, während Tiny ebenfalls ihren Mund vereinnahmte. Cruz hörte sie einmal wimmern, als Tiny mit ihr beschäftigt war.

Als der Mann sich schließlich zurücklehnte, flüsterte Roach ihr ins Ohr: »Wir wissen, dass du Ransom gehörst. Wir verhalten uns unserem Präsidenten gegenüber nicht respektlos. Ohne seine Erlaubnis nehmen wir uns nichts, was ihm gehört. Aber wenn du seine Frau sein willst, musst du wissen, dass er gern teilt.«

Endlich ließ Roach ihr Kinn los und Cruz sah zu, wie sie langsam den Kopf drehte, um Roach anzuschauen. Er strich mit der Hand zärtlich über ihre Wange, als hätte er ihr Kinn nicht soeben gewaltsam festgehalten. Cruz konnte die verblassenden weißen Punkte auf ihrer Haut sehen, als das Blut an diese Stellen zurückkehrte.

Angel lächelte Roach schüchtern an. »Wir sehen uns nächste Woche bei der Party?«

»Ja, Angel, du wirst uns nächste Woche bei der Party sehen. Sorge dafür, nur die coolen Mädchen einzuladen, die damit umgehen können, okay?«

»Ja, Roach. Dafür werde ich sorgen. Ich hatte heute viel Spaß. Danke, dass ihr mich begleitet habt. Wird Ransom zu mir kommen? Ich bin wirklich scharf auf ihn.«

Cruz wusste, dass Marihuana einige Menschen sexuell erregte. Angel gehörte offensichtlich zu diesen Leuten.

»Ich weiß es nicht, Angel. Aber ich werde ihm sagen, wie brav du heute warst.«

»Ja, sag ihm das. Ich war ein braves Mädchen für ihn.«

Zum zweiten Mal an diesem Tag spürte Cruz, wie die Galle in seiner Kehle nach oben stieg. Es wurde Zeit, diese Vorstellung zu beenden.

»Komm mit, Angel. Ich werde dich reinbringen.«

Cruz ging um den Wagen herum, öffnete die Tür des Lieferwagens und half Angel beim Aussteigen. Sie stand auf wackeligen Beinen und lehnte sich an ihn. »Wirst du mich auch küssen, Smoke?«, fragte sie lächelnd.

»Nein, ich glaube, du hattest genug. Es wird Zeit, reinzugehen und ein Nickerchen zu machen.«

Cruz hob das Kinn in Richtung von Roach und Tiny, um ihnen zu signalisieren, dass er sich darum kümmern würde. Er trug Angels Tüten und hielt sie an der Taille fest, als er sie zur Tür brachte. Er musste sie für sie aufschließen und sie praktisch ins Innere der Wohnung tragen.

Er stellte die Tüten direkt hinter der Tür ab und half Angel, sich aufs Sofa zu setzen. Sobald er sie losließ, kippte sie zur Seite um. Cruz schüttelte den Kopf. Er könnte sonst was mit ihr machen und sie hätte keine Ahnung. Es war gut, dass er sie hineingebracht hatte und nicht Tiny oder Roach. Cruz wusste, dass sie ungeachtet ihres Anwärterstatus nicht gezögert hätten, sich an ihr zu vergehen.

Cruz hockte sich neben das Sofa und rüttelte Angel an der Schulter. Als sie die Augen öffnete und mit trübem Blick zu ihm aufsah, sagte er streng zu ihr: »Ruf deine Schwester an, lass sie wissen, dass du zu Hause bist und es dir gut geht.«

»Sie ist altmodisch.«

»Sie liebt dich. Ruf sie an.«

»Ach, also gut.«

Angel schloss die Augen und legte den Kopf wieder auf das Polster. Cruz hatte keine Ahnung, ob sie tun würde, worum er sie gebeten hatte, aber er hoffte es. Er hatte getan, was er konnte. Es war nicht annähernd ausreichend.

Er trat nach draußen und schloss die Tür zu Angels Wohnung hinter sich, wobei er dafür sorgte, dass sie von innen verriegelt war, bevor er sie zuzog. Dann ging er zurück zum Lieferwagen und kletterte wieder auf den Fahrersitz.

Tiny und Roach hatten sich nicht bewegt. Sie saßen auf ihren Plätzen und grinsten Cruz an.

»Liegt sie wohlbehalten in ihrem Bettchen?«

Cruz nickte kurz. »Du hast dein Glück überstrapaziert, Roach.«

»Pffft. Die Schlampe hat sich unter unseren Händen gewunden. Sie wollte es.«

»Sie gehört Ransom.«

»Ja, im Moment schon. Aber er interessiert sich einen Dreck für sie, es sei denn, er will eine Muschi und ihre Freundinnen süchtig machen. Wenn er mit ihr fertig ist, wird sie jemanden brauchen, der sie tröstet.«

»Ransom teilt nicht gern, das war Schwachsinn.«

»Ja, aber was Ransom nicht weiß, macht ihn nicht heiß. Es ist ja nicht so, als würde ich sie zum Club bringen und sie dort ficken. Ransom macht es schon ganz richtig, er behält sie für nebenbei. Ich werde das Gleiche tun. Wenn er sie erst leid ist, komme ich ins Spiel. Eine reiche Muschi, wann immer ich sie will. Das kann ich mir nicht entgehen lassen. Wenn ich mit ihr fertig bin, werde ich mit ihren stinkreichen Freundinnen weitermachen. Sie alle sind ganz scharf auf einen MC-Schwanz. Und ich komme ihnen dabei gern entgegen. Sie dazu zu bringen, zu unseren Partys zu kommen, war die beste Idee, die Ransom je hatte.«

Cruz schüttelte den Kopf, sagte jedoch nichts. Er

wusste, dass er niemals ihre Meinung ändern würde, und noch mehr zu protestieren würde verdächtig wirken. Die beiden kamen schon seit langer Zeit mit allem davon, was sie wollten. Er schwor sich, Angel so gut zu beschützen, wie es ihm möglich war, und zu tun, was immer notwendig war, um ihre Freundinnen davor zu bewahren, drogenabhängig zu werden, so wie es Sophie passiert war.

Cruz wusste, dass er die Sache mit Mickie beenden sollte. Der heutige Tag hatte es erneut bewiesen. Aber er konnte nicht. Erstens war sie derzeit der einzige Lichtblick in seinem Leben und zweitens hatte Cruz das Gefühl, dass Ransom seine Drohungen gegen sie in die Tat umsetzen würde, und er wollte dafür sorgen, dass sie vor dem Club und dem ganzen Mist, der dort abging, in Sicherheit war. Er wusste, es wäre ein Wunder, wenn Mickie ihm seine Rolle bei dem, was mit ihrer Schwester passierte, vergeben würde. Er wusste, dass er sich auf einem schmalen Grat bewegte, aber Cruz würde nicht aufhören, sich mit ihr zu treffen. Er konnte einfach nicht.

KAPITEL SECHS

Cruz fuhr bei Mickies Wohnung vor und atmete tief durch. Sie hatte ihm vor einer halben Stunde eine SMS geschrieben und ihn gefragt, ob er ihr helfen könne. Als er erfahren hatte, warum sie seine Hilfe brauchte, war er vor Wut außer sich gewesen.

Anscheinend war Ransom es leid, dass Mickie sich in Angels Angelegenheiten einmischte, und hatte Tick aufgetragen, ein Zeichen zu setzen. Zum Glück hatte Tick nur ihre Reifen aufgeschlitzt. Es hätte weitaus schlimmer sein können. Cruz hatte Ransom versichert, er würde Mickie genau im Auge behalten, aber nachdem Angel Ransom erzählt hatte, dass Mickie ihr weiterhin auf die Nerven ging, ganz besonders nach ihrem Ausflug ins Einkaufszentrum, hatte Ransom anscheinend die Geduld verloren, die er bis dahin bewahrt hatte.

Cruz sah, wie Mickie neben ihrem Wagen stand und auf ihr Telefon starrte. In Jeans und T-Shirt sah sie sexy aus. Sie blickte auf und sah, wie er auf sie zukam. Sie steckte das Telefon in ihre Hosentasche und begrüßte ihn.

»Hey. Danke, dass du gekommen bist. Ich war mir nicht sicher, wen ich anrufen sollte. Ich meine, ich habe andere Freunde, aber sie arbeiten oder sind beschäftigt. Damit will ich nicht sagen, dass du weder das eine noch das andere tust, ich dachte nur –«

»Es freut mich, dass du dich gemeldet hast. Wie ist das passiert?«, fragte er und deutete auf ihren Wagen. Cruz konnte sehen, wie der Muskel in ihrem Kiefer zuckte, als sie die Zähne zusammenbiss.

»Ganz ehrlich? Wenn ich raten müsste, würde ich sagen, dass es etwas mit diesem verdammten Motorradclub zu tun hat.«

Cruz war von Mickies Intuition beeindruckt, fragte aber trotzdem: »Wieso?«

»Weil ich vor ein paar Tagen sauer auf meine Schwester war und ihr meine Meinung gesagt habe. Ich habe noch einmal versucht, ihr klarzumachen, dass der Mann, mit dem sie zusammen ist, ein Verbrecher ist. Ich bin mir sicher, dass sie ihm von dem Gespräch erzählt hat, und das ist nun das Ergebnis.«

»Das ist ziemlich weit hergeholt.«

Mickie sah zu Cruz auf und legte den Kopf zur Seite, während sie ihn schweigend einen Moment lang musterte. Schließlich sagte sie in emotionslosem Tonfall, der in gewisser Weise Wut, Frust und Verwirrung enthielt: »Ich arbeite in einem Autohaus, Cruz. Ich bin eine geschiedene vierunddreißigjährige Frau, die sich um ihren eigenen Kram kümmert. Ich gehe nicht in Clubs. Ich hänge nicht an Straßenecken herum. Ich gehe mit meinen Freundinnen ins Kino. Ich sitze zu Hause und lese Bücher. Die schlimmste Straftat, die ich je begangen habe, war, meine Bücher aus der Bibliothek zu spät zurückzugeben. Es *könnte sein*, dass ich noch eine Videokassette habe, die ich nicht zur Videothek zurückgebracht habe, die einen Block entfernt war und vor zehn Jahren pleite gemacht hat. Die einzigen Menschen, die ich kenne und die vielleicht irgendetwas in diese Richtung tun könnten, haben Kontakt zu meiner Schwester. Da ich meine Schwester kürzlich verärgert habe, ist es nur logisch, dass irgendjemand sich an mir rächen will.«

»Glaubst du, deine Schwester hat das getan?«

Mickie rollte mit den Augen und stemmte beide Hände in die Hüften. »Meine Schwester hätte keine Ahnung, wie man einen Reifen aufschlitzt ... aber dieser Kerl, mit dem sie zusammen ist? Ja. Ich kann mir vorstellen, dass es seine sehr reife Art wäre, damit umzugehen, dass seine Freundin von ihrer Schwester belästigt wird.«

Cruz konnte nichts dafür, aber das Grinsen breitete sich auf seinem Gesicht aus, bevor er es unterdrücken konnte.

»Findest du das lustig?«

Cruz wurde ernst. »Dass deine Reifen von jemandem aus einem Motorradclub aufgeschlitzt wurden? Absolut und hundertprozentig nein. Aber dich? Ja, ich muss sagen, dass du entweder sehr viel Übung hattest oder ein Naturtalent bist. Dein sarkastischer Tonfall enthält gerade ausreichend Bissigkeit und als Zugabe eine Prise Frechheit.«

Zum ersten Mal lächelte Mickie. »Wie soll ich lachen, wenn ich so sauer bin?«

»Weil es manchmal besser ist zu lachen, als zu weinen.«

»Damit hast du recht.«

»Also dann«, sagte Cruz und kam zur Sache, »hast du irgendwo ein paar andere Reifen rumliegen?«

»Ja, einen. Den Ersatzreifen.«

»Ich glaube, damit kommen wir hier nicht weit.«

»Das dachte ich mir.«

»Du weißt, dass du alle vier ersetzen musst, nicht wahr?«

Mickie seufzte. »Ja.«

»Kannst du es bezahlen? Ich weiß, du hast gesagt, du hättest etwas Geld von deinen Eltern, aber es könnte teuer werden.«

»Ja, es ist schon in Ordnung. Abgesehen davon kann ich nicht einfach entscheiden, dass es die Kosten nicht wert ist.«

»Ich fürchte, damit hast du recht.«

»Kannst du mich zur Werkstatt fahren? Ich werde die Reifen kaufen und fragen, ob sie ein Abschleppfahrzeug schicken können, um meinen Wagen abzuholen.«

»Sicher. Aber ich habe kein Problem damit, dich wieder zurückzufahren und die Reifen für dich zu wechseln.«

»Darum kann ich dich nicht bitten.«

»Du hast mich nicht darum gebeten. Ich habe es dir angeboten.«

Mickie musterte Cruz erneut. Sie hätte ihn wirklich nicht angerufen, wenn sie nicht verzweifelt gewesen wäre. Sie hatte eine Million Dinge zu tun, die sie aufgeschoben hatte, und es war klar, dass ausgerechnet dieses

Wochenende das Wochenende wäre, an dem Angels Freund sich dazu entschied, ein Exempel zu statuieren. »Wenn du dir sicher bist, dass du nichts zu tun hast ...«

»Ich bin mir sicher.«

»Dann danke. Ich wäre dir sehr dankbar, wenn du mir helfen könntest. Aber das hier ist keine Verabredung.«

»Was?«

»Es ist keine Verabredung«, wiederholte Mickie. »Für Verabredungen gibt es Regeln.«

»Regeln.« Es war keine Frage, aber Mickie sah das Grinsen auf Cruz' Gesicht.

»Ja. Regel Nummer eins, die Frau zieht sich schick an, damit sie ihren Partner beeindrucken kann.« Sie deutete auf ihre Kleidung. »Ich bin nicht schick angezogen und es ist unmöglich, dass ich in diesen Klamotten irgendjemanden beeindrucke. Regel Nummer zwei, die Frau bietet aus Höflichkeit immer an, zu zahlen. Aber ich biete es nicht an – ich zahle. Punkt. Regel Nummer drei, bei einer Verabredung darf es absolut kein Drama geben. Ich bin der Meinung, dass das hier ein Drama ist. Aus diesem Grund ist das hier keine Verabredung.«

Cruz' Lächeln erhellte sein Gesicht und ließ ihn um Jahre jünger erscheinen. »Abgemacht. Ich werde in dieser Woche aber trotzdem irgendwann abends für dich kochen. Wir nennen diese Sache dann einfach *ein Freund, der einer Freundin einen Gefallen tut* ... in Ordnung?«

Mickie strahlte ihn an. »Abgemacht.«

»Lass uns fahren, Freundin. Du hast Reifen zu kaufen.«

Die Fahrt zur Werkstatt war relativ schmerzlos, mit

Ausnahme der Kosten für die neuen Reifen, die absolut unverschämt waren angesichts der Tatsache, dass eine gute Chance bestand, dass der Freund ihrer Schwester diese ebenfalls zerstören würde.

Auf dem Weg zurück zu ihrer Wohnung fragte Mickie: »Denkst du, ich sollte Anzeige bei der Polizei erstatten? Ich meine, du weißt wahrscheinlich besser darüber Bescheid als ich.«

Cruz warf ihr einen Blick zu, bevor er seufzte. »Wenn du keine Beweise hast, dass es der Freund deiner Schwester war oder dass er einen seiner Freunde beauftragt hat, es zu tun, bin ich mir nicht sicher, was es nützen sollte.«

Mickie nickte. »Ja, das dachte ich mir bereits. Ich habe sogar die Hausverwaltung angerufen und nach den Videoaufnahmen der Überwachungskameras gefragt, aber sie haben keine, die auf meinen Wagen ausgerichtet waren, da er im hinteren Bereich des Parkplatzes abgestellt war.«

Als Cruz den Mund öffnete, sprach Mickie eilig weiter. »Ich weiß, ich weiß. Ich sollte nicht dort hinten parken, weil es nicht sicher ist, aber ich wollte mein tägliches Schrittpensum erreichen.« Als er sie bloß ausdruckslos ansah, erklärte sie: »Schritte. Du weißt schon, man sollte täglich zehntausend Schritte gehen, um gesund zu bleiben. Es ist eine gutes Training.«

»Kann schon sein, dass es ein gutes Training ist, aber es ist nicht sicher«, gab Cruz zurück.

»Offensichtlich nicht«, brummte Mickie. »Aber von jetzt an werde ich näher an meinem Gebäude parken, weil die Dame von der Hausverwaltung sagte, die

Kameras seien auf die Gebäude gerichtet und die Fahrzeuge, die ihnen am nächsten sind, seien auf den Aufnahmen zu sehen.«

Zufrieden mit ihrer Antwort nickte er.

Als sie wieder auf den Parkplatz des Gebäudekomplexes fuhren, stellte Mickie unnötigerweise fest: »Zumindest hast du hier draußen Platz zum Arbeiten. Wenn ich näher am Eingang geparkt hätte, hätten die anderen Fahrzeuge auf dem Parkplatz dich behindert.«

Cruz antwortete nicht und schüttelte in gespielter Verärgerung lediglich den Kopf. Er öffnete den Kofferraum, hievte einen der Reifen heraus und lehnte ihn gegen den Wagen. Dann nahm er den Wagenheber heraus und machte sich daran, den ersten Reifen zu wechseln.

Cruz arbeitete schnell und effizient. Wie üblich in Texas war es draußen warm, aber er ließ sich kein Unbehagen anmerken. Er entfernte die Radmuttern und bockte den Wagen auf. Bevor sie sichs versah, war der erste Reifen an ihrem Wagen befestigt und Cruz machte sich bereits daran, den zweiten zu entfernen.

»Kannst du reden und arbeiten?«

Cruz blickte bei dieser Frage kurz überrascht auf. »Ja, wieso sollte ich das nicht können?«

Mickie zuckte mit den Schultern. »Ich weiß nicht. Mein Ex konnte nie zwei Sachen gleichzeitig machen. Er musste sich immer auf eine Sache konzentrieren.« Sie sah, wie Cruz' Mundwinkel zuckten, aber ihre Meinung von ihm wurde noch positiver, als er sich gegen eine Bemerkung über etwas entschied, das eine gute Vorlage für eine sexuelle Anspielung gewesen wäre.

»Ich kann reden, während ich das hier mache, Mickie. Kein Problem.«

»Ich dachte nur, auch wenn das hier keine Verabredung ist, könnten wir einander vielleicht trotzdem besser kennenlernen. Wo hast du gelernt, so schnell einen Reifen zu wechseln?«

»Mein Vater hat es mir beigebracht, als ich etwa zehn Jahre alt war. Wir sind durchs Land gefahren und irgendwo hingezogen, ich habe vergessen wo, und auf einmal ist der Reifen auf der Schnellstraße geplatzt. Er ist ruhig geblieben und rechts an den Straßenrand gefahren. Er hat meine Stiefmutter aus dem Wagen steigen lassen und sie sicher aus dem Weg gebracht, dann hat er mir Schritt für Schritt erklärt, wie man den Reifen wechselt.«

»Hattest du viel Übung? Es scheint mir nichts zu sein, das man ständig tut, aber du bist offensichtlich sehr gut darin.«

Cruz sah zu Mickie auf. Sie saß neben ihm und schaute auf seine Hände, mit denen er den Reifen bearbeitete. Er hatte noch nie eine Frau neben sich sitzen gehabt, während er ihren Reifen wechselte. Normalerweise hielten sie sich entweder in einem Gebäude auf oder standen in großem Abstand zu ihm. Sie war erfrischend anders als jede andere Frau, die er je getroffen hatte.

»Dad hat dafür gesorgt, dass ich es nicht vergesse. Einmal bin ich nach draußen gegangen, um zur Schule zu fahren, und habe gesehen, dass er einen meiner Reifen komplett von meinem Wagen abmontiert hatte. Ich erinnere mich, wie sauer ich auf ihn war, aber er hat bloß bloß mit den Schultern gezuckt und gesagt, dass

Reifen nicht nur am Wochenende gewechselt werden müssten, wenn nichts anderes ansteht. Ich musste lernen, ihn so schnell zu wechseln, wie ich konnte.«

»Bist du zu spät zum Unterricht gekommen?«

»Zwanzig Minuten. Und einen Test habe ich auch verpasst.«

Mickie lächelte ihn an. »Du bist schneller geworden.«

Sie gingen zur anderen Seite des Wagens, damit er mit dem dritten Reifen beginnen konnte.

»Ja. Immer wenn jemand aus der Nachbarschaft einen Reifenwechsel benötigte, wurde ich dazu verdonnert. Damals war es unfassbar nervig, aber heute bin ich ihm dankbar dafür.«

»Ich auch.«

»Willst du es lernen?«

»Ja.« Mickies Antwort war schnell und begeistert und er konnte nichts dafür, dass er leise lachte.

»Wunderbar. Sieh mir bei diesem Reifen zu, dann kannst du den letzten selbst wechseln.«

»Darf ich dich noch etwas anderes fragen?«

»Natürlich.«

»Wie kommt es, dass du nach deinem Abschluss kein Polizist geworden bist, wenn du den Menschen tatsächlich helfen wolltest?«

Hätte Cruz etwas gegessen oder getrunken, hätte er es bei ihrer Frage vermutlich ausgespuckt, aber abgesehen von einem kleinen Innehalten bei seiner Arbeit war er stolz auf seine Nicht-Reaktion. »Ich wollte Rasern keine Strafzettel ausstellen und mir hat die ganze Politik nicht gefallen, die auf Polizeirevieren herrscht.« Das war nicht gelogen. Er hatte darüber nachgedacht, zur Polizei zu gehen, hatte aber entschieden, dass das FBI ihm auf lange Sicht mehr zusagte.

Cruz wusste, dass er die Fragen in eine andere Richtung lenken musste, bevor sie etwas von ihm wissen wollte, bei dem er tatsächlich lügen musste. »Was ist dein Lieblingsnachtisch?«

»Was?«

»Du hast eine Frage gestellt, dann darf ich dir auch eine stellen, oder?«

»Ja, natürlich. Ich habe bloß nicht damit gerechnet. Mein Lieblingsnachtisch? Da muss ich Keksteig sagen.«

»Nur den Teig? Nicht den Keks an sich?«

»Nein. Ich kaufe die Tüten mit den fertigen Keksen aus der Tiefkühltruhe. Du weißt schon, diese kleinen gefrorenen Kugeln, die man auf ein Backblech legt und in den Ofen schiebt. Ja, die esse ich roh. Sie sind so lecker.«

Mickie sah Cruz an. Er hatte aufgehört, die Radmuttern an dem Reifen anzuziehen, und betrachtete sie auf eine Weise, die sie nicht interpretieren konnte.

»Was ist?«

»Ich wollte mir die größte Mühe geben, dich zu beeindrucken, indem ich dafür sorge, dass ich deinen Lieblingsnachtisch später in der Woche auch zur Hand habe, ganz egal was es ist. Aber ich bin mir nicht sicher, dass gefrorene Kekskugeln auf einem Teller besonders beeindruckend sind.«

Mickie konnte nichts gegen das Kichern tun, das aus ihrem Mund drang, als sie Cruz' Gesichtsausdruck sah. Und das ließ sie nur noch stärker kichern. Sie hielt sich den Bauch und kicherte, bis ihr die Tränen aus den Augen liefen. Als sie endlich etwas Kontrolle hatte, presste sie hervor: »Es tut mir so leid, Cruz, aber wenn du nur dein Gesicht sehen könntest ... Wenn es dich tröstet, Brownies mag ich auch gern.«

Cruz streckte eine Hand nach ihr aus, hielt aber kurz bevor er sie berührte inne.

Er schaute auf seine schmutzigen Hände und widersetzte sich dem Drang, die Feuchte auf ihren Wangen wegzuwischen. Zuzusehen, wie sie sich auf seine Kosten totlachte, hätte ihn verärgern sollen, aber stattdessen ertappte er sich dabei, wie er den Wunsch verspürte, sie noch einmal zum Lachen zu bringen, um ihre unerschrockene Begeisterung für das Leben zu bezeugen. In seinem Beruf sah er diese Art von purer Freude nicht besonders häufig.

»Ich gebe zu, dass ich damit nicht gerechnet habe, aber ich werde sehen, was ich tun kann, um dafür zu sorgen, dass ich nächste Woche einen Nachtisch im Haus habe, der dir schmeckt.« Er hatte nicht beabsichtigt, seine Worte wie eine sexuelle Anspielung klingen zu lassen, aber als Mickie erneut zu kichern anfing, schüttelte er bloß den Kopf. *Meine Güte, wie lustig sie war.*

»Los, ich bin mit diesem hier fertig, willst du es versuchen?« Cruz streckte ihr die Hand hin und half Mickie auf die Beine.

»Ich bin einverstanden, wenn du es bist, aber ich kann nicht versprechen, so schnell zu sein wie du.«

»Übung macht den Meister.«

»Hoffen wir, dass ich so bald nicht mehr üben muss«, murmelte Mickie, als sie aufstand und nach dem Radkreuz griff. »Packen wir es an.«

Zwanzig Minuten und sehr viele Flüche später war

Mickies Wagen mit vier brandneuen Reifen ausgestattet. Mickie war schmutzig und verschwitzt, aber seltsamerweise hatte sie tatsächlich Spaß gehabt. Sie fühlte sich gut, endlich gelernt zu haben, wie man einen Reifen wechselt, und Cruz war sehr geduldig mit ihr gewesen, als sie während des Wechsels des letzten Reifens unzählige Fragen stellte.

»Danke, dass du heute vorbeigekommen bist. Ich weiß das zu schätzen.«

»Jederzeit. Ich meine es ernst, Mickie. Wenn du irgendetwas brauchst, kannst du mich anrufen.«

Sie nickte und fragte dann etwas unsicher: »Bleibt es bei unserer Verabredung am Freitag?« Sie wollte ihn wiedersehen, da sie es genossen hatte, mit ihm zusammen zu sein, aber sie hatte das Gefühl, ihn heute dazu gezwungen zu haben, ihr zu helfen, und wollte nicht automatisch davon ausgehen, dass er noch mehr Zeit mit ihr verbringen wollte.

»Auf jeden Fall. Ich freue mich darauf.«

»Ich mich auch.«

»Ist jetzt alles in Ordnung hier? Ich hasse es, das sagen zu müssen, aber ich muss los«, sagte Cruz zu ihr.

»Ja, alles okay. Noch mal, ich weiß deine Hilfe wirklich zu schätzen.«

»Kein Problem. Wir sprechen uns später, okay?«

Mickie nickte und sah zu, wie Cruz in seinen Wagen stieg, einmal winkte und dann davonfuhr. Sie freute sich auf das Abendessen, auch wenn sie versuchte, sich keine Hoffnungen zu machen. Es war eine Sache, ein paar Stunden miteinander zu verbringen, wie Freunde es tun würden, und eine vollkommen andere, sich mit der

Erwartung zu treffen herauszufinden, ob eine Beziehung möglich wäre.

Cruz betrat seine Wohnung und ging direkt in die Küche, wo er seine Hände wusch und den Schmutz und die Schmiere von Mickies Reifen abschrubbte. Dann begab er sich in sein kleines Wohnzimmer und setzte sich aufs Sofa. Er atmete hörbar aus, lehnte den Kopf an das Rückenpolster und dachte über den Nachmittag nach.

Er mochte Mickie. Oh, er hatte sie bereits nach ihrem Essen neulich für nett befunden, aber der heutige Tag hatte ihn dazu gebracht, sie in einem anderen Licht zu sehen. Sie scheute sich nicht, über sich selbst zu lachen ... oder über ihn. Sie war vollkommen ohne Drama mit dem Stress umgegangen, dass ihre Reifen aufgeschlitzt worden waren und sie vier neue kaufen musste. Sie hatte aufrichtiges Interesse daran, etwas Neues zu lernen. Und was vielleicht noch wichtiger war, sie war bodenständig und entspannt.

Er liebte diese Eigenschaften an Mackenzie, der Freundin seines Freundes Dax, hätte aber nie gedacht, eine Frau wie sie finden zu können. Aber zu sehen, wie Mickie gekichert hatte, und die Tatsache, dass es ihr egal gewesen war, dass sie mitten auf einem Parkplatz auf dem Boden saß, steigerte sein Interesse an ihr noch weiter.

Sein Plan hatte vorgesehen, dafür zu sorgen, dass sie vor Ransom und dem Rest des Motorradclubs in Sicherheit war, und auch wenn er sie weiterhin vor Schaden bewahren würde, war er nun ebenfalls aus einem anderen Grund an ihr interessiert. Er wusste, sollte sie je herausfinden, warum er in dem Café tatsächlich mit ihr gesprochen hatte, dass er bloß dafür sorgen wollte, dass sie in Sicherheit war, bis seine verdeckten Ermittlungen beendet waren, hätte er vermutlich keine Gelegenheit mehr, eine längerfristige Beziehung mit ihr zu haben. Trotzdem beschloss er in genau dem Moment, dass er alles tun würde, was er konnte, um sie besser kennenzulernen.

Auch wenn seine anfänglichen Motive nicht absolut ehrlich gewesen waren, würde sie hoffentlich trotzdem verstehen, dass das, was er für sie empfand, nichts, aber rein gar nichts mit ihrer Schwester, Ransom oder den verdammten *Red Brothers* zu tun hatte. Es ging ausschließlich um sie.

KAPITEL SIEBEN

Mickie klopfte an die Tür von Wohnung Nummer sechzehn. Cruz hatte ihr den Weg erklärt, als er gestern Abend anrief, um sich zu vergewissern, dass sie weiterhin kommen würde. Das Gespräch war kurz gewesen und er hatte sich entschuldigt und gesagt, er sei gerade beschäftigt.

Sie war nervös, weil Cruz seltsam geklungen hatte. Sie wusste nicht, auf welche Art seltsam, nur dass er sich nicht wie der lässige, offene Kerl angehört hatte, mit dem sie neulich den Nachmittag verbracht hatte.

Entsetzt über sich selbst schüttelte sie den Kopf. Mickie war niemand, der irgendjemandem hinterherlüstete, aber bei Cruz hatte sie das Gefühl, eventuell Lust für ihn zu empfinden. Es gab so viele Dinge, die sie nicht über ihn wusste, und Mickie wusste, dass es nicht klug war, aber sie konnte nicht anders. Sie mochte ihn einfach, ganz zu schweigen davon, dass die Chemie zwischen den beiden einfach unglaublich war. Sie hatte keine Ahnung, ob er es ebenfalls empfand, nahm aber an, er müsse es auf irgendeiner Ebene tun. Sie war nicht so weit, bei ihm einzuziehen oder ihn zu heiraten, aber sie schloss nicht aus, sich auf ihn zu stürzen.

Die Tür vor ihr wurde geöffnet und unterbrach sie in ihren Gedanken.

»Mickie, ich freue mich sehr, dass du hier bist. Bitte komm rein.«

Mickie betrat die Wohnung und starrte Cruz an. Oh Gott, er sah gut aus. Er trug ein grünes Polohemd und eine khakifarbene Hose. Wieder konnte sie einen Teil seiner Tätowierung sehen, die unter dem Ärmel seines T-Shirts herausschaute. Mickie schwor sich, dass sie sobald wie möglich einen Blick auf diese Tätowierung werfen würde.

Nachdem sie eingetreten war, verriegelte Cruz die Tür und drehte sich zu ihr um. Er legte beide Hände auf ihre Oberarme, beugte sich hinunter und küsste sie auf die Wange, dann lehnte er sich zurück und hielt ihr den Arm hin. »Hier entlang, Mylady. Ich habe Wein, falls Sie daran Interesse haben.«

Cruz versuchte, einen neutralen Tonfall zu bewahren. Mickie war sehr hübsch. Er hatte keine Ahnung, wie irgendjemand sie gehen lassen könnte. Würde sie zu ihm gehören –

Er unterbrach seine Gedanken. Sie gehörte nicht zu ihm und würde es vermutlich auch nicht tun.

Sie trug eine schwarze Stoffhose und ein kurzärmeliges rosafarbenes Oberteil. Es hatte einen V-Ausschnitt, der tiefer war als der eines normalen T-Shirts. Cruz konnte ein wenig ihres Dekolletés erkennen, aber nicht ausreichend, als dass es unanständig gewesen wäre. Die

Unterschiede zwischen ihr und ihrer Schwester waren verblüffend.

Mickies schwarzes Haar war geglättet und elegant, während es neulich etwas chaotisch ausgesehen hatte. Es passte zu ihr. An einem Tag war sie lässig und natürlich und am nächsten schick und adrett.

Als Cruz sich hinuntergebeugt hatte, um sie auf die Wange zu küssen, war ihm sofort ihr Geruch aufgefallen. Sie roch ... sauber. Er steckte schon viel zu lange im Dreck und ihr frischer Duft hatte ihn hart getroffen, bevor er überhaupt in der Lage gewesen war, es zu kontrollieren.

Mickie schaute sich nervös um, als sie seine Wohnung betrat. Cruz versuchte, seine Heimstatt so zu sehen, wie sie es tun könnte. Es gab einen Flur, in dem lediglich ein winziger Tisch stand und der in einen offenen Bereich führte. Ein Sofa trennte den Wohnbereich von der Küche. An einer Wand stand ein Tisch, den er hauptsächlich dann benutzte, wenn er etwas auf seinem Computer recherchierte. Die Küche hatte Arbeitsplatten aus Granit und es gab einen Tresen, vor dem drei Stühle standen. Wenn er Besuch hatte, konnte der am Tresen sitzen und ihm beim Kochen zusehen.

Cruz half Mickie, auf einem der Barstühle Platz zu nehmen, schenkte ein Glas Rotwein ein und stellte es vor sie. Sie spielte mit dem Stiel des Glases und sah zu, wie er zu dem Tisch ging. Er bemerkte, wie unbehaglich sie wirkte, und traf im Bruchteil einer Sekunden die Entscheidung, ihr dabei zu helfen, sich ein wenig zu entspannen. Obwohl sie sich am vergangenen Wochenende ein wenig kennengelernt hatten, war das hier eine Verabredung ... und sie war offensichtlich nervös.

Cruz nahm sein persönliches Handy zur Hand und wählte eine Nummer. Ohne ein Wort zu Mickie zu sagen, begann er zu sprechen.

»Hey, Mack. Wie geht es dir? Ja, ich bin es wirklich. Ich weiß, ich werde mich schon bald melden und länger mit dir sprechen, aber jetzt muss ich dich um einen Gefallen bitten. Ich habe ein Mädchen bei mir zu Hause und ich will sie beruhigen, dass ich kein Serienmörder bin.«

Cruz hielt das Telefon von seinem Ohr weg und lächelte Mickie an. Sie konnten beide deutlich hören, wie die Frau am anderen Ende vor Freude kreischte.

Er hielt sich das Telefon wieder ans Ohr und versuchte es noch einmal. »Mack, beruhige dich. Du wirst Mickie noch verschrecken. Sie weiß, dass ich im Sicherheitsbereich arbeite, und ich würde es vorziehen, wenn du ihr keine detaillierte Abhandlung meines beruflichen Werdegangs präsentierst. Wenn du denkst, dass du es für dich behalten kannst, könntest du ihr dann bitte versichern, dass ich wirklich einer der Guten bin? Okay, bleib dran.«

Cruz drückte das Handy gegen seinen Bauch und atmete tief durch. Mackenzie war nicht dumm. Sie wusste, dass er verdeckt ermittelte, und mit ihrer Zusicherung nichts sagen würde, das ihn auffliegen ließe.

Er sah Mickie an. »Mackenzie ist die Freundin meines Freundes. Erinnerst du dich daran, wie ich dir erzählt habe, dass wir alle vor Kurzem ausgegangen sind und ihr Leben gefeiert haben? Genau, das ist sie. Ich will nur, dass du dich in meiner Gegenwart wohlfühlst. Du bist ein Risiko eingegangen, dich hier mit mir zu treffen, und ich mache dir keinen Vorwurf, dass du nervös bist, aber ich schwöre dir, ich werde dir nicht wehtun. Ich dachte, es würde dich vielleicht ein wenig beruhigen, wenn du mit einer Frau sprichst, die mich kennt.«

Mickie schmolz auf ihrem Stuhl fast dahin. Cruz hatte nicht nur erkannt, wie nervös sie war, er hatte sogar den perfekten Weg gefunden, um ihr diese Nervosität zu nehmen. Wortlos hielt sie ihm die Hand hin.

Cruz streckte seine aus und ergriff sie. Er führte sich ihre Hand an die Lippen und küsste den Handrücken, bevor er ihr in die Augen sah, ohne sie loszulassen. »Mack wird ein wenig übertreiben und vermutlich etwas verrückt sein. Ich würde es zu schätzen wissen, wenn du dich darauf einlassen könntest. Sie neigt ebenfalls dazu, ohne Punkt und Komma zu reden, wenn sie aufgeregt oder nervös ist ... und in diesem Augenblick ist sie definitiv aufgeregt.« Er lächelte, denn er wusste, dass »aufgeregt« eine Untertreibung war.

»Schon in Ordnung, Cruz.« Mickie zog ihre Hand aus seinem Griff und wackelte mit den Fingern. Ihr war klar, dass er sich Sorgen machte, sie könnte eventuell weniger von seiner Freundin halten. Das ließ ihn menschlicher erscheinen. Sie glaubte nicht, dass irgendjemand mit ruchlosen Absichten versuchen würde, sie nicht nur dazu zu bringen, sich in seiner Gegenwart wohler zu fühlen, sondern auch noch besorgt um seine Freundin wäre. »Gib mir das Telefon.«

Er streckte es ihr hin, Mickie nahm es ihm ab und hielt es sich ans Ohr.

»Hallo?«

»Hi, ich bin Mack.«

»Ich bin Michelle ... Mickie.«

»Mickie. Der Name gefällt mir. Du bist also bei Cruz? Ist er nicht ein Prachtkerl von einem Mann? Ich meine, ich habe meinen eigenen Prachtkerl, aber wenn ich nicht mit Daxton zusammen wäre, würde ich mich absolut auf Cruz stürzen. Gut, vielleicht doch eher auf TJ ... ach, zur Hölle. Alle Kerle, mit denen er abhängt, sind unwiderstehlich. Warte nur ab, bis du sie kennenlernst. Ich *hoffe*, du wirst sie kennenlernen. Ich weiß nicht, wie lange du schon mit Cruz zusammen bist, aber ernsthaft, sie alle sind tolle Menschen. Und Cruz? Du brauchst dir *wirklich* überhaupt keine Sorgen zu machen. Okay, vielleicht darüber, spontan in wildes Gelächter auszubrechen, aber das ist nicht unbedingt etwas Schlechtes. Willst du von mir irgendwas über ihn wissen?«

»Nur etwa eine Million Dinge.«

Mackenzie lachte laut. »Ja, das Gefühl kenne ich. Ich weiß nicht, was er will, das ich dir über ihn erzähle, aber ich schwöre bei allen Schokoladenosterhasen auf der Welt, dass Cruz einer der Guten ist. Ich meine, er ist ein Kerl und wird deswegen zwangsläufig irgendwas ruinieren, das tun sie alle, aber er hat das Herz am rechten Fleck. Du brauchst dir seinetwegen keine Sorgen zu machen. Ich weiß allerdings, dass seine Ex ihn scheiße behandelt hat. Oh verdammt, hat er dir von seiner Scheidung erzählt? Ich hatte nicht vor, es anzusprechen, wenn du nichts davon weißt. Es war insgesamt eine schreckliche Situation, aber ernsthaft, Cruz ist unglaublich sexy und ich weiß aus erster Hand, dass er seinen

Freunden gegenüber loyal ist. Er würde alles für sie tun.«

Mickie unterbrach sie, bevor Mack weitersprechen konnte. »Ich weiß die Beruhigung zu schätzen.«

»Kein Problem. Als Daxton zum ersten Mal zu mir nach Hause kam, habe ich mir von ihm nicht nur seinen Führerschein zeigen lassen, sondern auch seine Dienstmarke. Dann bestand er darauf, dass ich seinen Chef anrufe und mich davon überzeuge, dass er nicht mit einem gefälschten Ausweis herumläuft. Oh verdammt, ich glaube, Cruz wollte nicht, dass ich dir so viel erzähle, aber ich schwöre dir, er ist ein guter Kerl, okay?«

»Okay. Danke. Ich weiß das zu schätzen. Ich war *wirklich* etwas nervös.« Mickie schaute bei diesen letzten Worten zu Cruz, weil sie wusste, dass er ihrem Gespräch aufmerksam lauschte.

»Gut. Ich hoffe, es klappt mit euch beiden. Meine beste Freundin Laine und ich versuchen, zumindest einmal im Monat einen Mädelsabend zu veranstalten, und wir würden uns freuen, weitere Frauen kennenzulernen, die mit uns abhängen wollen. Wenn wir uns das nächste Mal treffen, werde ich mich erkundigen, ob du Interesse hast.«

»Das klingt gut, aber ich weiß nicht, ob ich –«

»Ja, ich weiß. Aber Cruz hatte seit Jahren keine Verabredung mehr. Wenn er also mit dir ausgeht, muss es ihm ernst sein.«

»Äh, ich –«

»Ja, tut mir leid. Ich will dir keine Angst einjagen. Habt einen schönen Abend. Sei im Zweifelsfall nachsichtig mit ihm. Er ist vielleicht zurückhaltend, er hat jedoch einen guten Grund dafür. Dieser Grund liegt aber nicht darin, dich in die Irre führen zu wollen, in Ordnung?«

»Ja.«

»Gut, gib mir Cruz noch einmal. Bis bald.«

Mickie hielt Cruz das Handy hin und sagte etwas verwirrt: »Sie will noch mal mit dir sprechen.«

Cruz nahm das Telefon in die Hand. »Danke, Mack.« Ohne es vom Ohr zu nehmen, legte er die Hand in Mickies Nacken und zog sie an sich. Er küsste sie auf die Stirn, dann ließ er sie los und trat einen Schritt zurück, um ihr etwas Raum zu geben. Mickie konnte hören, wie Mack in Cruz' Ohr plapperte, als er sich neben sie stellte. Sie trank einen Schluck von ihrem Wein, als die beiden sich verabschiedeten.

»Ja, sag Dax, ich werde ihn bald anrufen. Danke noch mal, Liebes. Wir sprechen uns. Tschüss.«

Cruz schaltete den Bildschirm des Telefons aus und legte es neben sich auf die Arbeitsplatte. Er sah Mickie in die Augen und fragte: »Geht es dir jetzt besser? Ich weiß, wir haben schon etwas Zeit zusammen verbracht, aber du hast gewirkt, als würdest du dich nicht wohlfühlen, als du hier ankamst.«

Mickie nickte.

»Sicher?«

»Ja, Cruz. Danke.«

Cruz wandte seinen durchdringenden Blick nicht von ihr ab. »Ich würde dir gern irgendwann mal meine Freunde vorstellen.«

»Okay.«

»Sie sind etwas verrückt, aber ich vertraue ihnen mit

meinem Leben. Ich würde alles für sie tun und ich weiß, dass sie im Gegenzug auch alles für mich tun würden.«

»Es freut mich, dass du solche Freunde hast.«

»Hast du Hunger?«

Erleichtert über den Themenwechsel – Cruz war für gewöhnlich schon relativ intensiv, schien es heute Abend aber noch mehr zu sein – nickte Mickie und fragte: »Gibt es grüne Bohnen oder Mais?«

»Mais natürlich. Du hast gesagt, dass du ihn magst.«

»Ich vergewissere mich nur.«

Cruz lächelte sie an und trat zur Seite. Er nahm das Telefon von der Arbeitsplatte und legte es im Vorbeigehen in eine Schublade in der Küche. Es sah exakt so aus wie das Telefon, das er im Club benutzte, aber da es sein persönliches Handy war, trug er es nie bei sich.

»Ich habe zwei Steaks und zwei Maiskolben auf dem Grill und einen Salat. Ich dachte, ich mache heute Abend etwas Einfaches.«

»Ich bin Vegetarierin.«

Cruz erstarrte und schaute zu Mickie. *Oh Scheiße.* Er hatte es vollkommen versaut. Er hatte sie gefragt, welches Gemüse sie essen wollte, hatte aber nicht daran gedacht, sie nach dem Hauptgericht zu fragen. Gerade, als er vollkommen aufgeregt war, sah er sie lächeln.

»Nur ein Scherz!«

Cruz lachte und legte sich die Hand auf die Brust. »Mach das nicht mit mir, Weib!«

»Ich muss dich auf Trab halten. Ich will ja nicht, dass du irgendwelche voreiligen Schlüsse über mich ziehst.«

»Mir gefällt es, dass du mich aufziehen kannst.«

»Mir gefällt es auch, dass ich dich aufziehen kann.«

Sie lächelten einander an, bis Cruz sich umdrehte, um auf den kleinen Balkon hinauszutreten und die Steaks zu holen. Der Balkon war nicht groß, gerade groß genug, um Platz für den kleinen Grill und zwei Stühle zu bieten, aber er war der einzige Grund, warum er diese Wohnung den anderen vorgezogen hatte. Cruz liebte es zu grillen und wollte Platz dafür haben.

Nach dem Abendessen, nachdem er ein Tablett mit sowohl Brownies als auch Keksteigkugeln serviert hatte, entspannten sie auf dem Sofa. Sie unterhielten sich über ihre Lieblingsfilme, Lieblingsspeisen, Lieblingsstaaten, Lieblingsbücher und sogar Lieblingstiere. Das Gespräch war ungezwungen und leichtgängig, als sie sich besser kennenlernten.

Sie waren sich einig, dass es besser wäre, einen Abend vor dem Fernseher zu verbringen und einen Film zu schauen, als auszugehen. Mickie gab zu, dass sie nicht viele Freunde hatte, da sie die Verantwortung für ihre Schwester übernommen hatte. Als sie auf dem College war, war sie zu sehr mit der Schule und Angel beschäftigt gewesen, um sich darum zu kümmern, dauerhafte Beziehungen aufzubauen, und als sie ihren Abschluss machte, hatte sie die Gelegenheit verpasst, diese engen, lebenslangen Verbindungen zu formen, wie es die meisten Menschen mit Anfang zwanzig taten.

Cruz erzählte Mickie mehr über Dax und Mackenzie und sprach sogar von einigen seiner anderen Freunde, ließ aber ihre Berufe in den zahlreichen Behörden des Gesetzesvollzugs in der Stadt außen vor.

Es war etwa zweiundzwanzig Uhr, als Mickie auf die

Uhr sah. »Ich kann nicht glauben, wie schnell die Zeit heute Abend vergangen ist.«

»Musst du gehen?«

»Ich sollte ...« Sie ließ die Worte zwischen ihnen stehen.

Cruz rückte auf dem Sofa näher an Mickie heran und streckte die Hand aus, um mit dem Haar an ihren Ohren zu spielen. »Bleib. Nur noch ein bisschen länger.«

Mickie zögerte, dann nickte sie.

Cruz sagte nichts, sondern nahm sich ausgiebig Zeit, um Mickie anzusehen. Er ließ den Blick von ihren Augen zu ihrer Nase wandern, dann zu ihren Lippen, hinauf zu ihrer Stirn und zu ihren Ohren. Seine Augen waren konstant in Bewegung und jedes Mal, wenn er den Blick wieder auf ihre Augen richtete, wollte Mickie dahin-schmelzen.

»Du bist sehr hübsch, Mickie«, sagte Cruz leise.

Mickie schüttelte den Kopf.

»Das bist du. Ich weiß nicht, warum du es nicht sehen kannst, aber du bist es.« Er hob die andere Hand und strich mit dem Daumen über eine ihrer Augenbrauen. Danach streichelte er über ihre Wange. Als sie sich aufheizte und errötete, sah Mickie ihn lächeln. »Du sprichst auf meine Berührung so sehr an. Ich frage mich, ob du überall so auf mich ansprichst.«

Seine Worte waren keine Frage, sondern vielmehr eine Aussage. Er fuhr mit dem Zeigefinger über ihre Oberlippe, dann über ihre Unterlippe.

Mickie wusste, dass sie es herausforderte, aber sie öffnete die Lippen, saugte seinen Finger in den Mund

und lächelte über das Geräusch, das Cruz über die Lippen kam.

»Ich will dich küssen«, sagte Cruz mit heiserer Stimme. Er beugte sich zu ihr und Mickie konnte seinen heißen Atem an ihren Lippen spüren. »Darf ich?«

»Ja. Oh Gott, ja.«

Noch bevor die letzte Silbe ihren Mund verlassen hatte, drückte Cruz seine Lippen bereits auf ihre. Die Hand, die er zuvor noch an ihrem Ohr gehabt hatte, schob er nun in ihren Nacken und drückte sie an sich. Mickie legte die Hände auf Cruz' Brust. Sie beugte die Finger, als er mit seiner Zunge über ihre Lippen fuhr und sie neckte. Mickie öffnete den Mund noch weiter und leckte ihn ebenfalls. Ihre Zungen trafen sich und sie spürte, wie Cruz sie in seinem Griff anders positionierte.

Mit der Hand, die sich in ihrem Nacken befunden und mit ihrem Haar gespielt hatte, packte er es ganz plötzlich und mit der Hand an ihrer Taille zog er sie an sich. Mickie hielt so gut sie konnte dagegen. Sie ergab sich nicht und scheute vor dem lustvollen Kuss auch nicht zurück, sondern ließ sich ganz darauf ein. Sie schob eine Hand an seinen Nacken und drückte leicht die Fingernägel in seine Haut. Die andere Hand ruhte auf Cruz' Bauch und sie konnte spüren, wie seine Muskeln sich darunter anspannten, als sie sich an ihm bewegte.

Cruz schmeckte wie der Kaffee, den die beiden getrunken hatten, und Mickie neigte den Kopf, um den Kuss zu vertiefen. Sie hörte, wie er stöhnte, und lächelte an seinen Lippen. Sie, Mickie Kaiser, brachte Cruz zum Stöhnen. Sie fühlte sich mächtig und ja, hübsch.

Sie hatte nicht bemerkt, dass Cruz sie nach unten

neigte, bis sie unter ihm auf dem Sofa lag. Einer ihrer Füße berührte weiterhin den Boden, das andere Bein wurde gegen die Rückenlehne des Sofas gedrückt. Mickie veränderte ihre Position, sodass Cruz es sich zwischen ihren Beinen bequem machen konnte. Er hatte seinen Mund nicht von ihrem genommen, als sie sich bewegt hatten, und selbst jetzt, als sie es sich bequemer machten, weigerte er sich, die Verbindung zwischen ihnen zu trennen.

Endlich hob Cruz den Kopf und drückte mit der Bewegung seinen steifen Schwanz an sie. »Oh Gott, Mickie. Du schmeckst so verdammt gut.«

Mickie spürte, wie ihr die Röte ins Gesicht stieg, als sie zu Cruz aufblickte. »Danke.«

»Das kam nicht richtig rüber –«, begann er den Satz, doch Mickie legte ihm den Finger auf die Lippen.

»Es kam genau richtig rüber. Es war, was ich über dich gedacht habe.«

Cruz neigte den Kopf und küsste Mickie stürmisch. Er hielt sich mit dem Kuss nicht auf, doch Mickie fühlte sich trotzdem vollkommen vereinnahmt. Endlich zog er sich wieder zurück und setzte sich auf, wobei er Mickie ebenfalls mit hochzog. Er behielt einen Arm um ihre Taille und zog sie an sich. Sie legte den Kopf an seine Schulter und schloss die Augen.

Einen Moment lang sagte keiner von ihnen etwas. Schließlich brach Cruz das Schweigen. »Es ist spät. Du musst dich wahrscheinlich auf den Weg machen.«

Das stimmte, aber Mickie hasste es, gehen zu müssen. Sie seufzte. »Ja, ich muss morgen früh arbeiten.«

»In Ordnung. Treffen wir uns in dieser Woche?«

»Ja, das wäre schön.«

Cruz lächelte sie an. »Gut. Los geht's, steh auf. Wenn ich dich jetzt nicht gehen lasse, werde ich es vermutlich nie tun.« Er erhob sich und zog Mickie mit sich nach oben.

Mickie nahm ihre Handtasche und ging zur Tür, wobei Cruz ihr folgte. »Du brauchst mich nicht nach draußen zu bringen.«

»Aber selbstverständlich. Ich werde dich zu deinem Wagen bringen, um dafür zu sorgen, dass du sicher dort ankommst. Und wenn du zu Hause bist, wirst du mich anrufen, um mich wissen zu lassen, dass du ohne Zwischenfälle dort angekommen bist.«

»Werde ich das?«

»Ja.«

Mickie lächelte Cruz an. »Okay. Danke.«

»Danke?«

»Ja. Dafür, dass du dich dafür interessierst, ob ich heil zu Hause ankomme oder nicht.«

»Es interessiert mich.«

»Ja, deshalb danke ich dir.«

Cruz lächelte Mickie an. »Sehen wir zu, dass du nach Hause kommst, bevor du dich in einen Kürbis verwandelst.« Cruz ergriff Mickies Hand, verließ mit ihr die Wohnung und begleitete sie zu ihrem kleinen Honda Civic. Er öffnete die Tür für sie, nachdem sie den Wagen aufgeschlossen hatte, und hockte sich neben sie, als sie sich anschnallte. »Wir sprechen uns nachher, okay?«

»Ja, ich werde dir eine SMS schreiben, wenn ich zu Hause bin. Danke für einen schönen Abend. Beim nächsten Mal bin ich dran, okay?«

Cruz beugte sich in den Wagen und gab Mickie einen Kuss auf die Stirn, bevor er sich zurückzog. »Okay, Süße. Gute Nacht.«

»Gute Nacht, Cruz.«

Cruz stand auf und schloss die Fahrertür. Er winkte, als sie vom Parkplatz fuhr. Dann seufzte er und rieb sich mit der Hand den Nacken, als er nach unten auf seine Füße blickte. Cruz hatte Mickie heute Abend nicht angelogen. Er wusste, dass er sich mit ihr auf einem schmalen Grat bewegte, wusste aus tiefster Seele, dass es schiefgehen könnte, doch er konnte nicht aufhören. Mit Mickie zusammen zu sein war so erfrischend, nachdem er mit dem MC und dem ganzen Scheiß zu tun gehabt hatte, der dort vor sich ging. Je mehr Zeit er mit ihr verbrachte, desto mehr Zeit *wollte* er mit ihr verbringen.

Es ging nicht mehr darum, sie vor Ransom zu beschützen – wenngleich er deshalb weiterhin besorgt war –, es ging um einen Mann, der Zeit mit einer Frau verbrachte, an der er interessiert war.

KAPITEL ACHT

Die nächsten paar Wochen vergingen für Cruz wie im Flug. Weder er noch Mickie hatten nach ihrer Verabredung Zeit gehabt, sich noch einmal zu treffen, er behielt sie aber weiter fest im Auge.

Ransom war eines Abends in den Club gekommen und hatte wütend verkündet, er würde Angels »beschissene Schwester« umbringen, wenn sie sich nicht aus seinen Geschäften raushielte. So wie Cruz es verstanden hatte, hatte ihre Schwester mit ihr ein weiteres Gespräch über die ganzen Partys geführt, auf die sie ging, und tatsächlich gedroht, dem Club die Polizei vorbeizuschicken.

Da Cruz wusste, dass Mickie in echter Gefahr sein konnte, hatte er sich eingemischt.

»Ich werde sie im Auge behalten, Ransom.«

Der Präsident schaute Cruz einen Moment lang an, bevor er antwortete: »Also gut. Sie gehört dir. Wenn sie auch nur darüber *nachdenkt*, die Bullen zu rufen, werde ich dich dafür verantwortlich machen.«

Cruz wusste, was das hieß. *Er* war so gut wie tot, wenn Mickie ihre Drohung in die Tat umsetzte. »Ich werde so tief in ihrem Arsch stecken, dass sie überhaupt keine Zeit hat, darüber nachzudenken, ihre Schwester *oder* die Polizei anzurufen«, beruhigte er den Präsidenten.

»Ich kann mir gut vorstellen, dass du tief in ihrem Arsch stecken wirst«, bemerkte Roach hinterhältig.

Cruz hatte ihm einen festen Schlag in den Magen verpasst, aber kein Wort gesagt.

Der Club veranstaltete nun häufiger Partys und lud Angel und ihre Freundinnen fast jeden Abend zum Feiern ein. Sie hatten in gewisser Weise eine Routine entwickelt, bei der die Frauen auf der einen Seite des Raumes saßen, Joints rauchten und tranken, während zahlreiche andere Mitglieder des Clubs sie unterhielten. Die andere Seite des Raumes war krasser … und Ransom hatte es nach und nach einigen der Clubhuren und Stripperinnen erlaubt, ebenfalls teilzunehmen. Er gestattete weiterhin keine hemmungslosen Orgien, aber Cruz war an einigen Abenden dort gewesen, an denen es offensichtlich war, dass die Paare nicht nur miteinander herumknutschten.

Angel liebte es, bei den Partys im Mittelpunkt zu stehen. Alle ihre Freundinnen waren sehr beeindruckt, dass sie mit dem Präsidenten des Clubs zusammen war, und gaben bereitwillig so viel Geld aus, wie Ransom von ihnen im Gegenzug für die nie versiegenden Joints verlangte.

Je mehr Partys sie besuchten, desto lockerer saß bei ihnen das Geld und desto schneller fielen ihre Hemmungen. Cruz hatte gehofft, die Frauen würden klug sein und durchschauen, was vor sich ging, aber bis jetzt war es noch keiner von ihnen aufgefallen. Es hatte sogar den Anschein, als würden einige der Frauen denken, nun mit Clubmitgliedern »zusammen« zu sein.

Bridgette und Cissy hatten bei der Party an einem Abend sogar Kokain probiert. Ransom war ein erstklassiges Arschloch, aber ganz offensichtlich wusste er, was er mit den Frauen tat. Cruz wusste, dass eine Party in Planung war, bei der die Frauen eine komplette Einführung darin erhalten würden, was es bedeutete, ein »Mitglied« des Clubs zu sein.

Weil sie keine alten Damen waren, bedeutete es, dass sie zu zukünftigen Clubhuren aufgebaut wurden. Zugegeben, im Club hatte es nie Huren gegeben, die es sich tatsächlich leisten konnten, die Drogen zu kaufen, die ihnen gegeben wurden, anstatt sie sich damit zu verdienen, die Beine breit zu machen, aber irgendwann war immer das erste Mal.

Die Abende, an denen Cruz mit Mickie sprach, waren derzeit die Höhepunkte seines Daseins. Es war ihnen vielleicht nicht möglich gewesen, sich zu treffen, aber die zweistündigen Telefonate und die urkomischen SMS waren das Warten beinahe wert. Beinahe.

Cruz erinnerte sich an das Telefongespräch, bei dem er sich tatsächlich eingestehen musste, dass er seine Beziehung zu Mickie nicht deshalb fortführte, um sie zu beschützen, sondern weil er sie wirklich mochte. Er hatte sie eines Abends spät angerufen, nachdem er von einer weiteren Party im Club nach Hause gekommen war. Er hatte Partys noch nie viel abgewinnen können und die dauerhaft laute Musik und die halb nackten Huren zusammen mit dem Stress, dafür zu sorgen, dass er zwischen den ungehobelten Clubmitgliedern nicht auffiel, war anstrengend.

Er hatte sein Telefon zur Hand genommen und Mickies Nummer gewählt, bevor er überhaupt richtig darüber nachgedacht hatte.

»Hallo?«

Cruz hörte ihre verschlafene Stimme und fluchte. »Hey, Mickie. Hier ist Cruz. Tut mir leid, mir war nicht bewusst, wie spät es ist.«

»Ist alles okay?«

»Ja, ich wollte bloß deine Stimme hören.« Cruz hörte, wie sie ein Gähnen unterdrückte, bevor sie erneut sprach.

»Ich freue mich auch, von dir zu hören. Wie war dein Tag?«

»Lang. Deiner?«

»Tatsächlich richtig gut.«

»Ach ja?«

»Ja. Diese Frau kam rein und war offensichtlich aufgelöst. Sie hatte drei Kinder dabei und ihr Wagen machte Probleme. Sie hatte kein Kindermädchen und musste deswegen alle mitbringen. Es sollte nur eine kurze Inspektion sein, aber der Mechaniker sagte ihr, dass es vermutlich den ganzen Tag dauern würde. Sie sah aus, als würde sie anfangen zu weinen. Ich arbeite nicht am Empfangstresen, konnte aber nicht einfach nur dasitzen. Ich meine, wir hatten doch alle schon einmal solche Tage.«

»Was hast du gemacht?«

»Es könnte sein, dass ich vielleicht eins ihrer Kinder entführt habe.«

Cruz spuckte beinahe das Wasser aus, das er im Begriff war herunterzuschlucken. »Äh, du weißt schon, dass das illegal ist, nicht wahr?«

Mickie kicherte und Cruz erinnerte sich daran, wie er ihre Reifen gewechselt und sie einen Lachanfall bekommen hatte. Er lächelte, als er sich ihren Gesichtsausdruck von reiner Freude zurück ins Gedächtnis rief, und konnte sie sich in diesem Moment beinahe vorstellen.

»Gut, ich habe es streng genommen nicht entführt, aber ich habe die Frau gefragt, ob es ihr etwas ausmachen würde, wenn ich ihre Fünfjährige mitnähme und eine Zeit lang beschäftige. Ich versicherte ihr, dass wir das Gebäude nicht verlassen würden und dass ich ganz in der Nähe wäre. Sie war erleichtert, aber trotzdem besorgt. Sie sah mindestens fünfmal nach uns, bevor sie uns in Ruhe ließ.«

»Ist es dir gestattet, Kinder bei der Arbeit zu haben?«

»Eigentlich nicht, aber weil mein Chef heute nicht da war, habe ich es einfach gemacht. Ich habe ihr einige Buntstifte aus dem Warteraum geholt und sie malen lassen. Ich habe mir Szenarien ausgedacht, die sie malen sollte, und wir haben tatsächlich ein ganzes Buch zusammengestellt.«

»Ein Buch?«

»Ja. Ich habe ihr eine Geschichte erzählt und sie hat die Bilder dazu gemalt. Ich schwöre dir, Cruz, es war das Süßeste überhaupt.«

»Das glaube ich dir.« Cruz konnte sich fast schon bildlich vorstellen, wie Mickie lachte und dabei half, das Kind einer gestressten Mutter zu bespaßen.

»Zum Glück hatten die Mechaniker ebenfalls Mitleid mit der Frau und es gelang ihnen, den Wagen vor der angegebenen Zeit zu reparieren. Ich war traurig, als Rachel mich verlassen hat, aber ihre Mutter war sehr glücklich, dass ich sie einige Stunden lang unterhalten habe.«

»Willst du Kinder haben?« Cruz hatte die Frage ausgesprochen, bevor er darüber nachdenken konnte. Sie hatten sich eine ganze Weile unterhalten, aber es war keine Frage, die man jemandem am Anfang einer Beziehung stellte.

»Ja. Ich hätte nicht gedacht, dass ich als Mutter geeignet wäre. Ich meine, sieh dir nur an, was aus Angel geworden ist.« Mickie seufzte, sprach aber weiter, bevor Cruz ihre Worte entkräften konnte. »Aber es ist mir nun gelungen, zurückzublicken und zu erkennen, dass meine eigenen Eltern einen großen Anteil an dem hatten, was passiert ist. Und ich weiß jetzt, wie ich es *nicht* machen sollte. Ich denke, ich sollte ihnen zumindest dafür dankbar sein.«

»Ich glaube, du wirst eine tolle Mutter sein«, sagte Cruz aufrichtig zu ihr. »Du hast gesehen, wie gestresst diese Frau heute war, und hast nicht gezögert, einzuspringen und zu helfen. Und wenn du in der Lage warst, das kleine Mädchen einzig mit Papier und ein paar Buntstiften für einige Stunden zu unterhalten, wirst du die beliebteste Mom in der Nachbarschaft sein.«

»Danke. Ich habe keine Ahnung, ob es jemals passieren wird, aber ich schließe nichts aus. Was ist mit dir? Willst du Kinder?«

Cruz dachte einen Moment darüber nach, bevor er

antwortete: »Ich dachte nicht, bis ich gesehen habe, wie die Beziehung von Dax und Mack gewachsen ist.«

»Was meinst du?«

»Du weißt, dass meine erste Ehe eine Katastrophe war. Ich wollte niemals ein Kind in eine Situation bringen, in der es nicht das Wichtigste in meinem Leben wäre. Und ich habe immer gedacht, dass ein Kind eine Trennlinie zwischen zwei Menschen wäre. Dass das Kind mit der gesamten Aufmerksamkeit und Liebe überschüttet würde anstatt die Beziehung. Aber wenn ich sehe, wie Dax in seinem Leben Mack an erste Stelle stellt und sie im Gegenzug das Gleiche mit ihm tut, verstehe ich es. Ein Kind zu haben würde diese Aufmerksamkeit nicht zerreißen, es würde sie vielmehr näher zusammenbringen.«

»Aber dein Vater liebt seine Frau, nicht wahr?«

Cruz konnte die Verwirrung in Mickies Stimme hören und versuchte zu erklären: »Das tut er. Barb ist das Beste, was meinem Vater passieren konnte, nachdem meine Mutter gestorben war. Aber sie sind nicht ... es ist keine überwältigende Liebe. Beide haben mich geliebt, aber ich habe mich in ihrer Gegenwart auch als Außenseiter gefühlt, als ich älter wurde. Ich wollte nie, dass das Kind, das ich eventuell haben könnte, so empfindet. Also dachte ich mir, ich sei ein besserer Onkel für die Kinder, die meine Freunde eines Tages haben würden.«

»Ich würde deine Freunde gern irgendwann einmal kennenlernen, es hört sich an, als seien sie tolle Menschen. Und Mack war am Telefon wirklich lustig.«

Ich würde deine Freunde gern irgendwann einmal kennenlernen. Ihre Worte drangen in seine Psyche ein, als hätte sie sich selbst in ihm vergraben. Aber sie machten ihm auch furchtbare Angst. Ein Teil von ihm wollte ihr Dax und alle seine anderen Kumpel vorstellen, aber der andere Teil von ihm wusste, dass diese Frau nur einen Schritt näher dran wäre, sich einen Weg tiefer in sein Herz zu bahnen, wenn sie seine Freunde kennenlernte. Und je weiter sie eindrang, desto mehr würde es schmerzen, wenn sie ihn verließe, nachdem sie alle seine Geheimnisse herausgefunden hatte.

Cruz hatte keine Ahnung, wann er mit seinem verdeckten Einsatz fertig wäre, und er konnte vorher unmöglich ein Treffen zwischen Mickie und den Jungs und Hayden organisieren. Sie würde mit Sicherheit wissen, dass er sie angelogen hatte. Aber er wollte es. Er wollte sie zu den Grilltreffen mitbringen. Er wollte den Arm um sie legen und neben ihr stehen und über all die Dinge lachen, die aus Macks Mund kamen. Er wollte alles.

»Das wäre schön, Mickie.« In seinen Ohren klangen die Worte unzureichend, aber sie kamen wirklich von Herzen. Er hörte, wie sie noch einmal gähnte. »Ich sollte dich weiterschlafen lassen.«

»Ja.« Sie stimmte ihm zu, aber ihr Ton war zögernd.

»Ich hasse es, dass unsere Zeitpläne nicht miteinander vereinbar sind. Ich will dich sehen.«

»Ich dich auch.«

»Gut, ich werde mein Bestes tun und versuchen, dafür zu sorgen, dass es klappt, okay?«, fragte Cruz.

»Ja. Ich habe dieses Wochenende frei.«

Cruz seufzte und dachte an die große Party, die Ransom für diesen Samstag geplant hatte. Jetzt, da Angel und ihre Freundinnen Stammgäste im Club waren, erhöhte er den Einsatz. Er hatte nicht erläutert, was er mit »den Einsatz erhöhen« meinte, aber Cruz hatte dabei kein gutes Gefühl. Ransom wurde langsam ungeduldig, weil er an den Frauen mit dem Marihuana nur wenig Geld verdiente, und wollte noch einmal nachlegen. Wahrscheinich würde er Angel und die anderen offiziell dazu drängen, für das härtere Zeug zu zahlen.

»Verdammt, an diesem Wochenende kann ich nicht.«

»Du arbeitest zu viel«, sagte Mickie aufrichtig zu ihm.

Wenn sie nur wüsste. »Du solltest wissen, dass ich während der Arbeit für gewöhnlich an dich denke.«

»Mhhhhhh, interessanterweise geht es mir genauso.«

Cruz lächelte. »Ich werde dir schreiben. Wir werden es schon hinkriegen und wenn es nur ein schnelles Mittagessen während deiner Pause ist.«

»Super. Pass dieses Wochenende auf dich auf.«

Cruz war von ihrer Wortwahl überrascht. »Aufpassen?«

»Ja. Bei deinem Sicherheitsdienst, den du verrichtest.«

»Ach so, das werde ich. Schlaf gut, Süße. Bis dann.«

»Bis dann, Cruz.«

Nachdem Cruz das Gespräch mit Mickie beendet hatte, saß er noch lange auf dem Sofa. Sie hatte es ihm nicht übel genommen, dass er sie so spät angerufen und aufgeweckt hatte. Sie war emphatisch und tat ihr Bestes, um anderen zu helfen. Sie wollte Kinder. Je mehr er über sie erfuhr, desto entschlossener war Cruz, sie vor dem Mist zu beschützen, in den ihre Schwester hineingeraten war ... und desto mehr wollte er sie für sich behalten.

KAPITEL NEUN

»Hört zu, ihr Arschlöcher. Heute Abend passieren zwei Sachen. Erstens kommt um zwanzig Uhr eine große Lieferung an. Bubba, Kitty, Knife, Dirt, Smoke und Tiny, ihr werdet losfahren und sie abholen. Versaut es nicht. Die andere Sache ist die, dass Angel mit ihrem reichen Schlampenclub heute Abend wieder vorbeikommt. Einige von ihnen sind wegen der Huren, die sich hier aufhalten, etwas nervös geworden. Deshalb wird heute Abend im Hauptbereich vor den reichen Schlampen *nicht* gefickt. Ich erlaube, dass diese Schlampe Dixie heute Abend anwesend sein darf, aber damit hat es sich. Es ist mir scheißegal, ob ihr mit Dixie nach hinten geht und sie dort durchnehmt, aber auf keinen Fall hier draußen. Habe ich mich klar ausgedrückt?«

Die Mitglieder stimmten im Chor zu. Cruz war zerrissen. Er wollte im Club sein, um auf Angel aufzupassen, weil er das Gefühl hatte, es Mickie schuldig zu sein, aber er hatte keine Ahnung, was er tun würde, wenn tatsächlich etwas schiefginge. Es war ja nicht so, als könnte er

136

seine Deckung für sie aufs Spiel setzen. Und das war die fürchterliche Zwickmühle, mit der er sich konfrontiert sah, das moralische Dilemma, in dem er steckte.

Doch letzten Endes wusste Cruz, dass er bei der Lieferung dabei sein musste. Er musste wissen, von wem Ransom seine Drogen bezog. Das war ein Schritt dahingehend, die ansteigenden Lieferungen in die Stadt zu stoppen *und* seinen Auftrag zu beenden. Die Drogen würden weiß Gott niemals aufhören zu existieren, aber wenn es Cruz gelänge, diesen einen Beschaffungsweg zu zerstören, würde es zumindest für eine Weile einen großen Unterschied machen.

Ransom fuhr mit den Befehlen an seine Männer fort. »Heute Abend werde ich die Schlampe bedrängen. Es wird Zeit, ein bisschen aufs Gas zu drücken. Ich werde sie mit dem Marihuana entspannen und dann das Koks ins Spiel bringen. Heute Abend kommt ihr keiner zu nahe, verstanden?«

»Was ist mit ihren Freundinnen?«, brüllte Tick.

»Ihre Freundinnen sind mir scheißegal. Verscheucht sie mir nur nicht. Wir haben sie fast dort, wo wir sie haben wollen. Wir haben zu viele langweilige Partys mit ihnen gefeiert, um es jetzt zu versauen. Es ist euch überlassen, dafür zu sorgen, dass sie sich wohlfühlen, aber im Hauptraum wird nicht gefickt. Befummelt sie, bringt sie zum Orgasmus, mir egal, aber versaut es für den Club nicht.«

»Reiche Muschis. Die habe ich am liebsten«, rief Donkey und rieb sich die Hände. Donkey hatte seinen Spitznamen erhalten, weil er die Frauen gern in den Arsch fickte. Er war überall groß gebaut und Cruz tat jede

Frau außerordentlich leid, die Donkey in die Finger bekam. Er war nicht vorsichtig, er nahm sich einfach, was er wollte.

Cruz schaute zu Roach hinüber. Er sah, dass der Mann danach lechzte, dass Ransom mit Angel fertig war, damit er sich an sie ranschmeißen konnte. Die Art, wie Roach ihr seine Zunge ins Ohr geschoben hatte, als sie im Lieferwagen saßen, war bereits Hinweis genug gewesen. So viel zur »Loyalität dem Einen«, die alle Anwärter eigentlich haben sollten.

Wenn Ransom wüsste, dass Roach Angel angefasst und was er zu ihr gesagt hatte, würde er ausrasten, aber nicht, weil es sich um Angel handelte, sondern weil sie derzeit sein Eigentum war. Cruz war nicht so dumm zu petzen. Das war der schnellste Weg, um im Club sein Ansehen zu verlieren.

»In Ordnung, jetzt verpisst euch von hier.«

Die Mitglieder verließen langsam den Raum. Cruz ging zu Bubba, der mit den anderen zusammenstand.

»Verschwinden wir von hier, Smoke. Wir haben zu tun.«

Vier Stunden später betrat Cruz mit den anderen Mitgliedern, die damit beauftragt worden waren, die Drogen abzuholen, erneut das Clubhaus. Bei der Übergabe dabei gewesen zu sein war für Cruz' Auftrag sehr hilfreich gewesen, doch er wusste, dass es noch nicht vorüber war. Sie hatten sich mit Axel getroffen, einem überaus gewalttätigen und gefährlichen Bandenmitglied, von dem Cruz wusste, dass er Hand in Hand mit einigen korrupten Regierungsbeamten in einer mexikanischen Kleinstadt unmittelbar hinter der Grenze zusammenarbeitete.

Die mexikanische Regierung arbeitete hart daran, gegen die Korruption in ihren eigenen Reihen und bei der Polizei anzukämpfen, aber bislang behielt die Verlockung des Geldes, das durch die Drogen eingenommen wurde, die Oberhand darüber, das Richtige zu tun.

Zum Glück hatte Cruz in der Vergangenheit keine Begegnung mit Axel gehabt, weshalb seine Tarnung für den Augenblick sicher war. Er hatte *von* ihm einzig durch Conor und TJ erfahren, weil beide Behörden, für die sie arbeiteten – die Abteilung Parks und Wildtiere und die Autobahnpolizei in Texas –, ausgiebig mit ihm zu tun gehabt hatten.

Bubba hatte sich mit Axel westlich der Stadt in der Nähe des Lackland Luftwaffenstützpunktes getroffen. Sie hatten sich ein wenig unterhalten und waren dann wieder in ihre Fahrzeuge gestiegen und noch weiter nach Westen gefahren. Bubba hatte Axel eine Tasche voll mit Hundertdollarscheinen übergeben und Axel hatte Bubba den Schlüssel zu einem Geländewagen zugeworfen und ihm Anweisungen gegeben, wo der Geländewagen geparkt sein würde. Sie waren zurück in die Stadt gefahren und hatten den Wagen auf dem Parkplatz eines Schnellimbisses vorgefunden.

Cruz war angewidert, wie einfach und problemlos die Transaktion gewesen war. Fünfundzwanzig Meter entfernt kreischten, lachten und spielten Kinder im Inneren des Restaurants auf den Spielgeräten. Und sie waren hier und fuhren mit Kokain und Marihuana im Wert von fast zweihunderttausend Dollar davon. Es war verrückt.

Bubba hatte den Geländewagen zurück zum MC-Treffpunkt gebracht und jetzt waren die Jungs in Feierlaune. Ransom hatte Bubba zur Seite genommen und eine kurze Unterhaltung mit ihm geführt. Offenbar zufrieden damit, wie die Übergabe gelaufen war, hatte Ransom Bubba auf die Schulter geklopft und die beiden Männer waren in einem Hinterzimmer verschwunden.

Die Party im Clubhaus war in vollem Gange. Die Musik war laut, überall waren Frauen, von denen niemand wusste, wo zum Teufel sie hergekommen waren, weil es sich ganz sicher nicht nur um Stripperinnen, Huren und alte Damen handelte, und die MC-Mitglieder ließen die Puppen tanzen. Cruz konnte sehen, dass sie sich wegen Angels Freundinnen zurückhielten, sie feierten aber trotzdem sehr viel heftiger, als es normale Menschen tun würden, und heftiger, als sie es zuvor in Anwesenheit der Frauen getan hatten.

Cruz konnte Angels Freundinnen ohne Problem erkennen. Sie waren so gekleidet, wie sie es immer waren, wenn sie zu den Partys kamen, als seien sie bei einer schicken Silvesterfeier oder so was. Kurze Röcke, hohe Absätze, knappe Glitzeroberteile. Sie saßen dicht gedrängt an einem Tisch und lachten unkontrolliert. Es war offensichtlich, dass der erste Teil von Ransoms Plan bereits in die Tat umgesetzt worden war. Sie waren bekifft von den Joints, die sie kurz zuvor geraucht hatten, und hatten einen Riesenspaß.

Donkey, Tick, Camel und Roach standen um die

Gruppe Frauen herum und warteten offensichtlich auf ihre Chance, sich an sie ranzuschmeißen, während auf der anderen Seite des Raumes ein durchgeknallter Scheißkerl namens Vodka – der seinen Namen bekommen hatte, weil er einmal eine ganze Flasche von dem Zeug ausgetrunken und den gesamten Abend über standhaft geblieben war – und ein anderer Typ, von dem Cruz glaubte, sein Name sei Steel, mit Dixie zusammensaßen. Sie hielten sich an Ransoms Anordnung – gerade so.

Dixie war eine Clubhure, die so ziemlich alles getan hätte, um etwas Kokain zu bekommen. Vodka und Steel saßen nebeneinander auf dem ekelhaften, durchgesessenen alten Sofa und Dixie hatte sich über Steel gebeugt und lutschte Vodka den Schwanz. Cruz konnte sehen, wie Steel die Hand schnell unter ihrem Rock bewegte und sie fingerte, während sie Vodka einen blies. Er hatte seine Hand an Dixies Hinterkopf und kontrollierte das Tempo und die Tiefe, mit der sie seinen Schwanz in ihre Kehle aufnahm.

Angewidert wandte Cruz sich ab. Herrgott.

Genau in diesem Augenblick betrat Ransom mit Angel den Raum, die in einem der vielen Hinterzimmer auf ihn gewartet haben musste. Sie ging zu ihren Freundinnen, während sie sich mit einem Todesgriff an Ransoms Arm festklammerte. Cruz sah, dass er es nur deshalb tolerierte, weil sie Teil seines Plans war.

»Hey alle zusammen! Ihr erinnert euch an meinen Freund, nicht wahr? Der *Präsident* des Clubs.« Angel zwinkerte ihren Freundinnen albern zu. Als Antwort kicherten alle und begrüßten Ransom.

Angel fuhr fort: »Er sagte, er hätte heute Abend eine Überraschung für uns.«

Cruz zuckte zusammen, denn er wusste, was kommen würde.

»Amüsiert ihr euch, meine Damen?«, fragte Ransom. Als alle Mädchen nickten, sprach er weiter. »Gut. Danke für eure großzügigen Spenden für die Party heute Abend, ich werde persönlich dafür sorgen, dass ihr alle belohnt werdet. Aber lasst mich wissen, wenn ihr Lust auf *echten* Spaß habt und genug von diesem verweichlichten Joint-Scheiß hattet.«

Mit diesen Worten befreite Ransom seinen Arm von Angels Hand, ging zurück durch den überfüllten Raum und ließ Angel beschämt vor ihren Freundinnen stehen. Verwirrt über das, was soeben passiert war, schaute sie sich um und stellte sich dann betreten neben eine große asiatische Frau namens Li.

»Was meinte er, Angel?«, fragte Li und zog verwirrt die Augenbrauen zusammen. »Wir haben immer Spaß, wenn wir hier sind. Wir finden es toll, mit ihm und seinen Freunden zu feiern.«

Als hätten sie es geprobt, antwortete Camel für Angel. »Coke, hübsche Dame.«

Die andere Frau schaute ihn überrascht an. Camel fuhr fort, als hätte er den Country Club nicht soeben aufs Äußerste schockiert. »Und ich spreche nicht von dem prickelnden Limonadenzeug. Diese Joints, die ihr geraucht habt, machen Spaß, ja, aber sie sind nichts gegen das High, das ihr erlebt, wenn ihr Kokain schnupft. Das gibt euch das Gefühl, einfach unbesiegbar zu sein. Wenn ihr denkt, dass ihr euch von Marihuana gut fühlt, oh Mann, dann müsst ihr es probieren. Wenn ihr Angst davor habt, es zu probieren, kein Problem, aber ich kann euch persönlich garantieren, dass Orgasmen dadurch heftiger und länger werden, und für die Damen – ihr werdet in der Lage sein, die ganze Nacht lang zu kommen.«

Cruz wusste, dass Camel keinen blassen Schimmer hatte, wovon er redete, aber Angels Freundinnen wussten das nicht. Kokain bewirkte beim Konsumenten tatsächlich ein Gefühl von Euphorie und konnte dafür sorgen, dass man energetischer und redseliger wurde, aber die Orgasmusfähigkeit erhöhen? Nein. Es *konnte* dafür sorgen, dass der Konsument eine verstärkte Reaktion auf Berührungen, visuelle Reize und Geräusche hatte, und Cruz dachte, dass Camel vermutlich deshalb die Bemerkung mit dem Orgasmus gemacht hatte.

Ransom erlaubte seinen Mitgliedern keinen Kokainkonsum. Er wusste, wie schnell man davon abhängig wurde und dass es keine gute Kombination war, zugedröhnte Mitglieder in der Nähe seiner Produkte zu haben. Cruz hatte persönlich bezeugt, wie Bubba kurz nach dessen Aufnahme in den Club einen der Anwärter zusammengeschlagen hatte, weil er das Kokain gestohlen hatte, das er eigentlich hätte verkaufen sollen. Das hieß aber nicht, dass die Jungs noch nie zuvor gekokst hatten. Camel wusste offensichtlich, wie es sich anfühlte, von der Droge high zu sein.

Am Tisch herrschte eine kurze Stille, bevor Angel, wie Cruz es hätte voraussehen können, sich zu Wort meldete. »Ich bin dabei. Wer noch?«

Als niemand etwas sagte, stieß Angel einen dramatischen Seufzer aus. »Toll. Ihr seid alle Weicheier. Ich werde Ransom bitten, mir etwas zu geben, und ihr könnt mir zusehen. Ich werde euch zeigen, dass ich davon nicht tot umfalle, und dann könnt ihr machen, was ihr wollt. Es ist ja nicht so, als würde ich zu einer Drogenabhängigen werden, wenn ich es bei Partys nehme.« Und mit diesen Worten stürmte sie davon.

Die Stimmung im Raum hatte sich etwas verändert, doch langsam, aber sicher kamen die Mitglieder des MCs herein und nahmen sich der Sache an. Camel ließ die Hand zu Cissys Bauch gleiten und streichelte sie, während er ihr ins Ohr sprach. Donkey brachte den Mund an Kellys Hals und saugte fest, während er sich gleichzeitig an ihrem Oberschenkel festhielt und sie streichelte. Tick hob Li von ihrem Stuhl und setzte sich auf ihren Platz, wobei er sie auf seinen Schoß und an seine Erektion drückte, während er ihr mit den Händen beruhigend und erregend über den Rücken strich.

Obwohl die anderen Männer mit den anderen Frauen die gleichen Dinge taten, war Roach der Aggressivste von allen. Er hatte Bridgettes Stuhl herumgedreht, sodass er zu Vodka und Steel – und Dixie – auf dem Sofa zeigte. Er stand hinter ihr und flüsterte ihr etwas ins Ohr, während er mit den Händen über ihre Brust streichelte und immer mal wieder innehielt, um ihr in die aufrecht stehenden Brustwarzen zu kneifen. Bridgette hatte den Blick auf die Szene auf der anderen Seite des Raumes gerichtet, während sie sich in Roachs Griff wand. Es war offensichtlich, dass sie zerrissen war zwischen Scham und Erregung über das, was Roach mit ihr anstellte, und dem, was sie sah.

Die Männer verwendeten die veränderten Geisteszustände der Frauen gegen sie. Das Marihuana, das sich in ihren Körpern ausgebreitet hatte, machte sie weich und empfänglich für die Annäherungsversuche der Kerle. Wahrscheinlich verspürten sie keinerlei Gefahr, weil sie seit vielen Abenden in den Club kamen. Sie kannten die Männer, obwohl sie sie nicht *wirklich* kannten. Ganz zu schweigen davon, dass Angel das abartige Verhalten auch noch ermutigte. Es war ein klassischer Fall von Gruppenzwang. Würde Cruz Ransom nicht so sehr hassen, wäre er von dem Mann beeindruckt. Er war ein meisterhafter Manipulator. Mit ihrem Abschluss in Psychologie hätte Mickie ihre helle Freude daran, ihn zu analysieren.

Cruz gebot seinen Gedanken Einhalt. Er würde auf gar keinen Fall an Mickie denken, während er in diesem Höllenloch stand.

Angel kam mit Ransom im Schlepptau zurück in den Raum. Wie es sich für die Dramakönigin gehörte, die sie nun einmal war, räumte sie den nächstbesten Tisch mit einer Armbewegung ab. Die Gläser und Flaschen, die darauf gestanden hatten, zerbrachen krachend, als sie auf dem Boden landeten. Die Frauen kicherten nervös bei dem, was sie tat, aber sie mussten ihre übertriebenen Auftritte gewohnt sein, denn sie richteten sich bloß etwas weiter auf, um einen Blick auf das Drama zu bekommen, das sich in Kürze abspielen würde.

Ransom grinste und legte die Lines mit dem Kokain auf dem Tisch aus. Nachdem er sie begutachtet hatte, hielt er Angel die Hand hin.

»Gib mir einen Hunderter.«

Angel griff in ihre Handtasche und brachte ohne

Widerspruch einen Hundertdollarschein zum Vorschein. Alle sahen zu, wie Ransom ihn eng zusammenrollte. Dann reichte er ihn zurück an Angel und deutete auf den Tisch. »Los geht's. Zeig ihnen, wie man es macht.«

Cruz erkannte, dass Angel etwas zurückhaltend war, aber Ransom gab ihr keine Chance, einen Rückzieher zu machen. Er stellte sich hinter sie und legte die Hände an ihre Taille. Dann beugte er sich nach vorn. Cruz konnte ihn nur hören, weil er in der Nähe stand.

»Los. Mach es endlich. Keine meiner Schlampen hätte vor diesem Zeug Angst. Du hast es vorher schon mit den alten Damen genommen, was ist jetzt der Unterschied? Bist du Teil meines MCs oder nicht?«

Angel drückte die Schultern nach hinten, brachte den aufgerollten Geldschein an ihre Nase und beugte sich nach vorn. Sie richtete sich auf, hustete und fuhr mit der Hand unter der Nase entlang, um den Rest des weißen Pulvers wegzuwischen, der dort hängengeblieben sein könnte.

»Das ist mein braves Mädchen«, sagte Ransom zu ihr. »Noch mal.« Er legte ihr die Hand auf den Rücken und drückte sie nach vorn. Angel fiel beinahe auf den Tisch, fing sich aber in letzter Sekunde. Ransom zog sie an den Hüften zurück und drückte seinen Schwanz an ihren Arsch. Er griff mit den Händen unter ihr Kleid und strich langsam an den Oberschenkeln hinauf, wobei er gleichzeitig den Stoff nach oben schob.

Als Angel sich nach vorn beugte, um die zweite Line zu schnupfen, die Ransom für sie ausgelegt hatte, schob er das Kleid bis über ihren Arsch. Angel trug einen schwarzen Stringtanga und ihr Hintern war nun für alle im Raum Anwesenden sichtbar. Mit den Händen fuhr Ransom über ihre gebräunten Pobacken und drückte sich dann an sie.

Als sie fertig war, zog er sie an sich und gab ihr einen weiteren Joint zum Rauchen. Zehn Minuten später, als Ransom wusste, dass die Droge höchstwahrscheinlich schon Wirkung gezeigt hatte, wandte er sich an die Frauen, die am Tisch saßen und die Angel und Ransom nun fasziniert ansahen.

»Hört gut zu, meine Damen. Seht zu und lernt, verdammt.« Er drehte den Kopf zu Angel und sagte in normalem Tonfall: »Wie fühlst du dich, Angel? Spürst du, wie es durch deine Adern rauscht?«

»Oh ja.« Angel nickte eifrig.

Ransom strich mit den Händen seitlich an ihrem Körper hinab und hielt Angel noch fester. Er schlang einen Arm um ihre Brust und drückte sie gegen seine Vorderseite. Die andere Hand ließ er nach unten gleiten und ergriff damit ihre Muschi. Ihr Kleid war immer noch bis zur Taille hochgeschoben. Er versteckte sie vor ihren Freundinnen, aber es war offensichtlich, was er tat.

»Und das hier? Wie fühlt sich das an? Fühlt es sich anders an?«

»Oh Gott, Ransom!«

»Beantworte meine Frage, verdammt. Sofort.«

»Ja, es fühlt sich anders an.«

»Und wie?«

Angels Kopf ruhte an Ransoms Schulter und rollte hin und her. Sie packte den Arm, den er um ihre Brust geschlungen hatte, und griff mit der anderen nach unten dorthin, wo er nun ihre Klitoris rieb.

»Hände weg, Angel. Denk gar nicht erst daran, mich aufzuhalten.«

Angel zog sich sofort zurück und legte die Hand wieder auf seinen Arm.

»Soll ich dich zum Orgasmus bringen? Direkt hier, vor deinen Freundinnen?«

Angel stöhnte bloß.

»Ich werde es nicht noch einmal sagen. Antworte mir, verdammt.«

»Oh Gott, Ransom, bitte.«

»Bitte was, Schlampe?«

Angel rieb sich mit den Hüften nun an Ransoms Hand. Cruz konnte nicht anders, als in makaberer Faszination zuzusehen, wie Ransom nicht nur Angel manipulierte, sondern ihre Freundinnen ebenfalls. Jedes Mal, das er über Angels Klitoris rieb, war dafür bestimmt, ihren Freundinnen zu demonstrieren, wie wundervoll es war, high auf Koks zu sein, auch wenn diese beiden Dinge tatsächlich nichts miteinander zu tun hatten.

Alle anderen Frauen, die am Tisch saßen, schwiegen regungslos und schauten aufmerksam zu. Die anderen MC-Mitglieder jedoch waren *nicht* regungslos. Sie waren dabei, Angels Freundinnen auf verschiedene Arten zu streicheln. Einige wie nebenbei, andere unverhohlener, aber keiner von ihnen tat es so überaus sexuell wie Ransom.

»Bitte, lass mich kommen.«

Ransom nahm abrupt die Hand aus Angels Schritt und hielt sie ihr an den Mund. »Lutsch daran.«

Angel öffnete die Lippen und Ransom stieß ihr die drei Finger, mit denen er sie gefickt hatte, grob in den

Mund. Angel hielt die Augen geschlossen, als sie, ohne sich zu beklagen, die Säfte von seinen Fingern leckte und saugte, während er sie immer wieder hineinschob und zurückzog.

»Nimm jetzt die letzte Line und wenn ich dich dann frage, sag mir gefälligst, ohne zu zögern, wie es sich verdammt noch mal anfühlt, und dann werde ich darüber nachdenken, dich kommen zu lassen.«

Gehorsam beugte Angel sich über den Tisch und schnupfte schnell die letzte Line des weißen Pulvers. Ransom riss ihr den zusammengerollten Geldschein aus der Hand und steckte ihn in die Gesäßtasche, denn er ließ sich nie die Gelegenheit entgehen, schnelles Geld zu machen.

»Bitte, Ransom. Du hast es versprochen. Bitte.«

»Du bestimmst hier nicht, was passiert, Hure. Das weißt du.«

»Es tut mir leid. Bitte ...«

Ransom zog ihre Hinterseite erneut an seine Brust. »Hebe die Arme und schlinge sie um meinen Hals.«

Angel tat, wie er ihr befohlen hatte, und lehnte den Kopf ein weiteres Mal an Ransoms Schulter.

Ransom schob eine Hand nach unten zu ihrer Muschi und packte sie mit der anderen am Hals. Er zwang ihren Kopf weiter nach hinten und drückte ihre Kehle fest zusammen. Angel hustete und würgte, versuchte aber sonst nicht, seine Hände zu entfernen. Sie kreiste einfach nur weiter mit den Hüften an ihm in dem Versuch, sich selbst zum Höhepunkt zu bringen.

»Jetzt sag mir, was ich wissen will, Schlampe.

Beschreibe mir, wie es sich anfühlt. Erzähle all deinen Freundinnen, wie anders es ist. Wie viel besser es ist.«

Angel begann langsam, wurde dann jedoch schneller, als sie ihre Gefühle beschrieb. Ihre Stimme war wegen der eingeschränkten Luftzufuhr rau und leise, doch ihre Freundinnen konnten sie weiterhin hören. »Ich bin feucht. So richtig feucht. Jedes Mal wenn du mit den Fingern in mich eindringst, spüre ich es in mir. Wie deine Fingernägel über meine Scheidenwände kratzen. Es ist so intensiv, als könnte ich jedes Molekül deiner Finger spüren. Sie fühlen sich groß an. Riesig, fast so, als sei es dein Schwanz.«

Ransom grinste. »Hört ihr das, meine Damen? Es gibt kein besseres Aphrodisiakum als etwas Koks. Es ist vollkommen harmlos. Wie eure Freundin hier es demonstrieren wird, kann es euch multiple Orgasmen bescheren. Glaubt ihr, es interessiert sie, dass ihr alle ihr zuseht? Nein. Sie interessiert sich nur dafür zu kommen. Und ich kann garantieren, dass es der beste Orgasmus sein wird, den sie jemals hatte. Stimmt's, Hure?«

Er arbeitete mit seiner Hand zwischen Angels Schenkeln. Er schlug dreimal auf ihre Muschi und brachte Angel dazu, in seinem Griff zusammenzuzucken. Als sie die Hände von seinem Nacken wegnahm, drückte Ransom an ihrem Hals noch fester zu und knurrte: »Lass sie dort, Fotze.«

Angel stöhnte und gehorchte, während sie sich in Ransoms Halt wand.

Ransom bewegte die Hand nach oben und schob Angels Kleid hinunter, um eine ihrer Brüste für die

Gruppe zu entblößen, die nun starrte, als sei sie von der Show vor sich hypnotisiert.

Er kniff mit Daumen und Zeigefinger so lange in ihre Brustwarze, bis Angel sich auf Zehenspitzen stellte und stöhnte.

Ransom grinste, als er mit seiner Demonstration fortfuhr. »Der verstärkte Blutfluss in ihre Extremitäten lässt sie alles, was ich mit ihr mache, doppelt so intensiv empfinden, wie es ohne Kokain der Fall wäre. Auf der ganzen Welt gibt es kein Gefühl wie dieses.«

Erneut brachte Ransom die Hand an ihren Schritt und presste Angel fest an sich, als er die Finger erneut in ihren Stringtanga schob. Es dauerte nicht lange, nur etwa zehn Sekunden, und Angel schrie, während alle ihr zusahen, wie sie in Ransoms Armen zum Orgasmus kam. Ohne ihr die Chance zu geben, sich zu erholen, fuhr er mit seinem Angriff auf ihre Klitoris fort.

»Jetzt ist sie gerade gekommen, aber seht zu – ich kann sie wieder und wieder zum Höhepunkt bringen, etwas, das ihr ohne das Koks nicht möglich ist. Ich weiß es, denn ich habe es versucht.«

Wieder schrie Angel und verlor den Kampf, aufrecht stehen zu bleiben. Einzig Ransoms Arm um ihren Hals hielt sie auf den Beinen.

»Noch einen, Schlampe. Gib mir noch einen.«

»Ich kann nicht, Ransom, bitte hör auf, das tut weh!«

»Halt dein Maul. Ich habe hier die Kontrolle. Du *wirst* kommen. Heb dein verdammtes Bein an.«

Als Angel sich nicht bewegte, nickte Ransom Camel zu, der neben ihnen stand. Camel beugte sich nach vorn, packte grob Angels Bein und stellte gewaltsam den

Absatz ihres Schuhs auf die Fußstütze des nächstbesten Stuhls. Dadurch wurde sie Ransom noch weiter geöffnet. Er beschleunigte das Tempo, indem er sie fingerte und grob mit dem Daumen über ihre Klitoris rieb, wobei ihr Stringtanga ihm kein Hindernis war.

Er veränderte die Position und nahm endlich die Hand von ihrem Hals, aber nur, um sie nach unten gleiten zu lassen und in ihre entblößte Brustwarze zu kneifen. Alle konnten sehen, wie die Spitze von dem Druck anfing, rot zu werden. Dann zog er sie nach vorn, weg von ihrer Brust. Angel wimmerte in seinen Armen, wehrte sich aber sonst nicht gegen die grobe Behandlung ihres Körpers.

»Seht ihr, Mädels? Sie liebt es. Es ist ihr vollkommen egal, wo sie ist oder was ich mit ihr mache. Das könntet ihr sein. Ihr braucht dafür nur ein wenig Koks.« Er nahm Angels Ohrläppchen zwischen die Zähne. »Komm noch mal, Schlampe. Komm jetzt.« Er ließ ihre Brustwarze los und als das Blut zurückströmte, packte er ihre Brust mit der Hand und drückte so fest zu, dass Angel am nächsten Morgen Blutergüsse haben würde.

Das war alles, was notwendig war. Angel kam kreischend und wimmerte Ransoms Namen.

Cruz beobachtete angewidert das Schauspiel. Es war offensichtlich, dass Ransom sich einen Dreck um Angel scherte, er benutzte sie bloß. Nun, für *ihn* war es offensichtlich. Verdammt, Cruz konnte sehen, dass der Präsident nicht einmal einen steifen Schwanz hatte. Ihn machte das, was er tat, nicht an. Es war bloß eine Show, eine Masche, und Angel und ihre Freundinnen spielten ihm direkt in die Karten.

Nachdem Angel sich etwas beruhigt hatte, zog Ransom ihr Kleid nach unten, richtete ihr Oberteil, um ihre Brust wieder zu bedecken, und nahm die Finger zwischen ihren Beinen weg. Wie Cruz sehen konnte, wischte er mit kaum verhohlenem Ekel die Hand an ihrem Kleid ab.

»Also dann, wer ist dabei?«

Die Frauen am Tisch stimmten nicht sofort zu, doch schließlich fielen ihre Hemmungen durch den Alkohol und das Marihuana, das sie geraucht hatten, ausreichend, dass alle beschlossen, es auszuprobieren.

Ransom drehte sich grinsend um und versetzte Angel einen Schlag auf den Hintern. Als er sich wegdrehte, sagte er: »Danke, Schlampe.«

Angel hatte von den Orgasmen, die sie erlebt hatte, ihr Gleichgewicht noch nicht wieder zurückerlangt und antwortete nicht. Vornübergebeugt stützte sie sich mit den Händen auf dem Tisch vor sich ab und versuchte, zu Atem zu kommen. Bubba zog einige kleine Tütchen mit Kokain aus der Tasche und ging zu Angels Freundinnen, wo er Geld einsammelte, Anweisungen gab und ihnen seine Visitenkarte überreichte, damit sie sich mit ihm in Verbindung setzen konnten, wenn sie Nachschub haben wollten.

Cruz wandte sich ab. Er wollte nicht dableiben und zusehen, wie die Clubmitglieder diese naiven Frauen zum Höhepunkt brachten. Sie hatten keine Ahnung, dass sie von einem Meisterspieler manipuliert worden waren.

Als Cruz zum anderen Ende des Lagerhauses ging, um dieser Sittenlosigkeit zu entfliehen, dachte er darüber nach, wie er Ransom und seinen Club davon abhalten konnte, den Rest der Drogen in Umlauf zu bringen, und wie er Mickie erklären würde, dass er dabeigestanden und zugesehen hatte, wie ihre kleine Schwester auf solch grobe Weise von Ransom für alle seine Clubkumpel zur Schau gestellt worden war. Es war eine Sache zu wissen, dass sie mit diesem Mann Sex hatte, aber wenn Mickie gesehen hätte, was soeben passiert war, wäre sie so entsetzt gewesen, wie er es war. Das wusste er.

KAPITEL ZEHN

Guten Morgen.

Guten Morgen, Cruz.

Alles in Ordnung bei dir? Keine weiteren Zwischenfälle?
Cruz hatte angefangen, Mickie jeden Morgen zu schreiben, um sich zu vergewissern, dass keins der anderen Clubmitglieder sich darangemacht hatte, ihr eine weitere Botschaft zu übermitteln. Sollte das passieren, würde er Widerstand leisten müssen, aber bis jetzt hatten sich alle von ihr ferngehalten.

Nein. Heute Morgen war alles in Ordnung. Wie ist der Job gestern Abend gelaufen?
Cruz hatte ihr erzählt, dass er am Vorabend bei einer Privatparty im Alamo arbeiten musste. Er hasste es, sie anzulügen, aber ihr zu erzählen, dass er bei einer Party herumhing, die von demselben Motorradclub organisiert wurde, den sie ihre Schwester überzeugen wollte zu verlassen, würde offensichtlich nicht funktionieren.

Gut. Keine Probleme.

Hast du irgendwelche Gespenster gesehen?

Dabei lachte er laut auf. Er erinnerte sich an ein weiteres Gespräch, das die beiden gehabt hatten. Sie hatte ihm erzählt, dass sie von der Geschichte des Alamo und des Stadtzentrums fasziniert war, ganz besonders in Bezug auf all die Geister, die dort immer noch herumschwirren mussten.

Dieses Mal nicht, nur echte Menschen.

Mist.

Hab einen schönen Arbeitstag. Hören wir später voneinander?

Klingt gut. Bis nachher, Cruz.

Tschüss.

Etwa eine Stunde später klingelte sein persönliches Handy.

»Cruz.«

»Hey, hier ist Dax. Wie schlägst du dich?«, fragte Daxton Chambers und klang selbst am Telefon besorgt.

»Es ging mir schon besser.«

»Du machst das seit fast zwei Monaten. Bist du okay?«

Cruz strich mit der Hand über seinen Kopf. »Es wird so langsam. Ich habe der Außenstelle Bericht darüber erstattet, was ich gesehen und gehört habe. Man hat mir gesagt, dass ich noch ein paar Wochen dortbleiben muss, dann ziehen sie mich ab.«

»Ein paar Wochen? Komm schon, Mann, du weißt, dass sie dich dort nicht brauchen, während sie den Papierkram erledigen, um die Bande hochgehen zu lassen.«

»Ich kann nicht sofort weg.« Als Dax nichts entgegnete, erklärte Cruz widerwillig: »Es ist persönlich. Ich kann jetzt nicht gehen.«

»Das gefällt mir nicht, Mann, aber ich verstehe. Du weißt, dass ich für dich da bin, falls du mich brauchst. Du brauchst nur etwas zu sagen und ich bin da.«

»Ich weiß, und es bedeutet mir sehr viel.«

Um das Thema zu wechseln, sagte Dax: »Also, Mack hat mir erzählt, dass sie dir in Bezug auf eine bestimmte Frau Rückendeckung gegeben hat ...« Er ließ den Satz einfach so stehen.

Cruz lachte. »Ja, sie war großartig. Sag ihr nochmals Danke von mir.«

»Das ist alles? Mehr erzählst du mir nicht?«

Bei der Enttäuschung in der Stimme seines Freundes musste Cruz leise lachen. »Sie ist toll, Dax, aber das mit uns hat keine Zukunft.«

»Warum sagst du das?«

»Weil ich verdeckt ermittele, verdammt. Es geht einfach nicht.«

»Sag so was nicht. Ich habe auch nicht erwartet, Mack zu finden, und schau uns jetzt mal an.«

»Das ist etwas anderes.«

»Wieso?«

»Erstens hast du vor ihr nicht vorgegeben, jemand zu sein, der du nicht bist.«

»Spielst du dieser Frau etwas vor, wenn du mit ihr zusammen bist?«

»Nicht direkt, aber sie wird mir auf keinen Fall vergeben, wenn sie herausfindet, was ich tue und dass ich *nicht* bloß im Sicherheitsdienst arbeite.«

Bei diesen Worten lachte Dax, wurde aber schnell wieder nüchtern und sagte: »Wenn zwischen euch etwas ist, kannst du nie wissen.«

Cruz seufzte und nahm auf einem Stuhl an seinem Küchentisch Platz. Seit ihrer letzten Verabredung hatte er zahlreiche Male mit Mickie gesprochen und jedes Mal, wenn er es tat, schwor er, dass sie besser und besser wurde.

»Ich bin mir nicht sicher, ob ich *mir selbst* verzeihen kann, was ich dieses Mal tun musste, Dax.«

»Nimm dir den Nachmittag frei und besuche Mack und mich.«

»Danke, aber das geht nicht.«

»Du weißt, dass das Angebot immer steht.«

»Ich weiß und ich danke dir dafür.«

»In Ordnung. Pass auf dich auf. Ich werde dafür sorgen, dass Mack hier ist, wenn ich dich das nächste Mal anrufe. Ich weiß, sie wird mit dir sprechen wollen.«

»Klingt gut. Bis dann. Tschüss.«

»Tschüss, Cruz.«

Cruz machte den Bildschirm seines Telefons aus und legte es auf den Tisch. Er dachte zurück an die letzte Woche. Nachdem Ransom Angel vor ihren Freundinnen zum Höhepunkt gebracht hatte und sie einen Haufen Koks gekauft hatten, hatte die Party sich in ein ekelhaftes Schauspiel verwandelt, bei dem die Clubmitglieder die Damen mit den Drogen vollkommen high gemacht hatten. Die Kerle waren mit den Frauen in verschiedene Räume des Lagerhauses gegangen und hatten sie dort zum Orgasmus gebracht, so wie Ransom es mit Angel getan hatte.

Unter lautstarkem Gegröle, weil er keine Muschi zum Spielen hatte, war Cruz schließlich gegangen. Seit seinem letzten Gespräch mit Mickie waren drei Tage vergangen, weil er wegen dem, was mit ihrer Schwester passiert war, ein wahnsinnig schlechtes Gewissen hatte. Wenn er ehrlich zu sich selbst war, lag der Grund ebenfalls darin, dass er sich schmutzig fühlte.

Er legte den Kopf in die Hände und seufzte laut auf. Er war ein Idiot. Das hier war ein Job, nichts weiter.

Doch er wusste, dass er sich selbst etwas vormachte. Innerhalb eines sehr kurzen Zeitraums war Mickie sehr wichtig für ihn geworden und er hasste das Doppelleben, das er führte.

Er hasste es, im Club zu sein, aber er war froh, dass seine dortige Anwesenheit ihm einen Grund gab, mit Mickie zu sprechen und sie öfter zu sehen, als es ihm vermutlich möglich gewesen wäre, wenn es ihm nicht aufgetragen worden wäre, sie im Auge zu behalten. Er hasste es, wenn Ransom nach Neuigkeiten in Bezug auf die »Schwester-Situation« fragte, wie er es nannte, genoss es aber, in ihrer Nähe sein zu können.

Am späten Vormittag klingelte das Telefon auf der Arbeitsplatte und Cruz stand auf, um ranzugehen. Es handelte sich um »Smokes« Telefon, das läutete. Ohne sich die Mühe zu machen, nachzusehen, wer es war, schaltete er seine MC-Persönlichkeit ein, als er antwortete.

»Jup.«

»Hi, Cruz?«

Scheiße. »Hey, Mickie.« Sofort verlieh er seiner Stimme einen sanfteren Klang.

»Hey. Was machst du?«

»Ich sitze herum und denke darüber nach, mir etwas zu essen zu machen. Und du?«

»Ich tue mir selbst leid. Hast du Lust, mit mir zusammen etwas essen zu gehen?«

»Ist alles in Ordnung?«

»Nein.«

»Mickie? Sprich mit mir.«

Cruz hörte am anderen Ende der Leitung einen lauten Seufzer.

»Es ist nichts Neues, Cruz. Es geht um Angel. Wir hatten heute schon wieder einen Riesenstreit. Sie entgleitet mir, und das macht mir Angst.«

Anstatt weitere Fragen zu stellen, schlug Cruz vor: »Willst du dich mit mir in dem Pfannkuchenrestaurant an der Ecke Timberhill und Grissom treffen?«

»Ja, das wäre schön. In dreißig Minuten?«

»Perfekt. Fahr vorsichtig. Bis gleich.«

»Bis gleich. Und danke, Cruz. Tschüss.«

Cruz legte auf und ging sofort in sein Schlafzimmer.

Es war offensichtlich, dass Mickie bedrückt war und ihn in dem Versuch angerufen hatte, sich ein wenig aufzuheitern. Er konnte nicht leugnen, dass es ihm innerlich ein gutes Gefühl gab, dass *er* derjenige war, mit dem sie sprechen wollte, wenn sie traurig war. Sie war so offen und vertrauensvoll. Einfach nur in ihrer Nähe zu sein beruhigte Cruz.

Aber die Sache, bei der ihm klar geworden war, dass er sich bis über beide Ohren in sie verliebt hatte, war die Erkenntnis, dass er alles getan hatte, was ihm möglich gewesen war, um sie aufzuheitern, nachdem er erfahren hatte, dass sie traurig war.

Für Sophie hatte er nie auf diese Weise empfunden. Es hatte ihm nicht gefallen, wenn sie nicht glücklich war, aber er hatte nie das überwältigende Bedürfnis verspürt, sie sehen zu müssen. Cruz wusste, dass er zum Club fahren und herausfinden sollte, was Ransom für den Abend geplant hatte, aber Mickie kam zuerst. Erst nachdem er aufgelegt hatte, war ihm klar geworden, dass er Mickie schon vorher Priorität vor anderen Dingen in seinem Leben eingeräumt hatte. Seine Arbeit, seine Freunde ... und er würde damit fortfahren, das zu tun.

Cruz fuhr in seinem kleinen Wagen bei dem Restaurant vor und trat ein. Er sah Mickie in einer Sitznische am hinteren Ende des kleinen Raumes und ging zu ihr. Sobald sie ihn sah, hellte ihr Gesicht sich zur Begrüßung auf.

Mickie hatte schon einige Minuten ihren Kaffee getrunken, als sie Cruz durch die Tür kommen sah. Sie winkte ihm zu und lächelte, als er ihren Tisch erreichte.

»Hey, Cruz. Danke, dass du gekommen bist.«

»Das Vergnügen ist ganz meinerseits, glaub mir.« Cruz rutschte neben Mickie auf die Sitzbank, beugte sich zu ihr und küsste sie auf die Schläfe. »Geht es dir gut?«

»So gut, wie es mir eben gehen kann, wenn ich weiß, dass meine Schwester den größten Fehler ihres Lebens begeht.«

»Was hat sie jetzt gemacht?«

Bevor Mickie antworten konnte, kam die Kellnerin an ihren Tisch. Cruz brauchte nicht in die Speisekarte zu schauen, um zu wissen, was er essen wollte. Er teilte ihr seine Bestellung mit und Mickie tat es ihm gleich. Dann fuhr sie mit dem Gespräch fort, als seien sie nicht unterbrochen worden.

»Ich habe Angel heute früh angerufen und sie klang

vollkommen verwirrt, als sie rangegangen ist. Ich habe sie gefragt, wie es in ihrem Job läuft, und sie hat mir erzählt, dass sie gekündigt hat. *Gekündigt*, Cruz. Es ist nicht so, als hätte sie ihren Traumjob gehabt, aber wovon zur Hölle glaubt sie, leben zu können?«

»Ich hatte den Eindruck, sie hätte etwas Geld.«

»Das hat sie. Wir beide haben Geld, aber es reicht nicht aus, um für immer davon zu leben. Ich meine, ich weiß, ich habe die Hälfte von allem bekommen, was Troy besessen hat, aber mir macht die Arbeit tatsächlich Spaß. Angel muss *irgendwas* tun. Sie kann nicht einfach nur herumsitzen und den Rest ihres Lebens Bonbons futtern. Die Sache ist die, sie klang nicht wie sie selbst. Sie war völlig unbesorgt darüber, dass sie um zehn Uhr morgens noch geschlafen hat. Früher war sie bis spätestens acht Uhr aufgestanden, damit sie ins Fitnessstudio gehen und trainieren konnte, wenn die ganzen scharfen Kerle dort waren. Ihre Worte, nicht meine.«

Cruz legte seine Hand auf Mickies auf dem Tisch. »Ist sie immer noch mit diesem Kerl zusammen?«

»Ich denke schon. Ich meine, sie hat es nicht explizit erwähnt, aber als ich nach ihm gefragt habe, hat sie mir gesagt, ich solle mich raushalten, und dann hat sie einfach aufgelegt. Ich schwöre, wenn ich es nicht besser wüsste, würde ich sagen, dass sie high war oder so was. Als Angel auf der Highschool war, hat sie mal Marihuana geraucht, aber das heute war anders, glaube ich.« Mickie trank ihren Kaffee.

»Was geht hinter diesen hübschen Augen vor?«

Mickie schaute ihn an. »Sie ist meine Schwester. Ich muss ihr helfen, ob sie es will oder nicht.«

»Mickie –«

»Sprich nicht in diesem Ton mit mir, Cruz. Ich bin erwachsen.«

»Angel ist das auch.«

»Ja, aber –«

»Da gibt es kein Aber, Mickie.«

»Hast du so auch über deine Frau gedacht?«

Sobald die Worte ihren Mund verlassen hatte, wünschte Mickie, sie zurücknehmen zu können. Es war scheiße gewesen, das zu sagen.

Sofort legte sie die Hand auf Cruz' Arm und bat um Entschuldigung. »Es tut mir leid, Cruz. Das war unangebracht. Ich dachte bloß, ich könnte ihr eines Abends einmal nachfahren, um zu sehen, wo sie mit diesem Arschloch Ransom hingeht. Wenn ich einige Bilder von ihm machen kann, wie er etwas Illegales tut, und sie davon überzeugen kann zu sehen, dass er kein guter Mensch ist –«

Cruz packte Mickie an den Armen und drehte sie in seine Richtung. »Auf gar keinen Fall. Ganz schlechte Idee, Mickie. Nein.«

»Was soll ich dann tun?«

Er sprach, ohne nachzudenken. »Lass mich einen der Kerle fragen, mit denen ich zusammenarbeite. Einige von ihnen sind nebenbei als Privatdetektive tätig. Ich werde sehen, was sie über den MC wissen.«

»Das würdest du für sie tun?«

»Nein, ich würde es für *dich* tun.« Cruz sah Mickie tief in die Augen, als sie sich mit Tränen füllten.

Mickie beugte sich nach vorn und schlang die Arme um Cruz. »Danke. Dass du deine Arbeitskollegen fragst, ob sie etwas wissen, gibt mir das Gefühl, nicht ganz so allein damit zu sein, auf Angel aufzupassen. Du hast ja keine Ahnung, wie viel mir das bedeutet. Sie ist meine einzige Schwester. Ich weiß nicht, was ich tun würde, wenn ihr etwas zustößt.«

»Mach dir keine allzu großen Hoffnungen. Ich bin mir nicht sicher, was ich herausfinden kann. Wahrscheinlich wird es nichts sein und selbst wenn sie von dem Club wissen, weiß ich nicht, was es dir nützen wird.« Cruz hatte das Gefühl, sie warnen zu müssen. Er hatte keine Ahnung, welche Informationen er Mickie zukommen lassen konnte, die sie zufriedenstellen würden, aber er wollte auf keinen Fall, dass Mickie sich *irgendwo* in der Nähe von Ransom und seinem verdammten Gelände aufhielt.

»Ich weiß es zu schätzen, dass du überhaupt versuchst, etwas herauszufinden. Ich bin mir nicht sicher, ob es etwas nützen wird, denn ich glaube, Angel weiß bereits, dass Ransom sich nicht unbedingt auf dem aufsteigenden Ast befindet, aber anscheinend ist es ihr egal. Wenn er jedoch vielleicht etwas richtig Schlimmes tut, kann ich die Polizei rufen und ihn anzeigen. Damit würde er aus ihrem Leben verschwinden.«

Die Kellnerin kam mit ihren Speisen und Mickie lehnte sich zurück. Sie aßen ihre Mahlzeiten, ohne Angel noch einmal zu erwähnen. Mickie wirkte nachdenklich, doch Cruz war der Meinung, es sei bloß natürlich bei allem, was sie derzeit um die Ohren hatte.

As sie fertig waren, zahlte Cruz die Rechnung und sie verließen das Restaurant.

»Was machst du heute noch, Mickie?« Cruz wusste,

dass er sich am Abend zeigen müsste, wegen einer Aufgabe, die Ransom für ihn und einige andere Mitglieder hatte, er wollte Mickie aber nicht gehen lassen. Er liebte es, Zeit mit ihr zu verbringen. Sie gab ihm das Gefühl, ein besserer Mensch zu sein, selbst wenn es nicht stimmte.

Cruz hatte keine Ahnung, was Ransom mit Angel und ihren Freundinnen an diesem Abend vorhatte, aber da er sie nun mit dem Kokain bekannt gemacht hatte, hoffte Cruz, dass Ransom nun aufhören würde, fast täglich Partys zu veranstalten, und sich stattdessen darauf konzentrierte, sie individuell mit Drogen zu versorgen.

Die Clubmitglieder waren jedoch unterwegs, um an dem Abend eine weitere Drogenlieferung in Empfang zu nehmen, und Cruz wusste, dass er das nicht versäumen durfte. Bubba war wieder derjenige, der das Sagen hatte, und hatte Cruz und einigen der anderen Mitglieder bereits aufgetragen, ihn zu der Übergabe zu begleiten. Cruz hoffte, endlich genügend Informationen über die Drogenlieferanten zu bekommen, die er an seinen Chef weiterleiten konnte, damit er endlich den Einsatz beenden konnte.

»Ich wollte eigentlich nach Hause fahren und mich in meinem Unbehagen über Angel suhlen. Hast du etwas, das dem Konkurrenz machen könnte?«, scherzte Mickie und hielt sich an Cruz' Arm fest, als sie zu ihren Fahrzeugen gingen.

»Was hältst du davon, die Zeit mit mir zu verbringen?«

Mickie hielt an, was Cruz dazu brachte, ebenfalls stehen zu bleiben.

»Das würde ich sehr gern.«

Cruz lächelte und freute sich, dass Mickie keine Spielchen mit ihm spielte. Wenn sie etwas wollte, sagte sie es. Wenn sie Hunger hatte, aß sie. Wenn sie schlechte Laune hatte, tat sie nicht so, als sei alles in Ordnung.

»Super. Ist es okay, wenn wir einfach nur zu mir fahren und abhängen?«, fragte er, als sie weitergingen.

»Du willst nicht ins Einkaufszentrum gehen?«, neckte Mickie.

Herrgott, das verdammte Einkaufszentrum war nun wirklich der letzte Ort, den er mit ihr aufsuchen wollte. »Auf keinen Fall.«

Sie lachte. »Das war ein Scherz. Hast du irgendwelche guten Filme?«

»Ja, ich habe eine ganze Sammlung, die du durchsehen kannst.«

»Ich darf aussuchen?«

»Sicher.«

»Hast du keine Angst davor, wofür ich mich entscheide?«

Cruz brachte Mickie zu ihrem Wagen und wartete, als sie die Türen entriegelte. Als der Wagen offen war, drängte Cruz sie dagegen und sperrte sie mit den Armen ein. »Mickie, es ist meine Wohnung. Es ist nicht so, als hätte ich einen geheimen Stapel romantischer Komödien, aus denen du dir eine aussuchen könntest.«

Mickie kicherte.

Cruz beugte sich zu ihr und grinste, als ihr Kichern stoppte. »Ich hoffe, du magst Actionfilme. Ich weiß nicht genau, ob ich irgendwas anderes habe.« Er brachte den Kopf an Mickies Hals und schnupperte an ihrem Ohr.

»I-ich mag sie.«

Cruz spürte, wie Mickie mit den Händen an seine Taille wanderte und sich an seinem T-Shirt festhielt. Er atmete absichtlich in ihr Ohr, bevor er leise sagte: »Gut.«

»Unter einer Bedingung ...«

Cruz lehnte sich zurück und sah sie an. Sie grinste ihn an. »Unter einer Bedingung, was? Okay, schieß los.«

»Ich will deine Tätowierung sehen.« Mickie fuhr mit den Fingerspitzen über den Saum seines Ärmels, direkt über der Tätowierung, die sich über seinen linken Oberarm hinaufschlängelte.

»Magst du Tätowierungen?«

»Ich habe noch nie wirklich darüber nachgedacht, aber an dir? Ja, ich glaube schon.«

»Abgemacht. Du darfst den Film aussuchen und ich werde dir meine Tätowierung zeigen.«

»Super«, hauchte Mickie, als sie zu ihm aufsah.

Er wich zurück, denn er wusste, er war nur eine Sekunde davon entfernt, sie so sehr zu küssen, dass ihr die Luft wegbliebe. Er nahm Mickies Gesicht in die Hände und neigte ihren Kopf nach hinten, sodass sie zu ihm aufblickte. »Willst du mir hinterherfahren?«

»Hmhmm.«

Cruz lächelte. Sie war so unheimlich süß, wenn sie durcheinander war. »Also gut, dann machen wir dich startklar.« Er gab ihr rasch einen Kuss auf den Mund, wünschte sich mehr, als er sagen konnte, dort verweilen zu können, und zog sich zurück. Er drehte sie um, legte ihr eine Hand ans Kreuz und wartete, dass sie ihre Tür öffnete.

Sie stieg ein und Cruz hielt sich an der Wagentür fest.

Als sie angeschnallt war, stützte er sich mit dem Unterarm auf dem Wagendach ab und sagte: »Fahr vorsichtig. Wir sehen uns in Kürze.«

»Okay. Du auch.« Mickie seufzte erleichtert auf, als Cruz zu seinem Wagen ging. Herrgott, er war absolut tödlich. Während der letzten Wochen hatte sie ihn ziemlich gut kennengelernt – zumindest hatte sie das gedacht. Jedes Mal wenn sie ihn sah, raubte er ihr den Atem. Er war einfach so verdammt gut aussehend und er interessierte sich für *sie*. Es war verrückt.

Sie war niemand, die an Liebe auf den ersten Blick glaubte, aber mit Troy hatte sie sich Zeit gelassen, war sehr vorsichtig gewesen, und alle wussten, was daraus geworden war. Es war nicht so, als sei sie gleich bei der ersten Verabredung mit Cruz ins Bett gestiegen, aber mit ihm ging es definitiv schneller als bei ihren anderen vorherigen Beziehungen.

Aber der Unterschied bestand dieses Mal darin, dass sie mehr miteinander sprachen. Am Telefon, über SMS ... ohne sich tatsächlich zu treffen, mussten sie sich darauf verlassen, einander durch *Gespräche* kennenzulernen. Das gefiel ihr. Sie wusste mehr über Cruz, als sie am Ende über Troy gewusst hatte. Aber das sollte tatsächlich nichts heißen, da sie anscheinend nichts *Wahres* über Troy gewusst hatte.

Mickie wäre überglücklich gewesen, wenn da nicht ihre Schwester gewesen wäre. Sie wusste, sie würde Angel so schnell wie möglich konfrontieren müssen. Irgendetwas stimmte ganz und gar nicht mit ihr und Mickies Bauchgefühl sagte ihr, dass es nichts Gutes war.

Sie musste herausfinden, worum es sich handelte; wenn sie nur wüsste wie.

Doch zuerst wollte Mickie den Nachmittag mit Cruz verbringen. Sie erschauderte vor Wonne. Vielleicht würde sie ihn überzeugen können, in ihrer körperlichen Beziehung etwas weiter zu gehen, als sie es zuvor getan hatten. Mickie war bereit – mehr als bereit.

KAPITEL ELF

Cruz richtete den Blick von der Straße vor sich in den Rückspiegel. Mickie war eine gute Fahrerin und behielt seinen Wagen im Auge. Zu sehen, dass sie ihm vertraute, dass sie ihm dorthin folgte, wohin auch immer er fahren wollte, brachte ihn dazu, eine Entscheidung zu treffen. Er würde es mit Mickie einfach riskieren. Wie Dax gesagt hatte, letzten Endes hatte er keine Ahnung, wie sich alles entwickeln würde, aber Cruz wusste, er würde es sich niemals verzeihen, wenn er aufgab, was sich zwischen den beiden anbahnte, ohne der Sache zumindest eine Chance gegeben zu haben.

Er wollte Mickie. Sie war süß, lustig und bodenständig. Sie sorgte sich um ihre Schwester, obwohl Angel verletzend war, und war so normal wie jede Frau, mit der er je zusammen gewesen war. Und das gefiel ihm besser, als er gedacht hätte. Er wollte eine Partnerin, die ihn so sehr liebte wie er sie. Er war sich noch nicht sicher, ob Mickie diese Frau war, aber er wäre ein Idiot, wenn er sie gehen ließe. Seit Sophie war sie die erste Frau, mit der er sich eine langfristige Beziehung *vorstellen* konnte.

Kurze Zeit später fuhren sie bei Cruz' Gebäudekomplex vor. Er stieg aus seinem Wagen aus und schritt zu Mickies Honda. Er begegnete ihr an der Vorderseite des Fahrzeugs und ergriff ihre Hand, dann gingen sie zu seiner Tür.

Es schien natürlich zu sein, ihre Hand zu halten. Cruz hatte keine Ahnung, warum diese Frau solche Gefühle in ihm weckte, aber es war nun einmal so. Auf dem Weg zu seiner Wohnung wiederholte er seine Gedanken. Er würde sich nicht mehr dagegen wehren.

Ihr seltsames Kennenlernen, das bislang hauptsächlich am Telefon stattgefunden hatte, war vollkommen anders als alles, was er zuvor erlebt hatte. So sehr er auch geglaubt hatte, Sophie zu lieben, hatte er dennoch nie das Gefühl von freudiger Erwartung verspürt, wenn sein Telefon vibrierte. Er war nie aufgewacht und hatte nichts mehr gewollt, als mit ihr zu sprechen, und war nie zu Bett gegangen in der Hoffnung, dass ihre Stimme das Erste wäre, was er am nächsten Morgen hören würde.

Je besser Cruz Mickie kennenlernte, desto mehr wurde ihm klar, dass das, was er mit Sophie gehabt hatte, keine wahre Liebe gewesen war. Er dachte an Dax und Mack. Ihre Liebe war es, die er wollte. Nach dem was Dax durchgemacht hatte, nachdem er im wahrsten Sinne des Wortes zugesehen hatte, wie Mack durch die Hände eines Serienmörders vor seinen Augen gestorben war, und welche Wirkung es auf ihn gehabt hatte, wusste Cruz, dass es *das* war, was er wollte. Nicht den Teil mit dem Sterben, sondern den Teil mit der Liebe. Er hatte es nicht verstanden ... bis jetzt. Bis Mickie in sein Leben getreten war. Er wusste noch nicht, ob er sie liebte, aber sie war ihm ganz sicher sehr wichtig.

Cruz schloss die Tür zu seiner Wohnung auf und hielt sie für Mickie offen. Sie trat ein und legte ihre Handtasche auf den Tisch neben der Tür.

»Sieh dir die DVDs an und such dir aus, was du gucken willst. Die Filme sind im Schrank neben dem Fernseher.«

Mickie ging zu seinem TV-Schrank und hockte sich neben das Regal mit den DVDs. Cruz ging in die Küche und holte zwei Dosen Limonade, dann kam er ins Wohnzimmer und machte es sich auf dem Sofa bequem.

Mickie hielt *Beverly Hills Cop* hoch. »Zu klischeehaft?«

Cruz lachte und erhob sich, um den Film in den DVD-Spieler zu legen. »Auf keinen Fall. Ich liebe diesen Film.« Er verzog das Gesicht und sprach in Nachahmung von Eddie Murphy mit hoher Stimme: »Ruhestörung? Ich wurde aus einem Fenster geworfen!«

Sofort beendete Mickie das Zitat. »Wie lautet die Anklage, wenn man aus einem Wagen gestoßen wird? Verkehrswidriges Überqueren der Fahrbahn?«

Cruz starrte Mickie mit offenem Mund an, denn er konnte nicht glauben, dass sie tatsächlich *Beverly Hills Cop* zitieren konnte.

Mickie lachte. »Ich finde ihn auch toll. Eddie Murphy ist einfach großartig.«

»Willst du mich heiraten?«

Mickie lachte noch einmal, selbst als ihr Herz bei seinen Worten wie wild klopfte. »Halt die Klappe.«

Cruz setzte sich neben Mickie aufs Sofa und ergriff

ihre Hand, als die Musik begann. Sie saßen eine Weile da und schauten den Film und Cruz lächelte Mickie an, als sie leise einige von Eddie Murphys Zeilen mitsprach. »Auch auf die Gefahr hin, dich zu unterbrechen, wollte ich nur Danke sagen, dass du heute gekommen bist.«

Mickie sah Cruz an. »Ich glaube, das ist mein Text. Ich war wegen Angel neben der Spur und du hast angeboten, mir zu helfen, auf andere Gedanken zu kommen.«

Cruz hob die Hand, mit der er nicht ihre festhielt, und strich damit seitlich über ihren Kopf. »Das mit deiner Schwester tut mir leid. Wirklich.«

»Ich weiß.«

»Du wirst schon eine Lösung finden.«

»Das hoffe ich.«

»Hast du Hunger?«

Bei dem Themenwechsel machte Mickie ein überraschtes Gesicht. »Nein. Wir haben gerade erst gegessen.«

»Durst?«

Mit einer Handbewegung zu ihrem Getränk, das sich auf dem Tisch neben dem Sofa befand, schüttelte Mickie den Kopf.

»Hast du es bequem? Brauchst du irgendwas?«

»Cruz, es geht mir gut. Was ist los mit dir?«

»Ich will mich nur vergewissern, dass du es bequem hast und es dir an nichts fehlt.«

»Es geht mir gut.«

»Wie sehr willst du diesen Film sehen?«

»Äh, ich finde ihn gut, aber wenn du etwas anderes machen musst, dann ist es in Ordnung, ich kann gehen.«

»Ich will nicht, dass du gehst. Ich kann mich nicht mehr zurückhalten. Je mehr ich über dich erfahre, desto mehr muss ich dich haben. Du bist deiner Schwester gegenüber loyal. Du arbeitest hart und du bist weder egoistisch noch verwöhnt. Du bist so unglaublich sexy und ich bekomme dich einfach nicht aus dem Kopf. Ich will nicht länger warten. Ich will dich kosten. Ich will deinen kurvigen Körper unter meinem spüren. Ich brauche ihn. Wenn du das nicht willst, dann sag es mir bitte. Wenn nicht, dann passiert es. Genau jetzt.«

Mickie schluckte hörbar. Es war Cruz todernst. Er lächelte nicht und er zog sie auch nicht auf. Sie konnte spüren, wie ihre Brustwarzen unter ihrem Baumwoll-BH hart wurden. Oh Gott. Dieser attraktive Mann wollte sie. Sie brauchte nicht darüber nachzudenken. Sie hatte schon vorhin beschlossen, dass sie hoffte, Cruz würde ihre körperliche Beziehung vorantreiben. »Ich will es.«

»Dem Himmel sei Dank. Komm her.« Cruz schlang den Arm um ihre Taille und zog sie an sich, als er zur Seite aufs Sofa fiel.

Mickie versuchte, sich aufzurichten, damit sie ihn nicht erdrückte, als sie von oben in seine Augen sah.

»Entspann dich, Mickie. Ich muss dich an mir spüren.«

»Ich werde dich zerquetschen.«

»Wohl kaum. Mickie, im Vergleich zu mir wiegst du nichts. Platziere die Beine rechts und links von meinen Hüften und setze dich auf mich. Es gefällt mir, dich an mir zu spüren. Genau so ...« Cruz brachte seine Hände an ihre Taille und hielt sie an sich fest. Sie saß rittlings auf seinem Bauch, was vermutlich gut war, denn er wollte ihr mit seinem harten Schwanz keine Angst machen.

Er streichelte mit den Händen an ihren Hüften seitlich über ihren Brustkorb nach oben und dann wieder hinunter. Dann tat er es noch einmal, dieses Mal etwas höher, bis er sie fast unter ihren Brüsten berührte. Cruz behielt seine Hände an ihr, beruhigte sie, stimmte sie sanft. »Entspann dich an mir. Du wirst mir nicht wehtun.«

Cruz bemerkte, wie Mickie ihr gesamtes Gewicht auf ihn sinken ließ. Sie entspannte die Beine und er spürte die Wärme ihres Schritts an seinem Bauch. Mit den Händen stützte sie sich auf seinem Oberkörper ab und sah ihn von oben an, als verhungere sie und er sei ihre letzte Mahlzeit. Es stand ihr gut.

Da Cruz ihr Liebesspiel vorantreiben wollte, fragte er: »Willst du jetzt meine Tätowierung sehen?«

»Oh Gott, ja. Bitte.«

Cruz ließ sie los und streckte die Arme in die Höhe. »Zieh mir das T-Shirt aus.«

Mickie schaute hinunter auf den köstlichen Mann, der sich unter ihr befand. Sie war nervös gewesen, sich auf ihn zu setzen, aber als er mit den Händen über ihren Körper gestreichelt hatte, hatte sie sich immer mehr entspannt. Jetzt hob sie die Hüften an, packte sein T-Shirt am Saum und zog es über seine Brust nach oben. Indem sie es ganz langsam tat, steigerte sie die Vorfreude für sie beide.

Als sie seine Bauchmuskeln entblößte, schnappte Mickie nach Luft. »Wow, Cruz. Du bist superfit.« Sie rutschte nach hinten, bis sie direkt auf seiner Erektion saß. Dann beugte sie sich nach vorn und küsste seinen Bauch, während sie weiterhin sein T-Shirt nach oben schob. Sie küsste seinen Bauchnabel und dann jeden der definierten Muskeln, als sie sein T-Shirt hinaufschob. Mickie spürte, wie er einatmete, als ihre Lippen das erste Mal seinen Bauch berührten. Für gewöhnlich war sie nicht so forsch und schnell mit Männern, aber irgendetwas an Cruz brachte sie dazu, ihre Hemmungen zu verlieren.

»Das ist nicht die Stelle, wo meine Tätowierung ist«, zog Cruz sie auf und atmete tief durch in dem Versuch, sich zu beherrschen. Das Gefühl von Mickie, die sich an seiner Erektion rieb, und ihrer Lippen, die so nahe am Gummizug seiner Retroshorts waren, warfen alle seine guten Vorsätze über den Haufen.

Mickie hob den Kopf und sah zu, wie Cruz die Arme nach oben streckte, damit sie ihm das T-Shirt ganz ausziehen konnte. Ihr Blick war fest auf seinen linken Oberarm und seine Schulter gerichtet, als er die Arme herunternahm und sie an den Hüften an sich zog, sodass sie nun wieder auf seinem Bauch saß.

Sie sah ihn schmollend an. »Ich habe bequem gesessen, da, wo ich war.«

»Ja, aber wenn du willst, dass es länger als zwei Minuten dauert, musst du gerade einmal hier sitzen.«

Mickie grinste. »Zwei Minuten?«

Cruz lachte leise. »Ja, du hast mir eine so harte Erektion beschert, dass ich nur so lange durchgehalten hätte, wenn du dich noch länger an mir gerieben hättest.«

Mickie errötete und bedeckte ihre Wangen mit den Händen, als er sie anlachte. »Ich glaube, es hat mich zuvor noch niemand so sehr begehrt.«

»Nun, du kannst beruhigt sein, denn ich tue es. Willst

du es dir jetzt oder später ansehen?«, fragte Cruz ernsthaft und nickte mit dem Kopf zu seiner Schulter.

Mickie nahm die Hände vom Gesicht und beugte sich zu Cruz. »Jetzt. Definitiv jetzt.« Sie strich mit der rechten Hand seinen Arm hinauf und über die Tätowierung auf seiner Schulter. Es handelte sich um einen großen Vogel, der die Flügel ausgebreitet hatte. Sie war sich nicht sicher, welche Art von Vogel es war, vielleicht ein Adler, vielleicht ein Falke, aber worum auch immer es sich handelte, war so groß, dass es über die Breite seines muskulösen Oberarms reichte. Die Tätowierung war in verschiedenen Schwarzschattierungen angefertigt, welche das detailreiche Kunstwerk noch schöner machten. In schnörkeliger, weiblicher Handschrift waren die Initialen AR unter der Tätowierung gestochen, was ein direkter Kontrast zu den harten, männlichen Linien des Vogels war. Mickie fuhr mit den Fingerspitzen über die Buchstaben und riet ihre Bedeutung. »Sind das Averys Initialen?«

Cruz schaute Mickie in die Augen, als sie seine Tätowierung begutachtete. »Ja.« Sie beugte sich hinunter und küsste den Oberarm direkt in der Mitte der Tätowierung. Er war nervös gewesen, sie ihr zu zeigen, da sein Adler der exakt gleiche Adler war, der auf seiner FBI-Marke abgebildet war. Er war sich nicht sicher, ob sie verstehen würde, warum er das Bedürfnis verspürt hatte, Averys Initialen auf seinen Arm zu tätowieren, aber er hätte nicht überrascht sein sollen.

»Sie würde sich geehrt fühlen.«

»Das ist nicht der Grund, warum ich mir ihre Initialen habe stechen lassen.«

»Warum dann?« Mickie stützte sich mit einem Unterarm auf Cruz' Brust ab und sah ihm in die Augen, wobei sie mit den Fingerspitzen über seinen Arm streichelte. Offensichtlich gefiel es ihr, was seinen Magen dazu brachte, sich vor Erleichterung zusammenzuziehen. Nicht jeder verstand Tätowierungen und auch, wenn er nicht vollständig damit bedeckt war, bedeutete diese Tätowierung ihm alles. Sie bezeichnete, wer er war und wofür er stand. Möglich, dass sie es in diesem Moment nicht verstand, es berührte ihn aber dennoch, dass sie die tiefe Bedeutung erkannte, die diese Tätowierung für ihn hatte.

Cruz erinnerte sich, dass sie eine Frage gestellt hatte. Er strich ihr das Haar hinters Ohr, als er antwortete.

»Um mich daran zu erinnern, dass sich hinter jedem Opfer eine Familie verbirgt. Dass es Menschen gibt, die die Verstorbenen lieben und vermissen. Ich habe gesehen, was Averys Familie durchgemacht hat. Ihr Bruder Sam hat Jahre damit verbracht, ihren Mörder zu finden. Die Polizei hatte nichts für Avery tun können, aber sie war es ihrer Familie schuldig, zu ermitteln und die Person zu finden, die sie getötet hat, anstatt ihren Bruder dazu zu bringen, einen Großteil seines Lebens dafür zu opfern, es zu tun. Das ist der Grund, warum ich ihre Initialen dort trage. Als Erinnerung. Ich arbeite vielleicht nur im Sicherheitsdienst, aber ich versuche, mich daran zu erinnern, dass ich mit dem, was ich tue, einen Unterschied im Leben der Menschen machen kann.« Cruz hatte den letzten Teil dazu erfunden. Eigentlich hielt er es für lahm, aber er versuchte, es mit dem in Verbindung zu bringen, was Mickie für seinen Beruf hielt.

»Ich habe etwas zu sagen, aber es ist sehr unpassend.«

Cruz blinzelte, weil Mickie anscheinend vollkommen abrupt das Thema wechselte. »Okay. Erzähl es mir.«

»Selbst jetzt, da ich weiß, warum du es hast und wofür es steht, muss ich sagen, dass es in mir einzig den Wunsch erweckt, dir die restlichen Kleidungsstücke vom Leid zu reißen und dich hier und jetzt zu vögeln.«

Bei Mickies Worten spürte Cruz, wie sein Schwanz noch härter wurde, wenn das überhaupt möglich war. »Ach ja?«

»Allerdings. Normalerweise mag ich Tätowierungen gar nicht. Aber deine? In Kombination mit deinem Körper? Oh ja. Sie steht dir gut, Cruz. Sie steht dir sehr gut.«

Cruz lächelte und verstärkte den Griff an ihren Hüften. »Ich habe dir meine gezeigt. Wirst du mir deine zeigen?«

Mickie verstand ihn absichtlich falsch und sagte: »Ich habe keine Tätowierungen.«

»Du hast andere Sachen, die ich sehen will. Bessere Sachen.«

Als sie darüber nachdachte, was er sehen würde, wenn sie ihr T-Shirt und ihre Hose auszog, biss Mickie sich nervös auf die Lippe.

»Denk nicht einmal darüber nach, Mickie.« Es war, als könnte Cruz ihre Gedanken lesen. Er hob eine Hand und zog ihre Unterlippe nach vorn und weg von ihren Zähnen. Dann fuhr er mit den Fingern über ihre Brust nach unten, ohne an der harten Brustwarze haltzumachen, die er auf seinem Weg spüren konnte, bis er wieder an ihrer Hüfte angekommen war. Er drückte sie an seinen Bauch, setzte sich auf und zog sie mit sich.

Mickie rutschte nach unten, sodass sie wieder auf seinem Schoß saß. Cruz presste sie fest auf sich, um dafür zu sorgen, dass sie spürte, wie sehr er sie brauchte.

»Halt dich fest, ich verlagere die Situation in mein Bett.«

Mickie kreischte, als Cruz aufstand. Sie packte ihn an den Schultern und schlang die Beine um seine Hüften, damit sie nicht hinunterfiel.

Cruz ging mit entschlossenen Schritten durch den Flur und stöhnte, als er Mickies Hitze an seiner Erektion spürte. Sie wand sich an ihm, während er sich bewegte. Mit dem Fuß stieß er die Tür seines Schlafzimmers auf und ging auf direktem Weg zum Bett. Er legte Mickie auf den Rücken und sperrte sie sofort ein, als er sich auf sie legte.

»Rutsch nach oben.«

Mickie tat, worum er sie gebeten hatte, und er fuhr fort: »Sei nicht nervös, Mickie. Du hast keine Ahnung, wie sehr ich das hier will, *dich* will. Seit ich dir an diesem Tag zum ersten Mal in diesem Restaurant gegenübergesessen habe, träume ich davon, dich nackt zu sehen und dich mit meinen Händen zu berühren. Ich gebe zu, ich habe an deine Brustwarzen gedacht ... ich sehe jetzt schon, dass sie überaus empfindlich sind.«

Mickie richtete den Blick nach unten und sah selbst durch ihren BH deutlich die Umrisse ihrer Brustwarzen unter dem T-Shirt. Sie hatte ihre großen Nippel immer verflucht, weil sie sie ständig in peinliche Situationen brachten, aber jetzt, da sie sah, wie Cruz auf sie hinabschaute, als könnte er es nicht erwarten, sie überall zu lecken, war es ihr überhaupt nicht unangenehm. Sie drückte den Rücken durch und spornte Cruz an.

Cruz schluckte hörbar, strich mit der Fingerspitze sanft über ihre Brustwarze und spürte, wie sie sich unter seiner Berührung noch weiter verhärtete. »Deine Kurven sind so unglaublich sexy. Ich kann es nicht erwarten, die Finger in deine Hüften zu bohren, während du mich in dir aufnimmst. Ich bin überall hart. Ich will eine Frau, die weich ist und die nehmen kann, was ich zu geben habe. Kannst du es nehmen, Mickie? Kannst du mich so nehmen, wie ich bin?«

»Ich kann dich nehmen, Cruz. Oh Gott, ich kann dich nehmen.«

»Zum Glück. Ich habe mir zu der Vorstellung von dir häufiger einen runtergeholt, als ich es als Teenager getan habe. Lass mich nicht warten. Bitte. Zeig mir, was du unter deinen Anziehsachen verbirgst, Mickie.«

KAPITEL ZWÖLF

Mickie hatte keine Ahnung, was über sie gekommen war, aber sie wünschte sich nichts sehnlicher, als sich die Kleider vom Leib zu reißen und sich für Cruz zu entblößen. Der Gedanke, dass er sich zu der Vorstellung davon, wie sie aussehen könnte, einen runtergeholt hatte, war überwältigend. Sie öffnete den Knopf ihrer Jeans.

Cruz ergriff ihre Hände und hielt sie auf.

»Ich dachte –«

»Oh, ich will dich nackt sehen, daran besteht kein Zweifel. Aber ich will es auf meine Weise tun.«

»Dann beeil dich, Cruz!«

»Langsam. Auf meine Weise tun wir es langsam.«

»Ich hasse langsam«, beklagte Mickie sich schmollend.

Cruz lachte leise, denn irgendwie hatte er gewusst, dass sie so etwas sagen würde. »Wenn ich mit dir fertig bin, wirst du es lieben.«

Mickie stöhnte, streckte beide Arme über dem Kopf

aus und seufzte dramatisch. »Sag Bescheid, wenn du da unten fertig bist.«

Cruz lachte noch einmal. Er konnte sich nicht daran erinnern, wann er das letzte Mal so viel Spaß hatte, mit einer Frau zu schlafen. »Herzlichen Dank, Ma'am. Dann mach einfach die Augen zu und vergiss, dass ich hier bin.« Ohne aufzublicken, um zu sehen, ob sie tat, worum er sie gebeten hatte, beugte Cruz sich nach vorn, drückte die Nase an ihren Bauch und schob ihr T-Shirt nach oben, bis er an ihrer Haut schnupperte. Er atmete tief ein.

»Was tust du da?«, fragte Mickie nervös und bewegte sich unter ihm.

Cruz hielt ihre Hüften mit den Händen fest und bat sie wortlos darum, still liegen zu bleiben. »Du riechst fantastisch. Du bist so feucht für mich. Ich kann deine Erregung riechen. Zusammen mit der Seife oder Körperlotion, die du benutzt, ist es ein verdammtes Aphrodisiakum.«

»Cruz –«

Was immer Mickie sagen wollte, wurde unterbrochen, als Cruz schnell den Reißverschluss ihrer Jeans öffnete. Er bewegte den Kopf nach unten, bis er sich direkt über ihrem Venushügel befand. Mit der Hand drückte er einmal gegen ihren Slip, dann war er erneut mit seiner Nase dort.

»Cruz!«, schrie Mickie und versuchte, seinen Kopf wegzuschieben.

»Beruhige dich, Mickie«, murmelte Cruz. »Es ist okay. Ich werde etwas Zeit hier unten verbringen, du gewöhnst dich also besser daran.«

Mickie kicherte nervös und lehnte sich wieder zurück. »Ich sage immer noch, dass schnell besser ist.«

Bei diesen Worten hob Cruz den Kopf. »Du wirst deine Meinung schon noch ändern, Süße, gib mir nur etwas Zeit.«

Mickie schüttelte bloß den Kopf.

Cruz tauchte wieder ab und atmete ihren einzigartigen Duft ein weiteres Mal ein. Er hatte sie vorhin nicht angelogen. Er hatte sich zu der Vorstellung ihres Körpers, sie unter sich zu haben und ihrem Geruch häufiger selbst befriedigt, als Cruz es zugeben wollte. Aber es war nicht nur Lust, wenngleich eine gesunde Dosis davon existierte. Es war mehr. Er verehrte sie und er wusste, er *wusste* einfach, sie würde nicht mehr in seiner Nähe sein wollen, wenn sie erst von seinem Auftrag erfuhr. Sie war ihrer Familie und Angel gegenüber zu loyal, um ihm vergeben zu können. Es war möglich, dass er nur eine Chance hatte, sie zu haben, und er war nicht selbstlos genug, um das Richtige zu tun und sie gehen zu lassen.

Selbst nach seinem Zwiegespräch mit sich selbst hatte er wieder und wieder mit sich gerungen, ob er irgendetwas mit ihr anfangen sollte. Aber als er neben ihr auf dem Sofa saß und zuhörte, wie sie kicherte und *Beverly Hills Cop* zitierte, hatte er eine Entscheidung gefällt. Er konnte ihr nicht fernbleiben. Cruz brauchte sie.

Er schob die Hände unter sie und hob ihre Hüften an. »Zieh deine Hose nach unten, Mickie. Meine Hände sind beschäftigt.«

Da Mickie offensichtlich dachte, er würde nun weitermachen, beeilte sie sich, das zu tun, worum er sie gebeten hatte. Sie schob ihre Jeans so weit nach unten, wie sie sich strecken konnte. Nachdem sie ihre Turnschuhe abgestreift hatte, ließ Cruz ihre Hüften wieder nach unten und zog ihre Jeans vollständig aus. Sie lag nun im Slip unter ihm, war von der Hüfte aufwärts aber noch vollständig bekleidet.

Cruz schaute auf sie hinab. Sie trug einen grauen Baumwollschlüpfer.

Als Mickie bemerkte, wie Cruz ihre Unterwäsche betrachtete, bat sie um Entschuldigung. »Tut mir leid, dass der Slip nicht sexy ist, ich–«

»Nicht sexy?«, unterbrach Cruz sie und sah ungläubig zu Mickie auf. »Machst du Witze? Ich habe nie etwas Aufregenderes gesehen.«

»Cruz, bei dieser Sache bin ich mir sicher. Du brauchst nicht zu lügen.«

»Ich lüge nicht, verdammt noch mal, Mickie. Herrgott, du hast ja keine Ahnung.« Cruz veränderte die Position und fuhr mit dem Zeigefinger seiner rechten Hand von ihrem Bauchnabel über ihren Slip zu ihrem Anus und dann wieder hinauf. Mit der anderen Hand zog er die Baumwolle stramm, sodass die Umrisse ihrer Schamlippen zu erkennen waren.

Mickie spürte, wie sie bei seinen Handlungen feuchter wurde. Sie wollte und brauchte mehr und spannte ihre inneren Muskeln an.

»Richtig, tu trägst keine Seide und es ist auch kein Stringtanga, aber was ich vor mir habe, ist um ein Vielfaches erregender als alles, was ich *jemals* zuvor gesehen habe.« Cruz beugte sich hinunter, als würde er sie inspizieren, und atmete tief ein. »Dein Slip ist hellgrau. Das bedeutet, er wird dunkelgrau, wenn er feucht wird.« Er fuhr mit der Fingerspitze noch einmal über ihre Scham-lippen. »Und genau hier, genau in diesem Augenblick, ist er so dunkelgrau, dass er beinahe schwarz ist. Du bist tropfnass, Mickie. Und du wirst direkt vor meinen Augen noch feuchter. Es gibt nichts, und ich meine gar nichts, was erregender wäre. Zu wissen, dass du mich willst? Dass du meine Berührungen und meine Worte genießt? Nichts. Ist. Erregender.«

Mickie wimmerte. »Oh mein Gott, Cruz. Ernsthaft. Bitte, ich brauche dich.«

»Und du wirst mich bekommen, Mickie. Glaubst du, ich werde dich nicht nehmen, nachdem ich gesehen habe, wie feucht du für mich bist? Nachdem ich gero-chen habe, wie erregt du bist? Auf keinen Fall. Aber wann du mich bekommst, bestimme ich, nicht du.«

»Ich hatte keine Ahnung, dass du so sadistisch bist.«

»Oh, das ist nicht sadistisch, Mickie. Das ist Verehrung.«

»Dann wünschte ich, du würdest mich schneller verehren.«

Cruz konnte sich ein Lachen nicht verkneifen. »Hier-nach wirst du es schnell bekommen, das garantiere ich dir. Aber ich will dich genießen. Ich will dich langsam entpacken, ganz genau lernen, was und wie du es magst. Für uns wird es nie wieder ein erstes Mal geben. Ich will es auskosten. Und jetzt leg dich zurück und genieße es.«

Mickie legte sich schnaubend auf den Rücken und Cruz lächelte sie an. »Du wirst es nicht bereuen, Mickie. Ganz egal, was in der Zukunft auch geschieht, ich hoffe inständig, dass du es nicht bereust.«

»Das werde ich nicht.«

»Versprochen?«

»Versprochen.«

Damit neigte Cruz den Kopf und machte sich an die Arbeit. Er liebkoste und leckte und streichelte, bis Mickie völlig von Sinnen bettelte. Endlich schob Cruz ihren durchnässten Slip zur Seite und streichelte mit den Fingern von unten nach oben durch ihre Schamlippen, ohne etwas dazwischen zu haben.

»Oh mein Gott.«

»Du hast keine Ahnung, wie gut du dich anfühlst.« Cruz wusste nicht, ob Mickie ihn tatsächlich hören konnte. Auf ihrer Stirn war von seinen Neckereien ein leichter Schweißfilm zu sehen und ihr Slip war im wahrsten Sinne des Wortes tropfnass von ihrer Erregung.

»Los, wir ziehen dein T-Shirt aus, okay?«

Mickie richtete sich so schnell auf und hatte ihr T-Shirt bereits ausgezogen, bevor Cruz ihr helfen konnte. Er lachte, als sie hinter sich griff, um den Verschluss ihres BHs zu öffnen.

Mickie schaute in Cruz' lachende Augen und lächelte schüchtern. Ohne weiterhin verlegen zu sein wegen dem, wie sie aussehen könnte, weil sie so erregt war, sagte sie zu ihm: »Ich dachte mir, wenn ich das hier nicht ausziehe, bevor du die Kontrolle übernimmst, könnte es ein weiteres Jahr dauern, bis du es tust.«

Cruz konnte nicht antworten, weil sein Blick fest auf ihre Brust gerichtet war. »Herrgott, Mickie. Deine Titten sind noch schöner, als ich sie mir hätte vorstellen können.«

Bei seinen groben Worten errötete Mickie, doch sie

gefielen ihr ebenfalls. Da sie genug von seinem langsamen Tempo hatte, hob sie ihre Brüste mit den Händen an, als würde sie sie Cruz anbieten. »Riesige Warzenvorhöfe, harte Nippel.«

Cruz umkreiste ihren rechten Warzenvorhof mit dem rechten Zeigefinger und als sie ihre Hände sinken ließ, befahl er: »Behalte sie dort. Ich mag es, wie du dich mir anbietest.« Cruz schaute zu ihrem Gesicht auf, als sie die Hände zurück unter ihre Brüste schob. »Und diese Röte mag ich ebenfalls.«

Mickie wusste, dass sie schnell atmete, sie hatte jedoch noch nie zuvor eine sexuelle Begegnung wie diese gehabt. Troy war einfach auf sie geklettert, hatte sein Ding gemacht und sich dann von ihr runtergerollt. Er hatte sich nie Zeit genommen, sie vorher wirklich anzusehen. Auch keiner der anderen Männer, mit denen sie zusammen war, war jemals so ... intensiv gewesen. Mickie wusste nicht, ob es ihr gefiel, aber sie hasste es sicherlich nicht.

»Cruz ...«

»Und dein flehender Tonfall gefällt mir auch. Halte sie genau dort.« Ohne ihr Zeit zu geben, etwas zu erwidern, beugte Cruz sich nach vorn, schob eine Hand unter ihre und hob die Brust noch weiter an. Er brachte seinen Mund daran und saugte. Als er hörte, wie Mickie zischend einatmete, nahm er ihre Brustwarze zwischen die Zähne und biss leicht hinein. Er liebte es, dass sie bei seinem Biss noch härter wurde, und bearbeitete sie mit der Zunge, während er fester saugte. Erst als Mickie unter ihm zu zappeln anfing, gab er nach und ließ sie los.

Mit der Hand rieb er beruhigend über ihre Brust. »Du

bist großartig. Ich habe noch niemals zuvor solch große Brustwarzen gesehen. Es ist, als würden sie mich anbetteln, sie zu lecken und an ihnen zu saugen.«

»Bitte, Cruz.«

»Zieh deinen Slip aus«, befahl Cruz mit kehliger Stimme. »Ich dachte, ich könnte dafür sorgen, dass es noch länger dauert, aber ich muss dich haben.«

Mickie beeilte sich, das zu tun, worum Cruz gebeten hatte. Ihm war es genauso eilig damit, seine eigene Hose auszuziehen. Er stand neben dem Bett und sah sie an. Mickie leckte sich über die Lippen, als sie seinen Körper anstarrte. Seine Erektion war lang und hart. Sein Schwanz war groß – größer als jeder andere, den sie bisher genommen hatte.

Sie weigerte sich, nervös zu werden. Sie konnte ihn in sich aufnehmen. Der Körper einer Frau war so gebaut, dass er sich um den Schwanz eines Mannes ausdehnte. Sie streckte die Hände nach Cruz aus.

Cruz zwang sich, still stehen zu bleiben, als Mickie mit der Hand seinen Schwanz umschloss. Ein Spermatropfen erschien an der Spitze und fiel beinahe zu Boden. Mickie fing ihn mit der Hand auf und verrieb ihn auf seiner Haut, als sie ihn streichelte. Cruz hielt ihrer Berührung einen Moment lang stand, dann wusste er, dass er es nicht länger aushalten würde. Er packte ihr Handgelenk und kniete sich mit einem Bein aufs Bett, dann ergriff er auch das andere Handgelenk, bog beide über ihren Kopf und hielt ihre Hände dort fest.

»So sehr ich mich auch nach deiner Berührung sehne, würde es dem Langsamen ein Ende setzen und ganz schnell zu Mach 10 werden, wenn ich zuließe, dass du mich weiter streichelst.«

»Aber –«

»Nein, dieses Mal nicht. Später darfst du mich erkunden. Ich werde dich sogar anflehen, mich zu berühren, zu lecken und an mir zu saugen, aber nicht jetzt. Nicht bei diesem ersten Mal. Behalte die Hände dort.« Als sie nickte, ließ er sie los und streichelte mit seinen Handflächen über ihre Unterarme, Oberarme, Schultern und Brüste. Er kniff in beide Brustwarzen, als er daran vorbeikam, streichelte über ihren weichen Bauch und hinunter zu ihren Hüften. Cruz konnte sehen, dass Mickie angestrengt atmete und ihr Blick fest auf seinen Körper gerichtet war, als er sich bewegte.

Cruz rutschte so weit nach unten, bis sein nässender Schwanz ihren Oberschenkel streifte.

»Du bist auch feucht für mich.« Mickies Stimme war leise und ungläubig.

»Ja. Es gibt keinen Ort, an dem ich lieber wäre, als tief in deinem Körper. Ich will spüren, wie du mich eng umschließt, während ich dich nehme.«

»Dann tu es endlich, Cruz. Herrgott.«

»Gleich, Mickie. Ich genieße es gerade.«

»Kannst du nicht schneller genießen?«, jammerte Mickie und wand sich an ihm, als er sich mit seinen Fingern ihrer Muschi näherte.

»Nein. Nicht bis ich dich gekostet habe.«

Plötzlich griff Cruz nach einem Kissen und schob es unter Mickies Hüften. »Das ist besser. So kann ich dich einfacher sehen.«

»Cruz ...«

Er ignorierte den flehenden Klang von Mickies Stimme und rutschte auf dem Bett nach unten. Er nahm ihren Po in die Hände und hob sie noch weiter nach oben, bis sein Kopf sich direkt an ihrer feuchten Muschi befand. Er blies an ihre Schamlippen und sah fasziniert zu, wie sie sich in seinem Griff anspannte. »Einfach wunderschön, Mickie. Ich schwöre, ich kann sehen, wie du pulsierst. Aber hör gut zu, ich werde dich mindestens zweimal zum Orgasmus bringen, bevor ich in dich eindringe. Ich will dich so richtig feucht haben. Wenn ich dich nehmen soll, ohne dir wehzutun, dann musst du tropfnass und bereit für mich sein.«

»Ich bin jetzt bereit, Cruz.«

»Nein, das bist du nicht. Du bist feucht, aber noch nicht feucht genug. Ich will dich tropfnass vor mir sehen, bevor ich dich nehme. Im wahrsten Sinne des Wortes. Ich will sehen, wie die Säfte aus dir rauslaufen, bevor ich in deinen heißen Körper eindringe. Und jetzt sei still, ich muss mich konzentrieren.« Cruz ignorierte ihr niedliches Stöhnen und machte sich sofort an die Arbeit. Er konzentrierte sich auf ihre Klitoris und leckte sie in einem regelmäßigen Rhythmus, bevor er das Tempo erhöhte, als sie sich unter ihm wand. Cruz hielt sie fest und ließ nicht zu, dass sie seinem Griff und seiner immer schneller arbeitenden Zunge entfloh.

Nur etwa drei Minuten später spürte er, wie Mickie zum ersten Mal kam. Schnell schob er einen Finger in sie hinein und fühlte, wie ihre inneren Muskeln sich um ihn zusammenzogen. Sie warf den Kopf nach hinten, hob die Hüften an und stöhnte seinen Namen. Cruz hörte nicht auf, sondern bearbeitete sie weiter. Ohne Reue leckte er an ihrer Klitoris, führte einen weiteren Finger in sie ein und drehte beide nach oben, um ihren G-Punkt zu streicheln, während er den Angriff auf ihre Knospe fortsetzte.

»Ich bin zu empfindlich, bitte, Cruz. Oh mein Gott ...«

Cruz ignorierte sie und machte weiter. Nachdem sie ihren dritten oder vierten Orgasmus gehabt hatte – es war schwer zu sagen, da sie praktisch ohne Unterbrechung kam –, löste er sich von ihrem Körper. Er küsste die Innenseite ihres Oberschenkels und genoss ihr gehauchtes Keuchen und ihre immer noch zitternden Muskeln. »*Jetzt* bist du feucht. Du bist so feucht, dass es dir bis zum Arsch runterläuft. Du durchnässt mein Kissen. Ich glaube, ich werde es nie wieder waschen. Ich will meine Nase darin vergraben und so einschlafen, während ich mich an genau dieses Bild erinnere.«

»Herrgott noch mal, Cruz. Ich bitte dich. Halt die Klappe und fick mich endlich.«

Cruz küsste ihre rosafarbene Klitoris noch einmal und genoss das Zusammenzucken ihres Körpers, als er das empfindliche Nervenbündel berührte, bevor er an Mickies Körper nach oben glitt. Er beugte sich zum Nachttisch und nahm ein Kondom aus der Schublade. Er hatte schon sehr lange keine Frau mehr mit zu sich nach Hause gebracht, aber obwohl er nie bei den Pfadfindern gewesen war, war er immer vorbereitet.

Schnell rollte er sich das Latex über seine Erektion und platzierte die Spitze an den glänzenden Schamlippen ihrer Muschi. »Langsam und gleichmäßig, Mickie«, sagte Cruz zu ihr, ohne den Blick von der Stelle abzuwenden, an der er in sie eindringen würde. »Wenn ich dir wehtue, lass es mich wissen. Aber ich höre nicht auf. Auf keinen Fall. Ich werde langsamer machen, damit du dich an mich gewöhnst, aber ich komme in dir.« Endlich blickte er auf.

Mickie sah vollkommen fertig aus. Das kurze Haar klebte durch den Schweiß, der sich dort angesammelt hatte, an ihrer Stirn. Ihr Gesicht war rot und auf ihrem Dekolleté eine helle Rötung zu erkennen. Ihre Brustwarzen waren hart und zeigten an die Decke. Und ihre Hände. Oh Gott, ihre Hände. Sie befanden sich immer noch dort, wo er sie platziert hatte. Sie hatte sich nicht bewegt. Selbst während der Orgasmen, durch die er sie gezwungen hatte, war sie geistesgegenwärtig genug gewesen, um sie dort zu belassen.

Ganz plötzlich wollte Cruz ihre Hände an sich spüren. Er wollte spüren, wie sie sich an ihm festkrallte.

»Du kannst mich anfassen, Mickie. Bitte lege deine Hände auf mich.«

Sofort nahm sie die Hände über ihrem Kopf weg und platzierte sie auf seinen Oberarmen. Sie bohrte ihre Fingernägel ein wenig in seine Haut, hielt sich fest und nickte ihm zu. »Fick mich, Cruz.«

Bei ihren Worten drang Cruz in sie ein. Durch das Kissen befanden sich ihre Hüften in einem Winkel, der es ihm gestattete, mit dem Schwanz an der oberen Wand ihrer Muschi entlangzufahren. Er drückte sich zwei Zentimeter hinein, dann zog er sich zurück. Er schob sich fünf Zentimeter hinein und zog sich so weit zurück, bis nur noch seine Schwanzspitze in ihr steckte.

Mickie hob von selbst die Hüften und nahm die fünf Zentimeter wieder in sich auf. Cruz zog sich erneut zurück und folgte ihr nach unten, als sie die Hüften absenkte. Er drang weitere zwei Zentimeter in sie ein und wartete. Als sie sich ungeduldig nach oben drückte, zog er sich zurück, um sie zu ärgern.

»Cruz, verdammt noch mal –«

Bevor sie den Satz zu Ende sprechen konnte, stieß Cruz so tief in sie hinein, bis er nicht mehr weiterkam. Dann hob er ihre Hüften an und gewann einen weiteren Zentimeter. Cruz konnte spüren, wie seine Hoden gegen ihren Hintern drückten. Beide stöhnten auf.

»Okay?«, gelang es ihm hervorzupressen, wenngleich er nicht wusste, was er täte, sollte sie Nein sagen.

»Oh ja, mehr als okay.« Mickie bohrte die Fingernägel nun tiefer in seine Oberarme. »Ich war noch nie zuvor so ausgefüllt.«

Bei ihren Worten konnte Cruz es sich nicht verkneifen, sich an sie zu drücken. Oh Gott, sie war so sexy. Cruz hatte es in seinem Leben nie zuvor bereut, ein Kondom zu benutzen. Es war eine automatische Handlung, es vor dem Sex überzuziehen, aber das hier war etwas anderes. Er wollte sie mit seinen Säften auffüllen. Er wollte zusehen, wie sie langsam aus ihr herausliefen, sobald sie fertig waren. Er wollte sein Kissen, das sich immer noch unter ihrem Hintern befand, mit ihren Säften durchnässen.

Er schüttelte den Kopf. Herrgott, das hier war nichts Dauerhaftes. Er musste sich immer wieder daran erinnern.

Er zog sich zurück und stieß dann wieder hinein. Er liebte es, sie unter sich stöhnen zu hören. »Halt dich an mir fest, Mickie. Du wolltest es schnell? Du wirst es schnell bekommen.«

»Oh ja. Endlich. Gott sei Dank.«

Als ihm klar wurde, dass er sie nicht geküsst hatte, seit er sie in sein Schlafzimmer gebracht hatte, ließ Cruz ihre Hüften los, um sich über ihr abzustützen, und beugte sich nach vorn. Er schob sich so tief es ihm möglich war in sie hinein und drückte dann seinen Mund auf ihren.

Er tauchte in Mickies Mund ein und fand heraus, was ihr gefiel und was nicht. Cruz saugte ihre Zunge in seinen Mund und fuhr mit den Zähnen daran entlang. Dann saugte er ihre Lippe ein und lutschte daran. Schließlich stieß er seine Zunge in ihren Mund und drückte seine Hüften an ihre. Mickie zu küssen, während sie ihn vollständig in sich aufnahm, war unfassbar intim. Er hatte geküsst und gefickt, aber irgendetwas an genau diesem Moment war mehr als nur Küssen und Ficken.

Cruz unterbrach den Kontakt mit Mickies Lippen, setzte sich auf und fuhr mit seinem Angriff auf sie fort. Sie lächelte ihn an. Cruz schaute sie von oben an und sah, wie ihre Brüste bei jedem seiner Stöße wogten. Seine Mickie war ganz natürlich und er liebte es. Er ergriff eine ihrer Brüste und drückte zu, während er sie nahm. Da er wusste, dass sie weitere Stimulation benötigen würde, um noch einmal zu kommen, wies Cruz sie an: »Fass dich an.«

»Wa-was?«, fragte sie verwirrt.

»Deine Klitoris. Bring dich noch einmal zum Orgasmus. Ich will spüren, wie du meinen Schwanz in dich einsaugst. Los, Mickie. Ich stehe kurz davor. Ich will, dass du ein letztes Mal kommst, bevor ich mich nicht mehr beherrschen kann.«

Mickie nahm sofort die rechte Hand von seinem Arm und schob sie zwischen ihre Körper, bis sie sich berührte. Sie rieb ihre Klitoris, dann streckte sie die Finger nach unten, sodass sie seinen Schaft streichelte, während er in sie hinein- und wieder hinausglitt.

»Oh mein Gott, Cruz. Das ist so scharf.«

»Hör auf mit dem Blödsinn, Mickie. Irgendwann werde ich dich mal zusehen lassen, aber jetzt mach es bitte einfach. Bring dich zum Orgasmus.«

Mickie wandte den Blick nicht ab, als sie den Finger nach oben schob und sich heftig stimulierte. Cruz konnte spüren, wie ihr Höhepunkt immer näher kam. Wieder nahm er ihre Brustwarze zwischen seine Finger und kniff fest hinein. Fester, als er es getan hätte, wenn sie nicht bereits mehrere Male gekommen wäre und nicht kurz davor stände, ein weiteres Mal zu kommen. »Jetzt, Süße. Oh ja, ich kann es spüren. Drück mich, ja. Oh ja. Scheiße!«

Cruz spürte, wie Mickie die Kontrolle verlor, bevor sie auch ihm entglitt. Er stieß ein weiteres Mal in sie hinein und drückte die Hüften gegen sie, um sie so tief wie nur möglich zu berühren. Vor seinen Augen tanzten Lichtpunkte, als er sich in das Latex entleerte, das seinen Schwanz umgab.

Als er endlich wieder zu Sinnen kam, wurde ihm bewusst, dass er auf Mickie lag und sie ihm beruhigend über den Rücken streichelte. Sofort rollte er sich zur Seite und zog sie mit sich. Er hielt sie an sich fest und sorgte dafür, dass er im Prozess der Bewegung nicht aus ihr hinausglitt. Am Ende saß sie rittlings auf ihm. Sie zog sich ein wenig zurück und errötete, als sie ihn von oben ansah.

»Wow.«

»Ja, wow. Das war fantastisch, Mickie. *Du* warst fantastisch.«

»Ich glaube, du hast die ganze Arbeit gemacht.«

»Auf keinen Fall, du hast das alles gemacht.«

Mickie kicherte und Cruz stöhnte.

»Wenn du lachst, kann ich fühlen, wie du dich um meinen Schwanz herum zusammenziehst.«

Mickie hörte auf zu lachen und errötete erneut. »Äh, musst du nicht aufstehen und … du weißt schon, das Kondom entsorgen oder so?«

»Ja, aber ich liege gerade so richtig bequem.«

»Ja, aber –«

»Und dir ist eins vielleicht nicht klar, Süße, aber ich kann fühlen, wie feucht du bist, weil es an meinem Schwanz und meinen Eiern hinunterläuft und das Laken unter uns durchnässt.«

»Das ist widerlich, Cruz.«

Cruz streckte die Arme aus und zog Mickie auf sich. Er verschränkte die Hände in ihrem Kreuz und drückte sie an sich, während er darüber nachdachte, was sie gesagt hatte. War er durch die Zeit, die er im MC verbracht hatte, grober und anspruchsvoller im Bett geworden? Cruz war nicht dieser Meinung. Es lag an Mickie. Sie brachte allerlei Dinge in ihm zum Vorschein und das Größte von allen war seine Fähigkeit, im Bett ganz er selbst sein zu können.

»Es ist nicht widerlich, Liebes. Das sind wir. Sex ist roh und schmutzig und eklig … und absolut wundervoll.

Wir können uns und die Bettwäsche waschen. Wir können uns sauber machen und im Handumdrehen wieder normal sein. Aber das hier mit dir zu teilen, die natürliche Reaktion unserer Körper aufeinander und was wir miteinander getan haben? Das ist einfach nur wunderschön und nicht widerlich.«

Cruz spürte, wie Mickie sich dichter an ihn kuschelte, als versuchte sie, in ihn hineinzukriechen, was dafür sorgte, dass sein Herz sich zusammenzog. Er versuchte, das Gefühl von ihr in seinen Armen abzuspeichern, denn er wusste, sobald sie herausfand, was er getan hatte – oder im Fall ihrer Schwester *nicht* getan hatte –, würde sie ihn angewidert ansehen und nicht mit dem sanften, zufriedenen Blick, den sie derzeit hatte.

Cruz spürte, wie sie an seiner Brust seufzte. »Müde?«

»Hmmmm.«

»Dann schlaf ein wenig. Ich muss vorerst nirgendwo sein.«

Mickie fing an, sich zu bewegen, doch Cruz hielt sie weiter fest. »Genau hier, Mickie. Ich mag das Gefühl von dir auf mir.«

»Ich mag das Gefühl von dir *in* mir.«

Cruz lachte leise, als er spürte, wie sie sich versteifte. »Das wolltest du eigentlich nicht sagen, oder?«

»Nein«, antwortete Mickie missmutig.

»Ich mag das Gefühl von mir in dir ebenfalls. Und jetzt schlaf.«

»Hat dir schon mal jemand gesagt, dass du schrecklich herrschsüchtig bist?«

»Nein.«

»Nun, das bist du.«

Cruz lächelte bloß. Er war zufrieden. Für jemanden, der die letzten zwei Monate in der Unterwelt des schlimmsten MCs verbracht hatte, den die Stadt San Antonio je gesehen hatte, war er momentan verdammt glücklich.

Er hatte nicht gelogen. Er spürte tatsächlich, wie sein Sperma aus dem Kondom über seine Haut und auf das Laken unter ihm floss, aber er würde sich nicht bewegen. Er würde später aufstehen. Zunächst wollte er das Gefühl von Mickie genießen, die befriedigt und warm in seinen Armen lag.

Er erinnerte sich nicht daran, sich nach dem Sex mit einer Frau jemals so gefühlt zu haben. Normalerweise konnte er es nicht erwarten, aufzustehen und das Bett zu verlassen. Aber mit Mickie war es nicht so. Er lachte leise, als er Mickies leises Schnarchen hörte. Selbst wenn sie schlief, war sie hinreißend.

Cruz umschloss sie fest mit beiden Armen, richtete sich ein wenig auf und vergrub die Nase in ihrem Haar. Er versuchte, sich ihren Geruch einzuprägen, da er wusste, dass er sich schon bald in der Höllengrube wiederfinden würde.

KAPITEL DREIZEHN

Bubba schüttelte Axel die Hand, als dieser eine weitere Drogenlieferung brachte. Cruz, Kitty, Camel, Vodka und Roach standen neben ihnen, als die beiden zukünftige Geschäfte besprachen.

»Können wir nächste Woche die nächste Lieferung bekommen?«, fragte Bubba.

»So schnell? Verdammt, Mann. Ich weiß nicht, ob ich das hinbekomme«, sagte Axel zu ihm und fuhr sich mit der Hand über den Kopf.

»Sieh zu, dass du es hinbekommst. Ransom will diese Lieferung haben.«

»Er sollte besser aufpassen, was er macht. Du weißt, dass es Chico Malo nicht gefallen wird, wenn Ransom zu weit geht.«

»Scheiß drauf. Wenn Chico Malo nicht zäh genug ist, um mit ein wenig Konkurrenz umgehen zu können, dann verdient er es nicht, in diesem Geschäft zu sein.«

Axel schüttelte den Kopf. »Dios mío, Bubba. Du hast keine Ahnung, wozu er fähig ist.«

200

»Das spielt keine Rolle, Mann. Wenn Ransom seine Lieferungen will, wird er seine Lieferungen bekommen. Wir können mit *dir* Geschäfte machen oder jemand anderen finden.«

Axel hob beschwichtigend die Hände. »Bleib ruhig, Mann. Ich werde sehen, was ich tun kann. Ich werde mit Chico Malo sprechen. Du weißt, dass er nur an Personen liefert, an die er liefern will, und es auch nur tut, wann er es will, und wenn er der Meinung ist, dass ihr versucht, dieses Gebiet zu übernehmen, wird es nicht gut ausgehen.«

»Dann sprich mit ihm. Ransom wird warten, aber richte ihm aus, er soll sich nicht zu viel Zeit lassen.« Bubba drehte Axel den Rücken zu, was eine ernsthafte Beleidigung war, und ging zurück zum Lieferwagen.

»Wichser«, murmelte Axel leise.

Wortlos zog Vodka hinten aus dem Hosenbund eine Pistole und schlug Axel damit auf den Kopf. Bevor irgendjemand sich rühren konnte, lag der Mann blutend und orientierungslos am Boden.

Bubba drehte sich um, nickte angesichts Vodkas Handlung, spuckte auf den Boden und stieg in den Lieferwagen. Camel und Kitty folgten ihm, ohne sich um Axel zu kümmern. Cruz und Roach gingen auf Axel zu, der sich mittlerweile aufgesetzt hatte. Cruz tat es, weil es von ihm erwartet wurde, und Roach, weil er ebenfalls ein paar Treffer landen wollte.

Roach verpasste Axel ohne Vorwarnung einen Faustschlag und Cruz konnte sehen, dass er dem Mann die Nase gebrochen hatte. Blut lief heraus und tropfte an Axels Gesicht hinunter. Wäre Axel nicht halb bewusstlos gewesen, hätte er die Pistole benutzt, die sie in seinem Hosenbund sehen konnten, das wussten sie alle, doch derzeit war er ein leichtes Ziel.

Roach lachte, als Vodka sich zu Axel hinunterbeugte. »Es gibt kein ›sehen, was ich tun kann‹, wenn es darum geht, was Ransom will, Arschloch. Wenn Ransom sagt, dass er mehr Drogen will, dann wirst du ihm verdammt noch mal mehr Drogen beschaffen. Kapiert? Du willst dich bei Ransom nicht unbeliebt machen.«

Roach trat den Mann und zielte auf seine Nieren. Da Cruz wusste, dass es seltsam wirken würde, wenn er nur danebenstand und zusah, versetzte Cruz dem Kerl ebenfalls einen Tritt, versuchte aber, keine empfindliche Stelle zu treffen. Vodka sah zu, wie Cruz und Roach den Mann am Boden verprügelten, bis er von ihren Schlägen nicht einmal mehr zusammenzuckte.

»Das ist genug. Verschwinden wir von hier.« Vodka spuckte im Vorbeigehen auf Axels blutigen Körper, und Roach und Cruz taten es ihm gleich.

Während die Gruppe zurück zum Clubhaus fuhr, dachte Cruz darüber nach, was er soeben herausgefunden hatte. Chico Malo war der Mann, der ein großes kriminelles Imperium in Mexico leitete. Er stand auf der FBI-Liste der meistgesuchten Verbrecher, und zwar wegen der Drogenmengen, die er in die Vereinigten Staaten einführte, und wegen der alarmierenden Anzahl von Leichen, die in seinem Teil von Mexiko gefunden wurden.

Die mexikanischen Drogenbarone gaben sich manchmal harmlose Spitznamen, weil sie wussten, dass die Gegensätzlichkeit zwischen den niedlichen Namen und dem, was sie taten, den Menschen Angst einflößte. Im Fall von Chico Malo funktionierte es definitiv. Er wurde vielleicht als »Schlimmer Junge« bezeichnet, aber alle wussten, dass er kein Junge war. Er war ein bösartiger Wichser und niemand hatte den Mut, sich ihm entgegenzustellen. Ransom war geisteskrank, eine Grenze zu ziehen und die Aufmerksamkeit des berüchtigten und gefährlichen Drogenhändlers zu erwecken.

Aber das könnte der Beweis sein, den das FBI brauchte, um Chico Malo zu schnappen. Er hatte keine Ahnung gehabt, dass Axel in direktem Kontakt mit dem mexikanischen Drogenbaron stand. Oh, er und das FBI hatten Chico Malo bereits seit Jahren im Visier, doch wenn es ihnen möglich wäre, ihn auf frischer Tat zu ertappen und Beweise zu bekommen, wäre es ein wichtiger Schritt, um die »legitimen« mexikanischen Offiziellen zum Handeln zu zwingen.

Es sollte etwas heißen, wenn Axel vor dem Mann Angst hatte. Axel war selbst ein gefährlicher Drogenhändler. Wenn Ransom dachte, er könne Chico Malos Imperium übernehmen und in der Drogenwelt ein großer Fisch werden, so wusste Cruz, dass er sich leider geirrt hatte. Hier in seinem eigenen kleinen Teich in San Antonio war Ransom ein großer Fisch. Im Sandkasten von Chico Malo würde er keinen Tag überleben.

Cruz musste seinem Chef diese Informationen so schnell wie möglich zukommen lassen. Er hatte keine Ahnung, wann es zur Konfrontation zwischen Chico Malo und Ransom kommen würde, doch er wusste, dass sie bevorstand. Der mexikanische Drogenbaron würde die Drohung von Ransom keinesfalls auf die leichte

Schulter nehmen. Eiserne Kontrolle, so blieben alle Drogenbarone an der Spitze ... und dadurch, ihre Konkurrenz zu töten.

Cruz spürte, wie sein Telefon in der Tasche vibrierte, bevor der Klingelton ertönte. Es widerstrebte ihm, es vor den anderen herauszunehmen, aber er musste es tun. Es könnte Ransom sein oder einer der anderen Kerle des MCs. Es wäre verdächtig, wenn er nicht ranging.

Er zog das Handy aus der Tasche und spürte, wie ihm flau im Magen wurde, als er sah, dass Mickie ihn anrief. Sie rief ihn so gut wie nie an. Für gewöhnlich schrieb sie SMS.

Er wollte das Telefon gerade wieder in die Gesäßtasche stecken, um sie später zurückzurufen, als Roach fragte: »Warum gehst du nicht ran, Smoke?«

Weil Cruz keine Ausrede parat hatte und wusste, dass es seltsam wirken würde, wenn er nicht ranginge, zuckte er bloß mit den Schultern. »Ich wollte euch nicht langweilen, wenn ich mit meiner neuesten Muschi spreche, das ist alles.«

Da ihm klar wurde, dass er einen Fehler machte und dieser Anruf auf keinen Fall gut verlaufen würde, er aber den Druck spürte ranzugehen, tippte Cruz auf den Bildschirm.

»Jup.«

»Hey, Cruz. Ich habe mich gefragt, ob du Lust hast, dich morgen mit mir zu treffen. Ich muss arbeiten, wir könnten uns zum Mittagessen verabreden.«

»Geht nicht.«

»Oh, okay. Vielleicht morgen Abend?«

Cruz konnte die Verwirrung in Mickies Stimme

hören. Sie hatte sich von fröhlich und unbeschwert zu unsicher verändert und dazu hatten lediglich zwei Worte seinerseits ausgereicht. Cruz wünschte, alle vier Männer umbringen zu können, die nun unverhohlen seiner Unterhaltung lauschten.

»Nein. Da kann ich auch nicht.« Cruz versuchte, seinen Teil des Gesprächs kurz zu halten, in der Hoffnung, dass Mickie den Anruf beenden würde, bevor er etwas sagte, für das sie ihm nicht vergeben konnte.

Doch bevor Mickie irgendetwas entgegnen konnte, rief Camel so laut, dass Mickie es hören konnte: »Brauchst du einen Schwanz, Baby? Ich habe einen, du brauchst nur Bescheid zu sagen und darum zu betteln, und schon bin ich bei dir!«

Die anderen Männer grölten vor Lachen.

»Äh ... ich schätze, ich habe zu einem schlechten Zeitpunkt angerufen.«

»Ja, das hast du wohl.«

»Er ist beschäftigt, Schlampe. Lass ihn verdammt noch mal in Ruhe. Wenn er noch einmal deine Muschi will, dann wird er zu dir kommen. Und jetzt leg endlich auf.« Das war Vodka. Er war ein knallharter Mistkerl und nahm kein Blatt vor den Mund.

Cruz hörte, wie Mickie einatmete. Ihre Stimme zitterte, als sie leise sagte: »Ich wollte dich nur wissen lassen, wie sehr ich den heutigen Tag genossen habe. Das ist alles. Tut mir leid, dass ich dich belästigt habe.«

Cruz schaltete den Bildschirm des Telefons aus, als er das Rufzeichen hörte. Scheiße. Doppelte Scheiße. Er wusste, dass Mickie sich wahrscheinlich daran erinnerte, wie sie ihn angebettelt hatte, sie zu ficken, und dachte höchstwahrscheinlich, dass er vor seinen »Freunden« damit geprahlt hatte.

Er brauchte den bösen Gesichtsausdruck nicht zu spielen, mit dem er Vodka ansah. »Vielen Dank, Arschloch. Jetzt muss ich mich zweimal so sehr anstrengen, um sie wieder rumzukriegen.«

»Scheiß drauf, Mann. Keine Muschi ist das wert.«

»Das ist sie sehr wohl, wenn es mir nicht erlaubt ist, Club-Muschis zu haben.« Cruz wusste, dass er sich mit dieser Aussage auf dünnes Eis begab, er konnte Vodka aber nicht denken lassen, dass er ihn herumschubsen könnte.

»Ich könnte mit Ransom darüber sprechen.«

»Wie du meinst, Mann. Ransom wird die Anwärter keine Club-Muschis ficken lassen, das weißt du genauso gut wie ich. Und jetzt halt deswegen einfach das Maul.«

Bubba lachte. »Ich bin mir sicher, dass du es bei der Schlampe später wiedergutmachen kannst. Wenn wir wieder zurück sind und Ransom erzählt haben, was heute Abend passiert ist, kannst du zu ihr fahren und dir von ihr den Schwanz lutschen lassen. Danach wird sie dich anflehen, es ihr noch einmal zu besorgen.«

Cruz hasste, dass er bei Bubbas Worten eine Erektion bekam. Es waren jedoch nicht seine Worte, denn jemanden *dazu zu bringen*, seinen Schwanz in den Mund zu nehmen, bewirkte bei ihm gar nichts. Aber die Erinnerung daran, wie Mickie ihn *tatsächlich* angefleht hatte, sie zu ficken, hatte bei ihm Erregung ausgelöst. Das und der Gedanke daran, wie sie vor ihm kniete und ihm einen blies. Und dabei wiederum erinnerte er sich an ihren Geruch, wie sich ihre Muschi um seinen Schwanz zusammengezogen hatte und wie sie errötet war, als sie an dem Nachmittag endlich das Bett verlassen und den riesigen, nassen Fleck betrachtet hatten, der sich auf dem Laken befand.

Als Bubba seine Erektion sah, verstand er die Beweggründe dafür falsch und höhnte: »Das hat dir wohl gefallen, was? Es gibt für dich noch Hoffnung, Smoke.«

Cruz hob als Antwort bloß das Kinn und sagte nichts. Er versuchte, an alles außer Mickie in seinem Bett zu denken, zumindest bis er für den Abend das Clubhaus des MCs verlassen konnte. Dann war alles möglich.

Sie fuhren ins Industriegebiet und kletterten aus dem Lieferwagen, nachdem Kitty an der hinteren Laderampe angehalten hatte. Alle begaben sich ins Innere, um Ransom von Chico Malo und Axel zu berichten.

Nachdem Bubba ihm erzählt hatte, wovor Axel gewarnt hatte, sagte Ransom bloß: »Er ist nicht der einzige Lieferant in der Gegend. Wenn er einen Krieg auf meinem Gebiet will, dann wird er einen verdammten Krieg bekommen.«

Cruz schüttelte innerlich den Kopf. Was für ein arrogantes Arschloch. Ransom würde niemals einen Krieg gegen Chico Malo und seine Schlägertypen gewinnen.

»Ach, und Smoke hätte gern eine Club-Muschi«, zog Roach ihn auf.

»Das kann er vergessen«, knurrte Ransom. »Club-Muschis sind genau das: *Club*-Muschis. Wenn du bewiesen hast, dass du Teil dieses MCs bist, kannst du Club-Muschis haben. Bis dahin behalte deinen Schwanz in der Hose.«

Alle lachten und Cruz warf Roach einen bösen Blick zu.

»Er ist nur sauer, weil die Schlampe, die er fickt, angerufen hat und eingeschnappt war«, erklärte Bubba, nachdem sie aufgehört hatten zu lachen.

Bei Bubbas Worten verkrampfte sich Cruz' Magen. Er mochte es nicht, wenn Mickie als »die Schlampe« bezeichnet wurde, selbst wenn Bubba nicht wusste, über wen er sprach.

»Ich habe verstanden, Smoke«, sagte Ransom ernst. »Angels dämliche Schwester geht ihr immer noch auf die Nerven. Warum fickst du *sie* nicht, damit sie ihre Schwester in Ruhe lässt? Wir brauchen das Geld, um das Geschäft auszuweiten. An diesem Punkt werde ich einen Teufel tun und riskieren, es wegen irgendeiner Fotze zu verlieren, die Mommy-Probleme hat.«

Wenn Cruz gedacht hatte, dass er zuvor angespannt gewesen war, dann war es nichts im Vergleich zu dem, wie er sich jetzt fühlte. Jeder Muskel in seinem Körper zog sich zusammen und er musste sich mit aller Gewalt zusammenreißen, um sich nicht auf Ransom zu stürzen und ihn zu Brei zu schlagen. Zum Glück meldete Roach sich zu Wort, bevor er etwas Dummes tun konnte.

»Ja, aber du musst dabei die Augen zumachen. Ich habe gehört, dass sie klein und fett sein soll. Aber ich schätze, Muschi ist Muschi, oder? Du könntest sie immer noch von hinten nehmen, dann müsstest du sie nicht ansehen.«

»Ich ficke nicht die Schwester, weil du sie aus dem Weg haben willst«, sagte Cruz knapp und vergaß eine Sekunde lang, dass er eine Rolle zu spielen hatte.

Ransom war von seinem Stuhl aufgestanden und hatte ihm einen Faustschlag ins Gesicht verpasst, bevor Cruz sich verteidigen konnte.

Cruz rappelte sich sofort wieder vom Boden auf und ignorierte das Pochen in seinem Gesicht. Ransom konnte wirklich fest zuschlagen.

Cruz wusste, dass es einem Selbstmord gleichkam, den Präsidenten des Clubs zu schlagen, und riss sich zusammen ... gerade so. Er biss die Zähne zusammen und schluckte die wütende Antwort hinunter, die ihm auf der Zunge lag.

Ransom setzte sich wieder hin, als hätte er Cruz nicht soeben eine verpasst. Ganz ruhig sagte er: »Wenn ich dir sage, dass du jemanden ficken sollst, dann tust du es. *Loyalität dem Einen*, oder hast du das bereits vergessen? Glaube keine Sekunde, Smoke, dass ich dich nicht im Auge habe. Du bist neu hier. Es ist mir egal, ob einer von Snakes Jungs für dich gebürgt hat. Ich vertraue niemandem und für Anwärter gilt das gleich zweifach. Ich habe sowieso nur einen halben Scherz gemacht. Ich glaube, diese Schlampe von Angels Schwester *mag* überhaupt keine Schwänze. Wahrscheinlich ist sie eine Lesbe.«

Cruz zwang sich dazu, ruhig zu bleiben und nicht die Beherrschung zu verlieren. Es war besser, wenn Ransom Mickie für eine Lesbe hielt. Vielleicht würde er so keins der anderen Mitglieder dazu auffordern, sich an sie ranzuschmeißen, um sie aus Angels Angelegenheiten rauszuhalten. Genau wie alle anderen, die herumstanden, wusste auch Cruz, dass sie Mickie, ohne Fragen zu stellen, ficken würden, wenn Ransom es ihnen befehlen würde, ganz egal ob sie dazu bereit wäre oder nicht.

»Ich bin loyal, Ransom, aber ich suche mir meine eigene Muschi, vielen Dank.«

»Vergiss nur nicht, was ich gesagt habe, Smoke. Du bist *mir* gegenüber loyal oder du wirst nie wieder irgendwem gegenüber loyal sein.«

Cruz nickte einmal, drehte sich um und entfernte sich. Als Drohung war das ziemlich beeindruckend gewesen. Ganz egal wie diese Sache ausgehen würde, Cruz wusste, er musste mit allen Mitteln dafür sorgen, dass Ransom und der Rest des Clubs keinen Wind davon bekamen, dass er verdeckt ermittelte. Sie würden den Rest ihres Lebens damit verbringen, ihn und jeden anderen, der ihm wichtig war, auszuschalten.

Er hielt es nicht mehr aus, sich in der Gegenwart der Clubmitglieder aufzuhalten. Jeden Tag wurde es schwieriger und jetzt, da er die Informationen hatte, die er brauchte, hoffte Cruz inständig, dass sein Job beim MC ein Ende finden würde.

Nachdem er mit seinem Chef gesprochen hatte, musste er sich überlegen, wie er es bei Mickie wiedergutmachen konnte. Sie hatten einen unglaublichen Nachmittag miteinander verbracht und er betete, dass er durch den einen kurzen Anruf nicht ruiniert worden war.

KAPITEL VIERZEHN

Mickie putzte sich die Nase und versuchte, objektiv über das nachzudenken, was gestern passiert war. Sie hatte sich heute krankgemeldet, weil sie wusste, dass sie auf keinen Fall dazu in der Lage wäre, sich mit verärgerten Kunden herumzuschlagen, die sich darüber beschwerten, wie teuer es war, ihre Fahrzeuge reparieren zu lassen.

Als sie seine Freunde während des gestrigen Anrufs gehört hatte, war es offensichtlich gewesen, dass er ihnen alles erzählt hatte, was zwischen ihnen passiert war. Auf intellektueller Ebene wusste sie, dass Männer miteinander über Dinge sprachen ... ganz besonders über Sex. Aber sie hatte nicht erwartet, dass Cruz so ungehobelt sein würde, wie er es gewesen war.

Die kurze Unterhaltung hatte in keiner Weise zu dem gepasst, was sie über ihn wusste. Er arbeitete im Sicherheitsdienst. Er hatte die Initialen eines Mädchens, das vor langer Zeit ermordet worden war, auf seinem Arm tätowiert. Er hatte ihr erzählt, dass er für die Familien von Verbrechensopfern das Richtige tun wolle. In ihrem Kopf war alles ein verwirrendes Durcheinander aus Erinnerungen. Der Mann, mit dem sie den Nachmittag verbracht hatte, passte nicht zu dem, mit dem sie am Telefon gesprochen hatte. Wer würde mit dieser Art von Kerlen herumhängen, die solch ungehobelte Sprache benutzten und laut genug mit Geschlechtsverkehr angaben, dass es jemand, den sie nicht kannten, am anderen Ende der Leitung hören konnte? Waren dies die Arbeitskollegen, mit denen er über den MC sprechen wollte?

Doch letzten Endes war es Cruz' Verhalten, das sie mehr verletzt hatte als irgendeins der Worte, die die Männer von sich gegeben hatten. Sie hatte gedacht, die beiden hätten eine aufrichtige Verbindung zueinander geknüpft. Sie war noch nie so ungehemmt und leidenschaftlich gewesen und er hatte es einfach rumerzählt und damit geprahlt.

Er hatte so anders geklungen, hässlich. Mickie hatte ihn noch nie in diesem Tonfall mit ihr reden gehört. Es gab ihr das Gefühl, klein zu sein.

Scheiß auf ihn. Sie würde nicht länger zu Hause sitzen und seinetwegen Trübsal blasen. Sie würde sich nie wieder etwas von einem Mann gefallen lassen. Sie war mehr wert als das.

Mickie seufzte. Sie wusste, sie würde mehr als ein innerliches, aufmunterndes Gespräch brauchen, um über Cruz hinwegzukommen. Sie hatte sich tatsächlich in ihn verliebt. Es war alles an ihm. Er war lustig und interessant und sie hatte noch nie einen Mann getroffen, der so toll im Bett war. Das war zwar nicht das Wort, nach dem sie gesucht hatte, aber es war ausreichend. Er hatte sich Gedanken um sie gemacht und nur um sie. Zumindest bis zum Ende und bis zu seinem eigenen Orgasmus. Aber sie dazu zu bringen, so viele Male nacheinander zu explodieren? Das war unglaublich und etwas, von dem sie dachte, dass es nur in Liebesromanen passierte.

Sie musste ehrlich gestehen, dass sie nicht genau wusste, ob ihr Cruz' anfängliche Intensität zusagen würde. Ein Orgasmus war schön, sogar großartig, aber als er nicht aufhören wollte, selbst nachdem sie ihm gesagt hatte, dass sie zu empfindlich war ... das war zwar lustvoll gewesen, allerdings auf eine etwas schmerzhafte Art. Sie hatte online einmal ein Video gesehen, in dem eine Frau gefesselt war und ihr Freund oder wer auch immer der Kerl war sie mit einem Vibrator wieder und wieder zum Orgasmus gezwungen hatte. Es hatte schmerzhaft ausgesehen ... und berauschend. Zum ersten Mal verstand Mickie, wie diese Frau sich gefühlt haben musste. Zum Glück hatte Cruz nach vier Höhepunkten für sie aufgehört, sie machte sich aber keine Illusionen. Er hätte den ganzen Tag weitermachen können.

Nein. Sie musste aufhören.

Mickie stand auf und atmete tief ein und aus. Dann noch einmal. Okay. Sie konnte es tun. Sie würde duschen gehen und dann zu Angel fahren. Da sie seit einigen Tagen nicht mehr mit ihr gesprochen hatte, würde sie bei ihr anhalten, herausfinden, was sie vorhatte, und sie fragen, ob sie einen anderen Job gefunden hatte.

Eine Stunde später war Mickie startklar. Sie nahm ihre Handtasche, öffnete die Wohnungstür und hielt abrupt an.

Als sie den Karton vor ihrer Tür sah, war sie überrascht. Sie stieß ihn mit dem Zeh an und stellte fest, dass er nicht schwer war.

Mickie schaute links und rechts den Flur entlang. Draußen war niemand zu sehen. Sie seufzte. Es könnte ein weiterer Versuch des MCs sein, ihr Angst zu machen. Sie stellte sich vor, dass sich im Inneren eine tote Ratte oder etwas Ähnliches befinden könnte, aber da der Karton mit einer großen rosafarbenen Schleife umwickelt war, dachte sie, dass er höchstwahrscheinlich von Cruz stammte. Mickie hatte keine Ahnung, wer ihr sonst ein Geschenk hinterlassen würde. Sie hob den Karton an und trug ihn in ihre Wohnung. Sie überlegte, ob sie ihn öffnen sollte, bevor sie zu Angel fuhr. Da Mickie aber noch nie besonders gut darin war zu warten, griff sie nach der Schleife und zog daran.

Nachdem sie den Deckel geöffnet hatte, schaute sie in den Karton. Darin befand sich ein Polizeiauto aus Metall. Es war nichts Besonderes und Mickie war verwirrter als zuvor. Vorsichtig nahm sie den Zettel, der ebenfalls in dem Karton lag, und faltete ihn vorsichtig auseinander.

Ich falle auf keine Banane in meinem Auspuffrohr rein!

Es tut mir leid. Wenn du bereit bist, mir zuzuhören, würde ich es dir gern erklären.

Cruz

Mickie schaute noch einmal auf das Polizeiauto. Sie nahm es in die Hand, drehte es um und fing laut an zu lachen. Cruz hatte ein zusammengerolltes gelbes Stück

Papier in das Auspuffrohr des Spielzeugautos gesteckt. *Beverly Hills Cop.* Der Mann zitierte aus »ihrem« Film. Mickie drückte sich das Auto an die Brust und schloss die Augen. Sie würde nicht weinen. Sie würde nicht weinen. Sie atmete tief durch, öffnete die Augen und legte das Auto vorsichtig wieder zurück in den Karton. Sie las den Zettel noch einmal und seufzte.

Mehr als alles andere wollte sie hören, welche Erklärung Cruz für das hatte, was sie gehört hatte, aber zuerst musste sie nach Angel sehen. Danach würde sie sich vielleicht anhören, was Cruz zu sagen hatte.

Wem machte sie etwas vor? Selbstverständlich würde sie sich anhören, was Cruz darüber zu sagen hatte, wie er sie behandelt hatte und mit welchen Kerlen er herumhing. Sie wollte und verdiente eine Erklärung. Möglich, dass sie eine Idiotin war, weil sie ihm eine zweite Chance geben wollte, aber so wie sie für Cruz empfand, hatte sie zuvor noch für niemanden empfunden, nicht einmal für Troy.

Mickie fuhr bei ihrer Schwester vor, stieg aus dem Wagen und ging die Außentreppe zu ihrer Wohnung hinauf. Sie klopfte einmal, bekam aber keine Antwort. Besorgt ging Mickie zum Ende des Verbindungsgangs und schaute hinunter auf den Parkplatz. Angels Wagen war dort, sie sollte also zu Hause sein. Es war möglich, dass sie von einer ihrer Freundinnen abgeholt worden war, um einkaufen zu gehen oder so, aber so früh am Morgen war es eher unwahrscheinlich.

Sie ging zurück und klopfte erneut an die Tür. Als wieder niemand öffnete, griff sie schließlich in ihre Handtasche und nahm den Ersatzschlüssel zu Angels

Wohnung heraus. Sie hatte beinahe vergessen, dass sie ihn besaß. Angel und sie hatten vor etwa einem Jahr Wohnungsschlüssel getauscht, falls etwas passieren sollte.

Mickie öffnete die Tür und musste sich bei dem Gestank in der Wohnung ein Würgen verkneifen. Sie wedelte mit der Hand vor dem Gesicht herum. Marihuana. Diesen Geruch würde Mickie überall erkennen. Als Angel auf der Highschool war, hatte sie sehr schnell gelernt, wie das Zeug roch.

Noch besorgter als zuvor ging Mickie nun durch die Wohnung und rief laut nach ihrer Schwester. Sie öffnete die Tür zu Angels Schlafzimmer und schnappte bei dem Anblick, der sich ihr bot, erschrocken nach Luft.

Angel lag auf ihrem Bett und trug einen schwarzen Rock, der so kurz war, dass er kaum ihren Schambereich bedeckte. Anstatt eines T-Shirts trug sie lediglich einen BH, der kaum etwas verdeckte. Seitlich an ihrem Körper und um ihre Brüste herum hatte sie Blutergüsse.

Mickie trat seitlich an das Bett ihrer Schwester heran und rüttelte sie an der Schulter. Sie war überaus erleichtert, als Angel stöhnte und sich von ihrer Berührung abwandte.

»Angel, wach auf. Geht es dir gut?«

»Mickie? Was zur Hölle tust du hier?«

»Ich habe mir Sorgen um dich gemacht. Los, setz dich auf.«

»Lass mich in Ruhe.«

»Nein, komm schon. Ich werde dir helfen, dich aufzusetzen und dir zumindest etwas anzuziehen.«

»Ich bin angezogen.«

»Äh, nein, bist du nicht. Du hast kein Oberteil an.«

»Das *ist* mein Oberteil.«

Mickie war entsetzt. »Was?«

»Die Sachen habe ich gestern im Club getragen.«

»Oh mein Gott, Angel. Welcher Club gewährt dir halb angezogen Einlass?«

»Der von Ransom.«

»Okay, das war's. Auf keinen Fall. Los, wir werden diese Unterhaltung jetzt führen, ob du willst oder nicht. Steh auf, geh duschen und danach reden wir miteinander.«

Anstatt wütend zu werden, wie Mickie es erwartet hätte, schnaubte Angel bloß. »Du bist so armselig, Mickie. Du bist so prüde, ich schwöre bei Gott. Okay, gut. Ich werde aufstehen, duschen und dann reden wir. Und jetzt lass mich verdammt noch mal in Ruhe. Wir sehen uns in der Küche.«

Mickie trat einen Schritt zurück. Autsch. Gut, sie wusste, dass Angel nicht gerade viel Liebe für sie übrighatte, und sie hatte schon Schlimmeres gehört, aber trotzdem. Ein Teil von Mickie hoffte weiterhin, dass die beiden eines Tages eine schwesterliche Beziehung miteinander haben könnten, aber mit den Jahren wurde es immer unwahrscheinlicher.

»Okay, Angel. Ich werde im anderen Zimmer warten.«

»Mir egal. Verpiss dich endlich.«

Mickie ging.

Eine halbe Stunde später kam Angel in die Küche und sah ein wenig besser aus, als Mickie sie vorgefunden hatte. Sie trug eine enge Jeans und ein weißes Trägerhemd. Ihr BH war schwarz und Mickie konnte ihn problemlos durch den dünnen Stoff ihres Oberteils sehen. Es wirkte schmuddelig und etwas nuttig, aber da Mickie wusste, dass sie vorsichtig sein musste, ignorierte sie es vorerst.

Angel durchquerte das Zimmer und ging direkt zur Kaffeemaschine, mit der Mickie Kaffee gemacht und sich eine Tasse eingeschenkt hatte. Sie nahm auf der anderen Seite des Tisches auf einem Stuhl Platz und schnaubte streitlustig, als sie die Beine übereinanderschlug.

»Also, du wolltest reden. Dann rede.«

»Ich mache mir Sorgen um dich, Angel.«

»Ach ja? Wo sind die Neuigkeiten? Du bist nie der Meinung, dass ich zu irgendwas fähig bin, du hältst mich für eine Idiotin und du vertraust mir nicht.«

»Das ist nicht wahr.«

»Doch, das ist es. Aber ich werde dir etwas sagen, Mickie. Es kümmert mich nicht mehr.«

»Angel –«

»Nein. Du bist heute hierhergekommen, um mir auszureden, mich weiter mit Ransom zu treffen. Ich weiß, dass das der Grund ist. Ich *mag* Ransom. Ich fühle mich gut mit ihm. Er ist ein guter Mensch. Er macht sehr viel für die Gemeinde. Er spendet an gemeinnützige Organisationen für kleine Kinder und verkleidet sich sogar als der Weihnachtsmann im Krankenhaus. Ich habe viel Spaß mit ihm und er mag meine Freundinnen. Und nicht nur das, er fickt mich fest durch und ich *liebe* das.«

»Angel!«

»Was denn? Du bist prüde, Mickie. Du bist Mitte dreißig und hast deinen sexuellen Zenit schon lange überschritten. Du hast keine Ahnung, was jemandem in meinem Alter gefällt oder was er will.«

»Und du willst dich anziehen wie eine Hure und in Stripclubs abhängen? Ist es das, was du willst? Und Marihuana rauchen, Angel? Das willst du? Du willst für den Rest deines Lebens drogenabhängig sein? Zum letzten Mal, Ransom ist *nicht* in dich verliebt. Lass mich raten, er beschafft dir Gras, richtig? Er sorgt dafür, dass du ständig high bist, damit du ihm sexuelle Dienste erfüllst. Oh und lass mich noch weiter gehen und raten, dass er deine Freundinnen ebenfalls mit reingezogen hat, stimmt's?«

Als sie den Gesichtsausdruck ihrer Schwester sah, wusste Mickie, dass sie auf der rechten Fährte war.

»Darum geht es doch, nicht wahr? Er hat dich benutzt, um an deine Freundinnen ranzukommen. Sie geben vermutlich einen Haufen Geld aus, um Gras zu bekommen, richtig?« Mickie lachte freudlos. »Ich frage mich, wann er genug von dir haben wird. Nachdem er erst alle deine Freundinnen süchtig gemacht hat, wird er dich vermutlich sitzen lassen. Er wird dich nicht mehr brauchen.«

Angel stand so abrupt auf, dass ihr Stuhl dabei nach hinten kippte. »Halt dein dummes Maul! Du weißt gar nichts!«

Mickie trank ihren Kaffee und versuchte, äußerlich unbeeindruckt zu wirken, aber innerlich drehte sie durch. »Ich weiß nichts? Wie oft hast du ihn gesehen, seit deine Freundinnen angefangen haben, Gras von ihm zu kaufen?«

Mickie war über den Ausdruck auf dem Gesicht ihrer Schwester nicht erfreut. Es war eine Sache, recht zu haben, und eine andere, dabei seine einzige Schwester zu verletzen.

»Zu deiner Information, ich habe ihn gestern Abend in seinem Club gesehen. Und für morgen Abend hat er mich in sein Clubhaus zu einer großen Party eingeladen.«

»Sicher.« Mickies Stimme war voller Feindseligkeit.

»Und weil du gefragt hast, du Klugscheißerin, er hat uns vielleicht Gras und Koks verkauft, aber das ist nicht der Grund, warum er noch mit mir zusammen ist.«

»Was zur *Hölle*, Angel?«

Als hätte sie Mickie nicht gehört, fuhr Angel fort: »Er ist mit mir zusammen, weil ich ihm so gut den Schwanz lutschen kann, dass seine Augen im Kopf nach hinten rollen. Er hat mir beigebracht, mich von ihm in die Kehle ficken zu lassen, und mir gesagt, dass noch niemand zuvor in der Lage war, ihn so tief aufzunehmen.«

Mickie ignorierte ihre letzte Aussage und flüsterte mit entsetzter Stimme: »Koks im Sinne von Kokain?«

»Ja, Koks wie Kokain. Es ist einfach fantastisch. Es macht alles so viel ... mehr. Wenn du nicht so einen Stock im Arsch hättest, würde ich dir etwas zum Probieren geben, aber ich wüsste, dass es Verschwendung von gutem Pulver wäre.«

»Hörst du dir überhaupt zu? Mein Gott, Angel. So wurden wir nicht erzogen. Du nimmst Drogen, verdammt noch mal!«

»Ja, und mir gefällt es. Du hast keine Ahnung, wie es sich anfühlt, wenn ein Mann dich ansieht, als seist du das Beste, was ihm jemals passiert ist. Zu wissen, dass *du* diejenige warst, die ihn befriedigt hat.«

»Ich weiß sehr wohl, wie es sich anfühlt, Angel, und ich musste keine Drogen nehmen, um es zu erfahren.«

»Blödsinn. Auf keinen Fall hast du mit Troy das gespürt, was Ransom und ich miteinander erleben.«

Mickie widersprach nicht einmal oder versuchte zu erklären, dass es nicht Troy gewesen war, mit dem sie es empfunden hatte, denn sie musste sich um wichtigere Dinge kümmern. »Angel, ich bitte dich. Drogen zu nehmen ist keine gute Sache. Lass mich dir helfen.«

»Mir helfen? Herrgott, Mickie. Komm mal wieder runter. Ich will weder Hilfe von dir noch von *irgendjemandem* sonst. Ich *mag* die Drogen. Ich *mag* es, wie ich mich damit fühle. Du kannst nichts sagen, was meine Meinung ändern wird.«

»Was ist mit den Nebenwirkungen, die das Kokain auf deinen Körper hat? Halluzinationen, Depressionen, Herzinfarkte, Zerstörung der Nasenschleimhaut, Zahnausfall, Unfruchtbarkeit oder Gehirnschäden. Und das sind nur die Sachen, die mir spontan einfallen.«

»Mir egal. Du hast zu viele öffentliche Warnhinweise gelesen oder so was. Mir geht es *gut*, Schwesterherz. Ich kann aufhören, wann immer ich will.«

»Das sagen sie alle«, bemerkte Mickie traurig.

»Nun, ich meine es ernst. Und jetzt sieh zu, dass du von hier verschwindest. Oh, aber gib mir zuerst meinen Schlüssel. Ich brauche wirklich nicht noch weitere Überraschungsbesuche wie diesen. Ich fühle mich schrecklich und will weiterschlafen. Morgen Abend findet doch diese Party statt, für die ich in Topform sein will.«

»Party?«

»Ja, habe ich dir doch erzählt. Im Clubhaus. Scheiße, siehst du? Du hörst mir nie zu.«

»Angel, du kannst nicht dorthin gehen.«

Angel lachte auf unglaublich gemeine Weise. »Und wie ich das kann. Und jetzt gib mir den verdammten Schlüssel zurück und verschwinde. Ich will dich nicht mehr sehen.«

Mickie kannte Angel gut genug, um zu wissen, dass es nichts brachte, mit ihr zu sprechen, wenn sie in dieser Stimmung war. Traurig legte sie den Schlüssel zu Angels Wohnung vor sich auf den Tisch und stand auf. »Ich liebe dich, Angel. Du bist meine einzige Schwester und ich habe dich praktisch großgezogen. Ich will nur das Beste für dich. Ich sorge mich um dich und würde, ohne nachzudenken, mein Leben für dich geben. Aber ich kann nicht zusehen, wie du dein Leben wegwirfst. Du bist klüger als das. Tief im Inneren weiß ich, dass du nicht nur weißt, dass es falsch ist, was du tust, sondern auch gefährlich. Ransom ist *kein* guter Mensch. Es tut mir leid, dass du das nicht sehen kannst, und ich hoffe inständig, dass es dir klar werden wird, bevor es zu spät ist. Aber selbst wenn das nicht der Fall ist, werde ich für dich da sein. Das ist es, was eine Familie tut.«

»Oh, um Himmels willen, ernsthaft, *verschwinde* von hier. Und erzähl mir nicht so einen Scheiß. Du hast dich schon immer für etwas Besseres gehalten und ich habe es satt.«

Mickie schüttelte traurig den Kopf und wandte sich zum Gehen. Sie wartete an der Wohnungstür, weil sie hoffte, dass Angel doch noch irgendwie zur Vernunft kommen würde.

»Warum bist du noch nicht weg?« Angel ging auf Mickie zu und versetzte ihr einen kräftigen Stoß.

Mickie stolperte nach draußen und fiel beinahe auf den Hintern. Nachdem sie ihr Gleichgewicht wiedererlangt hatte, sah sie hinauf in das wütende Gesicht ihrer Schwester. Mickie erkannte das kleine Mädchen nicht einmal mehr, mit dem sie einst Barbie gespielt hatte. Dieses Mädchen war verschwunden und an ihrer Stelle war nun eine außer Kontrolle geratene Frau auf dem Weg ins Verderben.

Mickie zuckte bei dem lauten Knall zusammen, als die Tür zugeschlagen wurde. Sie hörte, wie der Riegel vorgeschoben und die Kette eingehängt wurde.

Da Mickie nicht bereit war, Angel vollständig aufzugeben, ganz egal, dass sie ihr soeben einen Stoß versetzt hatte, der so kräftig gewesen war, dass sie sich bei einem Sturz ernsthaft hätte verletzen können, dachte sie auf dem Weg zu ihrem Wagen darüber nach, was sie tun könnte, um ihrer Schwester zu helfen.

Mitten auf dem Parkplatz hielt sie plötzlich an.

Wenn sie Beweise dafür hätte, was für ein Arschloch Ransom tatsächlich war, müsste Angel ihr zumindest *zuhören*. Es würde ihr nicht gefallen, aber vielleicht würde es funktionieren. Es war nicht besonders wahrscheinlich, aber Mickie fiel sonst nichts anderes ein, was sie tun konnte, um zu Angel durchzudringen.

Sie ging rasch zu ihrem Wagen und versuchte, ihren Plan zu durchdenken. Es war ein gefährliches Vorhaben, schließlich war sie keine Geheimagentin. Sie wusste auch, dass sie sich dumm verhielt, aber entweder riskierte sie es oder sie würde ihre Schwester ganz verlieren.

Mickie wusste, dass Angel an einem Scheideweg stand. Es war ihr Ernst gewesen, als sie ihrer Schwester gesagt hatte, dass sie für sie sterben würde. Sie liebte Angel. Ganz egal, wie viele Beleidigungen sie ihr an den Kopf warf, tief im Inneren wusste Mickie, dass Angel sie ebenfalls liebte.

Darauf setzte sie nun.

KAPITEL FÜNFZEHN

Mickie las die SMS auf ihrem Telefon und seufzte. Cruz hatte ihr bereits zum zweiten Mal geschrieben und sie war sich nicht sicher, ob sie in der richtigen mentalen Verfassung war, um sich seine Ausreden anzuhören. Angels Worte gingen ihr immer noch durch den Kopf. Es gelang ihrer Schwester immer, genau die richtigen oder falschen Sachen zu sagen, um ihr am meisten wehzutun.

Ich weiß, dass du immer noch sauer bist. Lass mich bitte erklären.

Schnell tippte sie eine Antwort an Cruz und warf das Telefon auf den Couchtisch vor sich.

Heute war ein Scheißtag. Kann es bis morgen warten?

Mickie schloss die Augen und dachte über ihren Plan für morgen Abend nach. Es war riskant, aber was Angel tat, war ebenfalls nicht ohne. Sie seufzte, als ihr Handy mit einer weiteren SMS vibrierte, die höchstwahrscheinlich von Cruz war.

Mickie beugte sich nach vorn, schnappte sich das Telefon und las die SMS. Sie war lang und Mickie wusste, dass Cruz ewig gebraucht haben musste, sie zu schreiben, so langsam, wie er mit dem Zweifingersuchsystem auf der Tastatur tippte.

Ja, es kann warten. Aber du sollst wissen, dass ich mit niemandem darüber gesprochen habe, was wir getan haben. Ich könnte niemals überhaupt Worte finden, um jemandem zu erzählen, was wir getan haben und wie ich mich dabei gefühlt habe, dich in meinen Armen zu halten. Ich weiß, es geht alles sehr schnell und wir haben noch viel übereinander zu lernen, aber bitte zweifele nicht daran, dass ich gestern die intensivste und wunderbarste Erfahrung meines Lebens gemacht habe. Ich rufe dich morgen an. Süße Träume.

»Oh mein Gott.« Mickie starrte ungläubig auf ihren Handybildschirm. Im Flüsterton verkündete sie dem Zimmer: »Das hat er gerade nicht gesagt.«

Genau in dem Moment, in dem Mickie bereit gewesen war, die Sache mit Cruz zu beenden, sagte er etwas, das in ihr den Wunsch erweckte, ihn jetzt bei sich zu haben. War sie genauso blind wie Angel? Spielte Cruz mit ihr, wie Ransom es mit ihrer Schwester tat? Sie glaubte es wirklich nicht, hielt es aber dennoch für möglich. Sie hatte noch keinen seiner Freunde getroffen und während ihrer ersten Verabredung bei ihm zu Hause lediglich mit der einen Frau am Telefon gesprochen. Und woher sollte sie wissen, dass Mack tatsächlich Mack war? Vielleicht war es irgendeine Schlampe, die er dazu überredet hatte. Vielleicht war alles erfunden, was er ihr erzählt hatte ...

Mickie seufzte, legte das Telefon neben sich aufs Sofa und lehnte den Kopf an das Rückenpolster. Momentan war es zu anstrengend, darüber nachzudenken. Sie hasste es, an sich selbst zu zweifeln. Sie hasste es, Cruz anzuzweifeln. Sie wünschte sich so sehr, dass er ein guter Kerl war, aber sie war verwirrt und ja, sie war immer noch verletzt wegen dem, was sie gehört hatte. Sie würde seine Worte sacken lassen und ihn morgen anrufen.

So groß ihre Enttäuschung über das, was gestern Abend passiert war, auch war, wollte sie trotzdem hören, was Cruz zu sagen hatte. Sie hoffte sehr, dass er eine gute Erklärung hatte. Trotz ihrer Verwirrung und Zweifel wollte sie ihn nicht aufgeben.

<hr>

Nach einer rastlosen Nacht, in der sie viele erotische Träume von Cruz und Albträume von Angel hatte, stand Mickie auf und duschte. Sie musste arbeiten, was scheiße war, aber sie hatte sich am Tag zuvor schon krankgemeldet und wusste, dass ihr Chef sauer wäre, wenn es zu häufig hintereinander passierte.

Sie ging zum Parkplatz, war erleichtert, dass ihr Wagen weiterhin vier intakte Reifen hatte, und fuhr zur Arbeit, wobei sie während des gesamten Weges darüber nachdachte, wie es für sie mit Angel weitergehen sollte. Auf dem Weg zu ihrem Schreibtisch begrüßte Mickie die Mechaniker und anderen Verwaltungsangestellten.

Im Großen und Ganzen mochte Mickie ihren Job und ihren Chef, aber sie hatte einen Haufen Sachen zu erledigen und ihre Arbeit zählte nicht dazu. Manchmal war es wirklich blöd, eine verantwortungsvolle Erwachsene zu sein.

Mickie wünschte, Cruz wäre ganz oben auf ihrer

Liste, aber er war es nicht. Sie musste einen Weg finden, um Angel zu zeigen, dass Ransom ein Arschloch war. Dann musste sie herausfinden, wie sie Angel überzeugen konnte, von den Drogen wegzukommen, die sie nahm, und einen Entzug zu machen, wenn sie ihn brauchte. Nachdem sie das geschafft hatte, konnte sie sich auf Cruz und ihre Beziehung konzentrieren.

Und genau das war das Ding ... Mickie hatte gedacht, dass die beiden in einer Beziehung wären, aber jetzt war sie sich dessen nicht mehr so sicher. War sie für Cruz bloß ein One-Night-Stand gewesen? War es ihm tatsächlich wichtig, sie wiederzusehen, oder wollte er ihr bloß erklären, warum er neulich Abend am Telefon so kühl gewesen war, und mit seinem Leben weitermachen? Mickie seufzte. Sie hatte keine Ahnung.

Sie nahm auf dem Stuhl an ihrem Schreibtisch Platz, während ihre Gedanken mit tausend Stundenkilometern rasten. Mickie begann, auf einer Haftnotiz von ihrem Schreibtisch aufzuschreiben, was sie am Abend tun würde. Angel würde zu einer Party ins Clubhaus der *Red Brothers'* gehen? Dann würde sie das ebenfalls tun. Es war ein freies Land. Wenn Angel mit dem MC feiern konnte, konnte Mickie das auch.

Das Telefon klingelte. Mickie atmete tief durch, um ihren Kopf für die Arbeit freizubekommen, und antwortete.

Okay, Mickie wusste nun, dass sie wirklich verrückt war. Sie stand in ihrer Wohnung und betrachtete sich im

Spiegel. Nach der Arbeit war sie direkt ins Einkaufszentrum gefahren und hatte einen der Läden aufgesucht, in denen sie normalerweise nie einkaufen würde. Es gab dort Leder und Eisenstacheln und alle möglichen anderen Sachen, die Teenager eventuell anziehen würden. Wenn sie schon uneingeladen bei der Party eines Motorradclubs auftauchte, so wusste Mickie, dass sie besser zumindest versuchen sollte, so auszusehen, als würde sie dazugehören.

Sie entschied sich für eine Jeans, die zu eng war, es gelang ihr aber trotzdem, sich in Größe vierzig zu zwängen. Der Jeansstoff umschloss ihren Po und ihre Schenkel und sah eigentlich gar nicht so schlecht aus, wenn Mickie das selbst sagen durfte. Die Jeans war so geschnitten, dass das zusätzliche Gewicht, das sie mit sich herumtrug, nicht über den Hosenbund quoll. Sie saß so tief, dass Mickie sich noch einmal vergewisserte, dass ihre Poritze nicht zu sehen war. War sie nicht. Ganz knapp.

Beim Oberteil fiel die Entscheidung schwerer. Da Mickie der Meinung war, dass Schwarz die sicherste Farbe sei, hatte sie einen Push-up-BH gekauft, der ihre Brüste weiter nach oben drückte, als sie jemals nach oben gedrückt worden waren, und ein kurzärmeliges Oberteil, das im oberen Bereich aus Netzstoff bestand und unten undurchsichtig war.

Mickie legte den Kopf zur Seite und betrachtete sich kritisch. Dies war das provokativste Outfit, das sie jemals getragen hatte, und die Vorstellung, dass sie es bei einer Party tragen würde, bei der es Drogen, Biker und höchstwahrscheinlich Prostituierte gab, war vollkommen unglaublich.

Sie wischte ihre schwitzigen Hände an den Oberschenkeln ab. Der tiefe V-Ausschnitt des Oberteils brachte ihre Brüste in dem engen BH zur Geltung. Der Netzstoff war tatsächlich richtig sexy und gestattete es ihr, ihre Brüste zur Schau zu stellen, wohingegen der normale Stoff ihren ganz und gar nicht flachen Bauch verbarg.

Mickie schnaubte. Als würde irgendwer auf irgendwas anderes als ihre Brüste schauen können. In diesem Outfit waren sie nur schwer zu übersehen. Ihre C-Körbchen wirkten vielmehr wie Doppel-D.

Mickie atmete tief ein und bereute es sofort. Sie beobachtete im Spiegel, wie ihre Brustwarze über den Rand des BHs gedrückt wurde und in dem Netzstoff, der ihn bedeckte, hängenblieb. Sie kicherte nervös und richtete den BH, sodass sie wieder angemessen bedeckt war. Innerlich machte sie sich eine Notiz: *Kein tiefes Atmen.*

Mickie hatte sich ihr kurzes Haar stachelig nach oben frisiert und mit auswaschbarer Farbe sogar einen pinken Streifen an der Seite hineingefärbt. Sie hatte keine Lust, nach dem Abend wie eine Punkrockerin herumzulaufen. Sie fühlte sich sowieso schon unnormal genug, aber wenn sie mit diesem grellpinken Streifen bei der Arbeit erscheinen würde, würde ihr Chef einen Herzinfarkt erleiden.

Sie hatte ihre Augen sehr stark geschminkt. Wimperntusche und Eyeliner waren dick aufgetragen und ihr Lidschatten reichte ihr bis unter die Augenbrauen. Da sie Lippenstift hasste, aber wusste, dass ihr Look damit komplettiert würde, hatte Mickie sich für einen dunkelroten Farbton entschieden, bei dem selbst sie zugeben musste, dass sie damit geheimnisvoll und ja, sogar sexy aussah. Mickie war der Meinung, dass sie so bereit aussah, wie sie es jemals sein würde.

Als Letztes brauchte sie noch ihr Handy. Mickie hatte kein spezielles Aufnahmegerät, wie es die Frauen in Filmen und Fernsehserien immer greifbar zu haben schienen. Es wäre praktisch, eine Anstecknadel zu haben, die sie tragen könnte, um alles aufzunehmen, was sie sah, aber da sie aus einem Bauchgefühl heraus handelte und nicht mit James Bond zusammen war, musste sie sich auf ihr Handy verlassen, was reine Glückssache war.

Sie öffnete die Kamera und schaltete den Videomodus ein. Sie hatte getestet, welches der beste Ort war, um ihr Handy zu verstecken, und sich schließlich für ihre Gesäßtasche entschieden. Ihre Jeans war so eng, dass das Telefon nicht verrutschte, und Mickie konnte es halb in ihre Tasche schieben, sodass das Objektiv über den Stoff herausschaute. Dann brauchte sie sich nur noch umzudrehen und dem, was sie filmen wollte, den Rücken zuwenden, und voilà!

Mickies Telefon vibrierte in ihrer Hand und erschreckte sie halb zu Tode. Sie lachte nervös und sah, dass es eine weitere SMS von Cruz war. Er hatte ihr den ganzen Tag geschrieben und Mickie hatte ihn größtenteils ignoriert. Sie bemerkte jedoch, dass er anfing, die Geduld mit ihr zu verlieren.

Wirst du anrufen?

Mickie ließ die Finger über den Bildschirm fliegen.

Morgen.

Warum nicht jetzt?

Ich habe etwas zu erledigen.
Und was?
Eine Sache.
Mickie, ich hasse das hier.

Mickie schloss die Augen. Sie hasste es ebenfalls. Aber sie musste den heutigen Abend hinter sich bringen. Zuerst hatte sie gedacht, dass das Auftauchen bei einer der Motorradclub-Partys und das Sammeln von Beweisen, um Angel zu demonstrieren, dass Ransom kein guter Mensch war, Angel davon überzeugen würde, sich endgültig von ihm zu trennen. Aber so schnell sie diesen Gedanken gehabt hatte, so schnell hatte sie ihn auch wieder verworfen. Angel wusste, dass er Dinge tat, die er nicht tun sollte, und leider wusste Mickie tief im Herzen, dass auch Angel einige dieser schlimmen Dinge mit ihm tat.

Deshalb war aus ihrem Plan zur »Rettung ihrer Schwester« etwas anderes geworden. Wenn sie Beweise dafür bekommen konnte, dass Ransom Drogen nahm, sie verkaufte oder vielleicht sogar eine Prostituierte aufsuchte, konnte sie vielleicht dafür sorgen, dass er verhaftet wurde. Wenn er im Gefängnis war, konnte er nicht in der Nähe ihrer Schwester sein. Irgendwann würde er wieder freikommen, aber vielleicht würde es eine Weile dauern und sie konnte in der Zwischenzeit dafür sorgen, dass Angel vom Club und dem dazugehörigen Lebensstil Abstand nahm. Mickie hatte Angst, sie könnte ihre Schwester ebenfalls verlieren.

Ich melde mich morgen bei dir.
Okay. Ich habe heute Abend eine Sache, die ich machen

muss, aber ich werde dich morgen früh anrufen, und dann unterhalten wir uns. Ich werde dir alles erzählen.

Eine Sache?

Ja, einen Sicherheitsjob. Ich werde mich vormittags bei dir melden. Vielleicht können wir zusammen Mittagessen gehen oder so.

Okay.

Mickie wollte noch so viel mehr fragen, aber sie hatte keine Zeit und wollte es auch nicht per SMS machen.

Ihr Telefon vibrierte erneut, aber dieses Mal war es keine SMS von Cruz. Es war Li. Mickie hatte sie angerufen und Angels Freundin davon überzeugen können, sie heute Abend zu der Party mitzunehmen. Dafür hatte sie so tun müssen, als würde sie sich für den Lebensstil des MCs und die Drogen, die sie dort bekommen könnte, interessieren, aber anscheinend war Mickie eine bessere Schauspielerin, als sie gedacht hatte, denn es hatte nicht lange gedauert, bis Li zugestimmt hatte. Obwohl Mickie nie zuvor Zeit mit Li verbracht hatte, hatte sie sie schon einige Male gesehen und Li war immer freundlich zu ihr gewesen. Ganz egal, welche negativen Eigenschaften Angel hatte, sie redete vor ihren Freundinnen offensichtlich nicht die ganze Zeit schlecht über ihre nervige, ältere Schwester. Und das kam Mickie im Moment durchaus zugute.

Bin hier.

Ich komme runter.

Mickie erinnerte sich daran, nicht tief zu atmen, und betrachtete ein letztes Mal ihr Spiegelbild. Sie erkannte sich selbst kaum wieder. Angel würde sauer sein, wenn sie sie heute Abend dort entdeckte, aber es geschah nur zum Besten ihrer Schwester.

Mickie strich mit dem Zeigefinger über das Polizeiauto aus Metall, das sie auf die Anrichte in der Küche gestellt hatte, und lächelte über die falsche Banane im Auspuffrohr. Cruz hatte einen guten Sinn für Humor und sie hoffte, weiter erkunden zu können, was sie miteinander hatten.

Sie nahm das Telefon in die Hand, stopfte ihren Führerschein und einige Geldscheine in die linke Gesäßtasche und verließ die Wohnung. Sie schloss die Tür ab und sah sich dann im Flur um. Als sie niemanden erblickte, kniete sie sich in ihrer engen Jeans umständlich hin und schob ihren Schlüssel unter die Fußmatte. Es war nicht das Sicherste, was man tun konnte, aber für heute Abend wäre es in Ordnung. Besser, als zu versuchen, ihre Handtasche im Blick zu behalten, oder den Schlüssel in ihre Hosentasche zu stecken und das Risiko einzugehen, ihn zu verlieren.

Mickie stand auf und ging zu Lis Wagen. Das hier würde funktionieren. Es *musste* funktionieren.

Cruz rieb sich mit der Hand über den Kopf und fluchte. Mickie war immer noch sauer auf ihn und er hatte noch keine Gelegenheit gehabt, mit ihr zu sprechen. Er hatte vor der Party heute Abend mit ihr reden wollen, aber zuerst war sie den ganzen Tag bei der Arbeit gewesen und danach hatte sie sich geradeheraus geweigert, ihn erklären zu lassen. Cruz wusste, dass irgendetwas vor sich ging, aber er hatte zu viel anderen Mist um die Ohren, um Mickie seine gesamte Aufmerksamkeit widmen zu können. So sehr er es auch hasste, es war die Wahrheit.

Nach dem Treffen mit Axel neulich Abend und nachdem er erfahren hatte, dass Chico Malo der Lieferant war, der hinter Axel und den *Red Brothers* steckte, hatte Cruz seinen Chef beim FBI kontaktiert. Da das FBI wusste, dass im Clubhaus eine weitere große Party stieg, die für gute Ablenkung sorgen würde, war der Zugriff für heute Abend geplant.

Nachdem die Party angefangen hatte, würde das FBI mit Unterstützung der Texas Rangers und der Polizei von San Antonio das Lagerhaus umstellen und Ransom und die restlichen Mitglieder des Clubs festnehmen. Es war ein Großeinsatz, ganz besonders wegen der Anzahl der MC-Mitglieder, die bei der Party anwesend wären, und der Gefahr, die damit verbunden war.

Cruz gefiel das nicht. Er wusste, dass Angel heute Abend zusammen mit ihren Freundinnen anwesend wäre, ganz zu schweigen von den alten Damen und den Clubhuren. Es gab so vieles, was schiefgehen konnte. So schnell, wie das FBI handelte, kam es beinahe einem Selbstmordkommando gleich, zu versuchen, den Club zu zerschlagen, aber Cruz hatte darauf keinen Einfluss. Die Geschwindigkeit des Einsatzes überraschte ihn zwar etwas, aber insgeheim war er begeistert darüber. Das FBI war schon so lange hinter Chico Malo her und die Verbindung zwischen den *Red Brothers* und dem mexikanischen Drogenbaron war bei dem Einsatz ein zusätzlicher Bonus.

Cruz war es egal, warum sie so schnell zugreifen wollten, ihn interessierte nur, dass sie es taten. Je eher er diesen Einsatz beenden konnte, desto schneller konnte er Mickie alles beichten und herausfinden, ob sie in der Lage wäre, ihm zu verzeihen. Nachdem erst alles ans Licht gekommen war, hoffte er, dass sie ihre Beziehung fortsetzen könnten, aber er wäre sogar bereit, noch einmal von vorn anzufangen, wenn es für sie von Bedeutung wäre.

Der Plan des FBI sah vor, Cruz zusammen mit den restlichen anderen Mitgliedern zu verhaften, um den Verdacht zu zerstreuen, dass er verdeckt ermittelte. Nachdem die Wogen sich geglättet hatten und alle zum Verhör und zur Inhaftierung abgeführt worden waren, wäre es Cruz möglich, sich rauszuschleichen und zu verschwinden.

Dieses war die größte Party, die Ransom für Angel und ihre Freunde veranstaltete, seit er angefangen hatte, sie zu manipulieren. Bubba war damit beschäftigt gewesen, alle ihre Freundinnen mit Marihuana und Kokain zu versorgen. Die Frauen hatten angefangen, Bubba von sich aus zu kontaktieren, anstatt über Angel zu gehen. Ransoms Plan war voll aufgegangen und er brauchte Angel nun nichts mehr vorzumachen. Er hatte ihre Freundinnen genau dort, wo er sie haben wollte, und sie war nicht mehr notwendig.

Cruz wusste, dass Ransom vorhatte, Angel irgendwann heute Abend während der Party loszuwerden. Er hatte genug davon, dass sie »an ihm dranhing«, und wollte sich ihrer entledigen. Er hatte geplant, ihr sehr deutlich zu machen, dass sie es bereuen würde, sollte sie vorhaben, ihre Freundinnen aus Rache mitzunehmen, wenn sie ging.

Auf der einen Seite war Cruz froh, dass Ransom sich endlich von Angel abwenden würde, aber er mochte nicht darüber nachdenken, was Roach oder andere Clubmitglieder hinterher tun würden. Cruz war sich sicher, dass sie es alle kaum erwarten konnten, sie endlich anfassen zu dürfen. Sollte sie high auf Kokain sein, wenn Ransom sich ihrer entledigte, war es schwer zu sagen, was sie tun würde, um sich an ihm zu rächen.

Cruz seufzte. Sein »einfacher« verdeckter Ermittlungseinsatz war alles andere als das. Er war so verdammt beschissen und er wollte sich einzig in seiner Wohnung verstecken und mit Mickie in seinem Bett liegen.

»Welcher Furz sitzt dir denn quer, Smoke?«, wollte Camel wissen, als er den riesigen Raum betrat. »Bist du immer noch sauer, dass du das hier nicht ficken darfst?« Er gestikulierte zur anderen Seite, wo Ransom gerade eine der Clubhuren – Cruz glaubte, ihr Name war Billie – in den Arsch fickte, während zahlreiche andere Mitglieder herumstanden und auf die Szene vor sich starrten, weil sie darauf warteten, dass ihr Präsident fertig wurde, damit sie sich daranmachen konnten, die zugekokste Hure durchzunehmen.

»Scheiße, nein. Ich will nur, dass die Party endlich anfängt.« Cruz nahm einen Schluck von dem Bier, das er schon eine ganze Weile in der Hand hielt, und wartete auf Camels Antwort.

»Es heißt, dass einige der Anwärter heute reingewählt werden.«

Cruz wusste, dass Camel ihn verarschte. Er nickte bloß.

»Was ist? Bist du nicht neugierig, ob du es sein wirst? Willst du es denn nicht?«

Cruz spielte seine Rolle und antwortete: »Scheiße, na klar will ich es. Ich wäre verdammt noch mal nicht hier, wenn ich es nicht wollte. Aber es zu wollen bedeutet einen Scheiß. Ransom wird mich reinlassen, wenn er es will, und keine Sekunde eher.«

Camel nickte zustimmend und anerkennend. »Das hast du ganz richtig verstanden.«

»Wann kommen die Schlampen?« Cruz hoffte, dass Angels Freundinnen sich verspäten würden, um nicht in die Razzia verwickelt zu werden.

»In etwa einer Stunde, denke ich. Hast du gehört, dass wir heute Abend einen besonderen Gast haben?«

Cruz drehte sich zu ihm um. Er wusste nicht, wovon der Mann sprach. »Nein.« Er hoffte, dass seine fehlenden Fragen Camel dazu veranlassen würden, mehr zu verraten, und hielt den Atem an.

»Der *Schlimme Junge* wird heute Abend höchstpersönlich hier sein.«

Ach du Scheiße. »Chico Malo?«

»Ja. Ich habe gehört, er war stinksauer auf Ransom wegen seiner ganzen Forderungen. Die beiden hatten einen Wortwechsel und der Wichser hat beschlossen, selbst hierherzukommen, um zu sehen, was der ganze Wirbel soll. Anscheinend haben er und Ransom sich ausgesprochen und sind jetzt beste Kumpel. Ransom hat ihn eingeladen, sich die neuen, reichen Muschis anzusehen, die wir haben, und ihm zu zeigen, warum wir mehr Koks brauchen.«

Das war das meiste, was Cruz ihn auf einen Schlag hatte sagen hören. Er musste Dax erreichen und ihm mitteilen, dass die Kacke am Dampfen war, und zwar gewaltig. Es war schneller und einfacher, seinen Freund zu kontaktieren, und Cruz wusste, dass Dax die Nachricht ans FBI und das restliche Team weitergeben würde. Dass Chico Malo auf dem Gelände war, wenn sie nur erwarteten, Ransom und die Clubmitglieder festzunehmen, war eine verdammt große Sache. Es erhöhte den Gefahrenfaktor um einhundertzehn Prozent, es würde ihren Job aber auch um ein Vielfaches einfacher machen, wenn Chico Malo sich tatsächlich hier in ihrem Gebiet aufhielte und sich nicht hinter seinen bösartigen Lakaien auf der anderen Seite der Grenze versteckte. Selbstverständlich wäre es aber nur dann einfacher, wenn Chico ohne seine Schlägertruppe bei der Party auftauchte.

»Absolut, Mann. Das wird eine Wahnsinnsparty.« Cruz hob seine Flasche und prostete Camel zu.

»Scheiße, ja, das wird es«, antwortete Camel und entfernte sich dann in Richtung des Gruppensexes, der nun in der Ecke des Lagerhauses stattfand.

Cruz lehnte sich an die improvisierte Bar und versuchte, so lässig wie möglich zu wirken. Er hatte noch etwas Zeit, bevor das Einsatzkommando sich auf den Weg machen würde. Er durfte keine Aufmerksamkeit erregen. Er musste hier rumhängen und warten. Diskret nahm er sein Handy heraus, das er als Smoke benutzte, und schrieb Dax eine SMS. Niemand schien es zu bemerken oder sich dafür zu interessieren, was er tat, da ein Johlen aus der Ecke des Raumes kam, als Billie schwungvoll ihren BH auszog und einen spontanen Striptease hinlegte.

Cruz beobachtete, wie weitere Personen den großen Raum betraten. Langsam, aber sicher wurde es voller. Es sah so aus, als sei der gesamte MC für die besondere Party zusammengekommen. Dixie und Bambi waren dort, zusammen mit einigen der Stripper-Huren aus dem Club. Der Alkohol floss in Strömen und die Drogen waren – zumindest für die alten Damen und Huren – ebenfalls frei zugänglich.

Er konnte sich nicht verkneifen hinzuschauen, als Dixie Ransoms Schwanz in den Mund nahm, sobald sie zu ihm gebracht wurde. Sie kannte die Regeln. Um Drogen zu bekommen, musste sie den Präsidenten bedienen, sie war aber nicht in der Lage, ihn zu befriedigen, bevor er sie von sich stieß und Bambi befahl, sich über die Sofalehne zu beugen.

Eine Sache musste Cruz dem Mann lassen: Er konnte immer eine Erektion bekommen. Er hatte keine Ahnung, wie er es tat, aber er sah zum zweiten Mal an diesem Abend zu, wie Ransom vor seinem MC eine Hure fickte, während die Mitglieder ihn anfeuerten.

Endlich zog Ransom seinen Schwanz raus und ejakulierte auf Bambis Rücken. Sie sah ihn an und grinste. Cruz sah zu, wie Ransom ihr auf den Arsch schlug und dann in seine Tasche griff. Er zog ein kleines Tütchen hervor und warf es vor ihr auf das Polster.

Bambi machte sich gar nicht erst die Mühe, sich den Rock über ihren nackten Hintern zu ziehen, bevor sie sich das Tütchen mit den Drogen schnappte. Sie eilte zu einem kleinen Tisch, fiel auf die Knie und öffnete es. Sie schüttete das weiße Pulver auf die Tischplatte aus Glas, beugte sich sofort darüber und schnupfte es. Sie stieß eine der Frauen zur Seite, die zusammen mit ihr reingekommen waren, als diese versuchte, sich an ihrem Koks zu vergreifen. Die Frau fiel rückwärts auf den Arsch und die Clubmitglieder lachten.

Mit einer Hand im Nacken riss Vodka die zweite Frau wieder nach oben. Er beugte sich zu ihr runter und sagte etwas zu ihr, höchstwahrscheinlich versprach er ihr ihren eigenen Drogenvorrat, wenn sie sich von ihm ficken ließe. Sie nickte begeistert, drehte ihm den Rücken zu und ergriff ihre Fußgelenke, um sich bereit zu machen, von ihm genommen zu werden.

Während Vodka seine Hose öffnete und den Schwanz rausholte, um sie an Ort und Stelle durchzuvögeln, wurde Bambi von Tick gefickt, als sie sich nach vorn beugte, um noch eine Line des Kokains zu schnupfen, das Ransom ihr gegeben hatte. Es interessierte sie nicht einmal, wer hinter ihr stand und Sex mit ihr hatte.

Wie es aussah, hatte die Party offiziell begonnen.

Eine weitere Stunde verging und die Mitglieder wurden wilder und ausgelassener. Die alten Damen wurden nicht so herumgereicht wie die Huren, die Mitglieder hatten jedoch kein Problem, ihre Frauen im Hauptraum vor allen anderen durchzunehmen. Obwohl die alten Damen von den Clubmitgliedern größtenteils respektiert wurden, wurden sie dennoch in keiner Weise gut behandelt. Von ihnen wurde erwartet, dass sie den Männern Getränke brachten, aufräumten, die Clubhuren zu den Männern führten, wenn die Kerle beschlossen, dass sie es brauchten, und ihren Männern jederzeit und egal auf welche Weise zu Diensten waren.

Irgendwann trafen Angels Freundinnen ein. Jedes Mal wenn eine von ihnen den Raum betrat, wurde sie von einem der Clubmitglieder abgefangen und weg vom Gruppensex auf die andere Seite des Lagerhauses gebracht, um ihr einige Lines Kokain zum Schnupfen zu geben. Offensichtlich war alles im Voraus geplant. Danach gaben sie ihr einen Joint und einen Tequila und brachten sie in einen ruhigeren Bereich des Clubhauses abseits der Orgie, der aber weiterhin in Sichtweite war.

Der Club benötigte das Geld der Frauen, aber die Mitglieder waren nicht bereit, ihren Lebensstil auf Dauer einzuschränken. Wenn die Frauen high waren, bestand eine größere Chance, dass sie es akzeptierten, als wenn sie nüchtern waren. Ransom hoffte, dass das High von den Drogen ausreichend wäre, damit sie die härteren Aspekte des Clublebens übersahen.

Cruz behielt Angels Freundinnen im Blick, als sie von all den Drogen und dem Alkohol, den sie in solch kurzer Zeit zu sich genommen hatten, benebelt wurden. Der Ausdruck in ihren Augen erinnerte ihn zu stark an Sophie und wie sie ihn angeschaut hatte, als er sie das letzte Mal gesehen hatte. Er war aufs Polizeirevier gefahren, nachdem sein Freund Quint ihn angerufen und ihm mitgeteilt hatte, dass sie wieder wegen Prostitution verhaftet worden war.

Er hatte ein letztes Mal versuchen wollen, ihr zu helfen. Sie hatte zu ihm aufgeblickt und gegrinst. »Hey, Cruzie. Bist du hier, um mich rauszuholen? Lust, feiern zu gehen?«

Er hatte bloß den Kopf geschüttelt, Quint gebeten, ihm nicht mehr zu erzählen, wenn sie verhaftet wurde, und war gegangen.

Cruz trank einen Schluck von seinem Bier, als die Tür des Lagerhauses geöffnet wurde. Er sah, wie Angels asiatische Freundin – an ihren Namen konnte er sich nicht erinnern – gemeinsam mit einer anderen Frau eintrat, die er zuvor noch nie gesehen hatte. Sie war kurvig und unheimlich sexy. Cruz ließ den Blick von ihren Hüften und Brüsten zu ihrem Gesicht wandern und verschluckte sich beinahe an dem Bier, das er im Mund hatte.

Roach und Steel schlenderten zu den beiden und jeder von ihnen nahm eine am Arm und brachte sie auf die andere Seite des Raumes, wie es die anderen Mitglieder mit allen von Angels Freundinnen getan hatten.

Cruz' Füße bewegten sich, noch bevor sein Gehirn vollständig verstehen konnte, was er sah. Er erkannte den Schwung dieser Hüften, das kurze schwarze Haar, das ihren Nacken berührte und das jetzt einen rosafarbenen Streifen an der Seite aufwies ... den großäugigen, unschuldigen Ausdruck in ihren Augen.

Scheiße. Das war Mickie und sie war soeben direkt in die Hölle gegangen. Jetzt waren sie beide erledigt.

KAPITEL SECHZEHN

Mickie versuchte, nicht zu hyperventilieren, als der fieseste Mann, den sie jemals gesehen hatte, sie so fest am Arm packte, dass sie sich nicht losreißen konnte, und sie in die Ecke des großen Raumes führte. Sie hatte nur einen kurzen Blick auf den Innenbereich werfen können, bevor sie abgeführt wurde, aber sie wusste, dass das, was sie gesehen hatte, sie für immer verfolgen würde.

Überall auf der linken Seite des Raumes waren Frauen über Möbelstücke gebeugt. Die meisten waren völlig nackt, andere von ihnen trugen eine Art Oberteil, aber alle wurden gefickt. Keine von ihnen wehrte sich, aber sie machten auch nicht unbedingt mit. Sie lagen bloß da oder standen, während irgendjemand in sie hineinstieß. Als Mickie sich kurz umgesehen hatte, war ihr außerdem aufgefallen, dass Männer warteten, bis sie an der Reihe waren, mit den Frauen zu verkehren. Sie hatten ihre Schwänze bereits draußen und feuerten ihre Kumpel an, während sie warteten.

Die Musik war laut und der Gestank in dem Raum trieb einem die Tränen in die Augen. Körpergeruch, Alkohol, Marihuana, Rauch und wer weiß was sonst noch.

Sobald sie am Lagerhaus vorgefahren waren, hatte Mickie ihre dumme Entscheidung herzukommen bereut. Li hatte versucht, sie zu beruhigen, aber Mickie wusste instinktiv, dass sie einen schrecklichen Fehler begangen hatte. Es würde ihr auf keinen Fall möglich sein, verdeckt zu filmen, was auch immer sich im Lagerhaus abspielte. Sie war eine Idiotin.

Sie hatte versucht, Li davon zu überzeugen, sie ihren Wagen nach Hause bringen zu lassen, und versprochen, sie abzuholen, wann immer sie bereit war zu gehen, aber Li hatte sich geweigert und gesagt, dass niemand außer ihr ihren Wagen fahren dürfe.

Li war in einen Stadtteil von San Antonio gefahren, den Mickie immer aufs Schärfste gemieden hatte. Es war das Industriegebiet und berüchtigt dafür, wegen der hohen Kriminalität in der Gegend jeden Abend in den Nachrichten aufzutauchen. Selbst vor dem Gebäude war die Musik laut und es gab keine Beleuchtung. Auf dem Parkplatz war es stockfinster gewesen und einzig das Licht der kleinen Taschenlampe an Lis Schlüsselbund hatte den Betonweg erhellt, als sie zum Seiteneingang des Gebäudes gegangen waren.

Mickie versuchte, ihren Arm aus dem schraubstockartigen Griff des Mannes zu befreien, der sie vorwärtstrieb, doch es gelang ihr nicht. Sie bekam Panik, doch dann hörte sie eine Stimme, die sie in diesem Höllenloch als Letztes zu hören erwartet hatte.

»Verdammt, Roach, lass sie los, ich kümmere mich um sie.«

»Verpiss dich, Smoke. Ich habe sie als Erstes gesehen. Sie gehört mir. Wenn ich mit ihr fertig bin, bist du dran.«

»Ich habe gesagt, du sollst sie loslassen.«

»Fick dich. Ihre Titten und ihr Arsch gehören heute Abend mir.«

Cruz machte sich nicht die Mühe, weiter zu diskutieren, sondern schlug Roach einfach mit voller Kraft mitten ins Gesicht.

Roach fiel mit einem dumpfen Geräusch zu Boden und bewegte sich nicht. Cruz hatte ihn mit einem Treffer bewusstlos geschlagen. Niemand außer ihm fasste Mickie an.

»Wa-«

Cruz wusste, dass er mit dem Schlag die Aufmerksamkeit sämtlicher Clubmitglieder auf sich gezogen hatte und sich während der nächsten Minuten genau richtig verhalten musste, andernfalls wären sie beide tot. Cruz fiel Mickie ins Wort und packte sie an der gleichen Stelle am Arm, wie Roach es zuvor getan hatte. »Halt die Klappe. Gehen wir.«

Mickie sagte nichts. Cruz war sauer und sie hatte furchtbare Angst. Sie hatte keine Ahnung, warum der andere Mann ihn Smoke genannt hatte, sie wusste jedoch, dass sie tief in der Scheiße steckte. Aber letzten Endes war es ihr lieber, dass Cruz sie festhielt als irgendein anderer Kerl in diesem Laden.

Cruz schleuderte Mickie in Richtung eines Tisches, der mit weißem Pulver bedeckt war. Er hatte keine Ahnung, wie er die nächsten Minuten überstehen sollte, wusste aber, wie überaus wichtig es war, dass sie beide Ruhe bewahrten. Er konnte diese Sache jetzt nicht in den Sand setzen. Nicht, wenn sie so kurz davor standen, dem Club das Handwerk zu legen.

Dax und das FBI wussten, dass Chico Malo im Spiel war, und würden wie geplant innerhalb der nächsten Stunde auf dem Gelände eintreffen.

Cruz hielt vor einem von zwei kleinen Tischen an und streckte Steel die Hand hin. »Tütchen.«

»Ich wusste ja nicht, dass du so scharf auf eine Muschi sein kannst.«

»Ja, ich meine, sieh sie dir doch an.« Cruz deutete obszön auf Mickies Brüste. »Willst du mir einen Vorwurf machen?«

Anscheinend hatte er das Richtige gesagt, denn Steel lachte. »Scheiße, natürlich nicht. Ich selbst bevorzuge asiatische Muschis.« Er griff Li mit der Hand in den Schritt, ignorierte ihr nervöses Kichern und streichelte sie grob. »Sie sind kleiner und enger ... aber ich kann nicht behaupten, dass du einen schlechten Geschmack hättest.«

»Danke«, presste Cruz hervor. »Tütchen«, forderte er noch einmal.

Steel zog einen kleinen Beutel mit Kokain aus seiner Gesäßtasche und warf ihn Cruz zu. Er fing ihn mit einer Hand auf und hielt Mickie mit der anderen am Arm fest. Er spürte, wie sie neben ihm zappelte und versuchte, sich von ihm loszumachen. »Halt still«, befahl er ihr barsch und öffnete das Tütchen mit einer Hand.

Cruz spürte, wie sich Schweißtropfen an seiner Schläfe bildeten. Scheiße. Er beobachtete Steel aus dem

Augenwinkel. Er war über Angels Freundin gebeugt, hatte die Hand an ihrer Brust und den Mund neben ihrem Ohr. Cruz verlor keine Zeit. Er trat zwischen die beiden Tische und versperrte somit Steels Blick auf Mickie.

Mickies Herz raste mit tausend Stundenkilometern. Sie konnte nicht glauben, dass Cruz hier war und mit dem anderen Biker so unanständig über sie gesprochen hatte. Sie erkannte ihn fast nicht wieder. Er trug Stiefel, an denen ausreichend Ketten hingen, um eine Schaukel daran aufzuhängen. Er hatte einen freien Oberkörper und trug eine Lederweste, die vorn geöffnet war. Er schaute finster drein und hatte einen Bart, der mindestens einen Tag alt war und der ihn Furcht einflößend aussehen ließ. Schnell zählte Mickie eins und eins zusammen.

Immer wenn er sich nach Angel erkundigt hatte und wie er wie durch Zauberhand erschienen war, nachdem Mickie mit ihrer Schwester gestritten hatte. Er hatte sein Spiel mit ihr getrieben. Anscheinend war er ein Mitglied des MCs, über den sie sich beschwert hatte, als sie zusammen waren. Er würde nicht mit seinen Arbeitskollegen über den Club sprechen ... er war *Teil* davon.

Sie war die dümmste Frau, die auf der Welt herumlief, und sie würde für ihre Dummheit teuer bezahlen.

Cruz' Stimme unterbrach sie in ihrer mentalen Selbstgeißelung. Sie war nur etwas weniger barsch als wenige Sekunden zuvor. »Ich werde zwei Lines auf dem Tisch auslegen. Wenn ich dich nach unten drücke, atmest du langsam aus und pustest ganz leicht, ohne die Lippen zu schürzen. Das wird dafür sorgen, dass das Pulver sich ausbreitet, und so aussehen, als hättest du es geschnupft. Was auch immer du tust, atme nicht ein.«

Cruz wartete nicht auf ihre Zustimmung. Er gab zwei kurze, dünne Lines mit Kokain auf den Tisch, schloss das Tütchen und steckte es in seine Tasche. Er packte Mickie mit der Hand im Nacken und zwang sie grob, sich über den Tisch zu beugen, oder zumindest hoffte er, dass es vor Steel und allen, die sie eventuell beobachten könnten, grob wirkte.

Er hatte seine freie Hand an ihre Hüfte gebracht und sie, als er Mickie auf den Tisch drückte, gerade ausreichend bewegt, damit der Tisch in seine Hand anstatt ihre Haut schnitt. »Schnupf das Zeug, Schlampe. Genau so. Du bist doch nur wegen dem Koks hier.«

Cruz atmete erleichtert aus, als er sah, dass Mickie genau das tat, was er von ihr verlangt hatte. Sie wehrte sich nicht gegen ihn und atmete einfach nur vorsichtig auf die Kokainline, die sich mit den anderen Pulverresten auf dem Tisch vermischte. Sie zog eine gute Show ab, wie sie den Kopf bewegte und sich die Hand vor die Nase hielt, als würde sie die Droge tatsächlich schnupfen. Wenn Cruz nicht aufmerksam zugesehen hätte, wäre er darauf hereingefallen.

Als die Lines weg waren, zog er sie nach oben, packte sie am Hals und riss sie nach hinten, sodass sie sich an seinem Oberarm festklammerte, so wie sie es neulich Abend getan hatte, als er in sie hineingestoßen hatte. Sie war nach hinten über seinen Arm gelehnt und ihm hilflos ausgeliefert. Cruz gab ihr keine Chance, etwas zu sagen, sondern bedeckte ihre Lippen und schob ihr grob seine Zunge in den Mund. So wie er sich fühlte, konnte er auf keinen Fall zärtlich sein.

Cruz küsste Mickie mit der ganzen aufgestauten Frustration, Sorge und allem Stress, den er in sich trug. Selbst in ihrer Situation und obwohl er furchtbar wütend auf sie war, weil sie bei der Party eines verdammten Motorradclubs aufgetaucht war, in dem in Kürze eine Razzia durch nicht weniger als drei staatliche und bundesstaatliche Behörden stattfinden würde, wurde der Kuss schnell wild. Mickie lag nicht sanft in seinen Armen, sie gab zurück, was sie von ihm bekam. Es war, als würde die sie umgebende Gefahr ihrer Anziehung füreinander einen zusätzlichen Kick verleihen. Ihre Zungen wanden sich umeinander und sie saugten und bissen, als sie den Geschmack und die Beschaffenheit ihrer Münder neu kennenlernten.

Als Cruz hörte, wie Steel hinter ihm applaudierte, kam er wieder zu Sinnen. Er hob endlich den Kopf und sah Mickie in die Augen. Sie hing nach hinten gebeugt in seinen Armen und wurde von ihm so festgehalten, dass sie sich nicht bewegen konnte. Er wollte so vieles zu ihr sagen, es gab so viele Dinge, die er ihr sagen musste, aber jetzt war weder der richtige Zeitpunkt noch der richtige Ort dafür. Ein falsches Wort könnte schon ausreichen und sie wären beide am Arsch.

Endlich richtete Cruz Mickie mit Schwung wieder auf. Er behielt den Arm um ihren Hals und drehte sich zu Steel um. »Scheiße, ja«, war alles, was er sagte.

Steel lachte und starrte Mickie auf das Dekolleté, als er Li grob an die Brust griff und zudrückte. »Wenn du mit diesen Titten fertig bist, werde ich selbst mal kosten. Ich mag zwar asiatische Muschis, aber ihre Titten lassen zu wünschen übrig.«

Cruz schaute nach unten und fluchte leise. Mickies Brustwarzen waren über den Rand ihres niedrig geschnittenen BHs gerutscht und drückten sich durch den Netzstoff des Oberteils, das sie trug. Der Anblick war erotisch und Cruz wollte Steel am liebsten einen Schlag in den Magen verpassen, weil er etwas ansah, das ihm gehörte.

Mickie sah an sich herunter und schnappte erschrocken nach Luft. Über Cruz' Arm gehalten zu werden war offenbar zu viel für das winzige Stück Stoff ihres BHs gewesen. Sie zeigte dem fürchterlich aussehenden Kerl, der neben Li stand, gerade ihre Nippel und allen anderen im Raum ebenfalls. Sie hob eine Hand, um sich zu bedecken, doch Cruz ergriff sie und drückte ihre Finger fest zusammen. Sie hielt den Atem an.

»Ich glaube, mit diesen Titten bin ich vorerst noch nicht fertig, Steel. Tut mir leid.« Cruz hielt Mickies Hand in seiner und wandte sie von Steel und seinem verdammten Blick ab.

»Ich weiß, Mickie. Ich weiß. Warte, ich werde dich gleich bedecken«, flüsterte Cruz die Worte, als er sich zu ihrer Brust beugte, um für die Kerle, die mit den anderen Frauen in der Ecke saßen, eine Show abzuziehen. Er leckte seitlich an Mickies Hals hinauf und knabberte an ihrem Ohrläppchen.

»Leg den Kopf nach hinten und halte dich mit einer Hand an meinem Hinterkopf fest.«

Als Mickie zögerte, befahl Cruz ihr scharf: »Herrgott noch mal, Mickie. Wenn du den morgigen Tag noch erleben willst, dann tu es einfach. Ich werde dir nicht wehtun.«

Cruz spürte, wie sie schüchtern die Hand an seinen Hinterkopf legte, und starb innerlich, als er ihre zitternden Finger fühlte. Er beschloss, dieses kleine Tête-à-Tête abzukürzen, und brachte seinen Kopf an ihre Brust. Er tat so, als würde er ihn zwischen ihre Brüste drücken, biss aber durch den Netzstoff in den oberen Rand ihres BHs und zog ihn mit den Zähnen nach oben, um sie wieder zu bedecken. Er tat das Gleiche mit der anderen Seite und sorgte dafür, dass sie zumindest wieder halbwegs anständig aussah.

Dann hob er der Kopf und weigerte sich, sie anzuschauen. Cruz konnte es nicht ertragen, den Abscheu in Mickies Augen zu sehen. Wenn er sie heil aus dieser beschissenen Situation befreien konnte, würde er ihren Hass ertragen. Er hätte darauf vorbereitet sein sollen. Er hatte gewusst, dass Mickie Angst um ihre Schwester hatte. Sie hatte sogar geradeheraus zugegeben, dass sie etwas Verrücktes tun würde, um Angel zu helfen ... und das hier zählte ganz sicher dazu. Verdammt noch mal.

Mickie versuchte, ihre Atmung zu kontrollieren. Seit sie das Lagerhaus betreten hatte, war sie vollkommen aus der Fassung. Alles war so überwältigend ... die Geräusche und was sie auf der anderen Seite des Raumes gesehen hatte, der große, Furcht einflößende Mann, der sie gepackt hatte, und Cruz hier zu entdecken und zu sehen, wie seltsam er sich verhielt.

Gerade als sie dachte, sie hätte sich in Cruz völlig geirrt, wurde es ihr endlich klar.

Sie hatte angenommen, er würde sie dazu zwingen,

die Drogen auf dem Tisch zu schnupfen, aber das hatte er nicht getan. Als er sie dann gegen den Tisch gedrückt und seine Hand dazwischen geschoben hatte und schließlich gerade eben, als er sie bedeckt hatte, damit sie nicht allen ihre Brüste zeigte, hatte sie verstanden, was tatsächlich vor sich ging. Oder zumindest dachte sie es.

Ganz egal, was sie gehört hatte, Cruz' Handlungen ihr gegenüber waren bezeichnend. Cruz arbeitete im Sicherheitsdienst, er hatte eine »Sache« heute Abend, er hasste Drogen ... Sie fand die Worte, die er benutzte, vielleicht nicht toll, oder wie er sie nach außen behandelte, aber sie verstand es. Er *musste* verdeckt agieren und Mickie schwor sich, nichts zu tun, was ihn auffliegen lassen könnte.

Falls er nicht verdeckt agierte, war er tatsächlich Mitglied dieses Clubs, aber wenn sie an alles zurückdachte, was sie über ihn erfahren hatte ... nachdem sie gesehen hatte, wo er wohnte ... hielt sie das nicht für plausibel. Es gefiel ihr nicht, dass er sie offensichtlich angelogen hatte, aber momentan war ihr einzig wichtig, unbeschadet aus dieser Situation rauszukommen. Sie würde später mit ihm reden und herausfinden, über wie viele Dinge er gelogen hatte. Aber derzeit stand er allein zwischen ihr und ihrem schlimmsten Albtraum. Sie würde die Klappe halten, ganz egal, wie furchtbar es noch werden würde.

Zum ersten Mal, seit sie das Lagerhaus betreten hatte, entspannte Mickie sich. Cruz war hier. Er würde dafür sorgen, dass ihr nichts passierte. Er war einer der Guten, darauf würde sie ihr Leben verwetten.

Sie schaute sich rasch um und zuckte bei den Handlungen auf der anderen Seite des Raumes innerlich zusammen. Erleichtert stellte sie fest, dass Angel nirgends zu sehen war, aber es machte ihr ebenfalls große Angst. Was, wenn sie in einem Hinterzimmer war und schlimmere Dinge tat als die, die hier draußen in der Öffentlichkeit passierten? Nein, sie weigerte sich, das zu glauben. Angel legte immer gern einen großen Auftritt hin, wenn sie irgendwo erschien, und versuchte höchstwahrscheinlich, zu spät zu kommen, um Aufmerksamkeit zu erregen.

Cruz führte Mickie zu der ruhigeren Seite des Raumes. Er behielt den Arm um ihren Hals und legte eine Hand auf ihren Hintern. Weil es keine freien Plätze gab, lehnte er sich einfach an die Wand, zog Mickie seitlich an sich und drückte ihren Kopf an seine Brust. Er wusste, dass sie hören konnte, wie sein Herz viel zu schnell klopfte, aber das war Cruz scheißegal.

»Hey, Smoke«, rief Tiny, der auf einem Stuhl in der Nähe saß. »Ich hätte nicht gedacht, dass du auf Club-Muschis stehst, Mann. Willst du tauschen, wenn du fertig bist? Ich würde mich zu gern zwischen diesen fetten Schenkeln vergraben –«

»Halt die Fresse, Tiny«, knurrte Cruz und verstärkte den Griff um Mickies Taille. »Ich tausche nicht. Sie gehört mir, bis ich mit ihr fertig bin, und ich teile nicht, verdammt.«

Tiny grinste bloß. »Okay, aber wenn du sie satthast, kannst du etwas hiervon haben.« Tiny zog das Oberteil der Frau, die auf seinem Schoß saß, nach unten, bis ihre Brust entblößt war, und drückte so fest zu, dass alle sehen konnten, wie seine Finger von dem Druck weiß wurden. Die Frau schrie auf und zappelte vergeblich auf ihm.

Cruz spürte, wie Mickie neben ihm unbehaglich die Position veränderte. »Dreh den Kopf weg, Liebes. Sieh nicht hin.« Seine Worte waren gedämpft und rau ... und gequält.

Alle sahen zur Tür, als sie ein weiteres Mal geöffnet wurde. Angel stolzierte in den Raum, als sei sie die Königin von England und als würde direkt vor ihren Augen keine Drogenorgie stattfinden. Niemand kam auf sie zu, um sie zu begrüßen, und sie sah sich suchend nach Ransom um.

Mickie versuchte, sich aus Cruz' Armen zu lösen, aber er verstärkte den Halt und ließ nicht zu, dass sie zu ihm aufblickte. »Halt verdammt noch mal still. Wenn sie dich erkennt, sind wir beide am Arsch.«

Mickie hielt den Atem an und starrte auf die Szene, die sich vor ihr abspielte. Es brach ihr das Herz.

Angel schaute sich weiter suchend um, bis sie Ransom sah. Er befand sich auf der anderen Seite des Raumes, wo seine Clubmitglieder die Stripperinnen und Huren fickten. Er saß auf dem Sofa, vor ihm knieten zwei Frauen. Seine Hose war bis zu den Oberschenkeln heruntergezogen und die Frauen wechselten sich damit ab, ihm den Schwanz zu lutschen, während sie gleichzeitig von zwei anderen Männern von hinten durchgenommen wurden.

Ransom grinste Angel an und lockte sie mit dem Finger zu sich. Als sei es geplant gewesen, was vermutlich der Fall war, verstummte die Musik abrupt. Außer den

Sexgeräuschen, die durch den Raum hallten, war es relativ still.

Angel ging zögernd auf Ransom zu.

»Willst du das hier? Auf die Knie, Schlampe. Lutsch mich.«

»Aber Ransom ... ich verstehe nicht.«

»Was verstehst du nicht?«

»Ich dachte, wir ... du ... ich bin deine Freundin.«

»Freundin?« Ransom legte den Kopf in den Nacken und lachte. Er drückte eine der Frauen auf seinen Schwanz, während sie ihn tief in ihre Kehle aufnahm. Sie fing an zu würgen, doch er hielt sie weiterhin fest. »Ich habe keine beschissenen Freundinnen. Was glaubst du, was das hier ist? Highschool?«

Er ließ die Frau los, die nach Luft schnappte und ihren Kopf von seinem Schwanz nahm, wobei ihr Speichel und Präejakulat aus dem Mund tropften. Ransom stieß sie zur Seite und packte die andere Frau im Nacken. Er zwang ihren Kopf auf seinen Schwanz und hielt sie genauso fest, wie er es mit der ersten Frau getan hatte.

Wie in Trance blieb Angel weiter vor ihm stehen. Es war, als könnte sie nicht glauben, was sie sah.

»Warum würde ich mich an eine Frau binden wollen, wenn ich das alles hier haben kann?« Ransom machte eine ausladende Geste und deutete durch den Raum. »Du warst eine nette Abwechslung für mich, aber du warst nur ein Fick, Angel. Du wirst immer nur ein Fick sein. Und jetzt sei ein braves Mädchen und gesell dich zu deinen Freundinnen. Zieh dir etwas Koks rein, aber vergiss nicht, es vorher zu bezahlen, und dann schau mal, ob du einen meiner Brüder findest, der Lust hat, dich zu ficken. Ich bin mir sicher, sie werden für diese Gelegenheit Schlange stehen nach allem, was sie von mir über deine enge Fotze gehört haben.«

Ransom erlaubte der zweiten Frau, sich aufzurichten und seinen Schwanz aus dem Mund gleiten zu lassen. Sie fing heftig an zu husten, als sie zu viel Luft einsog. Ransom deutete auf Angel. »Es sei denn, du willst zuerst auf meinem Schwanz sitzen und mich zum Abspritzen bringen. Deine Muschi würde ich mir jederzeit gönnen.«

»Willst du mich verarschen? Ich werde dich doch nicht ficken, nachdem du deinen Schwanz vermutlich in die Fotzen dieser Huren gesteckt hast.« Angels Worte waren wie Säure.

Ransom lachte gnadenlos. »Schlampe, da gibt es kein ›vermutlich‹. Wenn du glaubst, dass deine Muschi die einzige war, die ich mir gegönnt habe, dann hast du Wahnvorstellungen. Ich ficke, wen ich will und wann ich will, und es ist mir scheißegal, was *du* willst. Ich mag dein Geld. Ich mag das Geld deiner reichen Freundinnen. Ich mag deine Muschi, deinen Arsch und deine Kehle, die meinen Schwanz umschließt, aber ehrlich gesagt interessiert es mich einen Scheiß, in welchem Loch mein Schwanz steckt, solange ich abspritzen kann.«

Nach Ransoms fiesen Worten wurde die Musik erneut gestartet und die Anwesenden fuhren mit dem fort, was sie vor seiner kleinen Show getan hatten.

Alle lachten, als Angel herumwirbelte, Ransom den Rücken zukehrte und auf die andere Seite des Raumes stapfte, als wüsste sie nicht, wo sie hingehen sollte. Roach war mittlerweile vom Boden aufgestanden, nachdem Cruz ihn geschlagen hatte, und beeilte sich, zu Angel zu gehen, um sie zu trösten. Ransom lehnte sich bloß wieder auf dem Sofa zurück und grinste, als eine der fast nackten Stripperinnen zu ihm kam und ihm anbot, sich auf seinen Schwanz zu setzen und ihn zum Höhepunkt zu reiten.

Mickie murmelte an Cruz' Brust: »Ich muss zu ihr gehen.« Tatsächlich wollte sie in diesem Moment nirgends hingehen. Cruz' Arme gaben ihr ein Gefühl von Sicherheit in einer definitiv unsicheren Welt. Selbst wenn er zustimmte, war Mickie sich nicht sicher, ob ihre Füße in der Lage wären, sich zu bewegen.

»Auf keinen Fall.«

Dankbar über seine Antwort bewegte Mickie sich an Cruz, doch sie fühlte sich trotzdem schuldig. »Bitte?«

»Nein.«

»Gibt es ein Problem, Smoke?«, fragte Steel, der wenige Meter entfernt auf einem Sessel saß. Er hatte Li auf dem Schoß und die Hand unter ihren Rock geschoben. Offenbar genoss sie Steels Aufmerksamkeit, denn ihre Augen waren geschlossen und sie hatte den Kopf zurückgelegt.

»Kein Problem. Die Schlampe braucht nur eine strenge Hand.« Cruz packte Mickie im Nacken und lockerte den Griff an ihrer Taille ausreichend, um sie nach vorn zu beugen. Er hielt sie in dieser Position fest und drückte mit der anderen auf die Mitte ihres Rückens. Dann schob er einen Fuß zwischen ihre Beine und spreizte sie schulterbreit auseinander. Sie war vollkommen hilflos in seinem Griff. Ihr Kopf befand sich nun parallel zum Boden und Cruz beugte sich erzürnt über sie und flüsterte ihr ins Ohr.

»Hör sofort damit auf. Falls es dir noch nicht aufgefallen ist, wir sitzen richtig tief in der Scheiße. Halt die Klappe. Angel kann auf sich selbst aufpassen. Derzeit mache ich mir Sorgen um *dich*, nicht um deine Schwester. Du kannst ihr morgen helfen. Tu, was ich dir sage, *wenn* ich es dir sage, und lenke nicht noch mehr Aufmerksamkeit auf uns, verstanden?«

Mickie versuchte zu nicken, aber es gelang ihr nicht. Sie schluchzte einmal, hielt es aber unbarmherzig zurück. Obwohl Cruz sie fest im Griff hatte, tat er ihr nicht weh. Seine Worte waren gemein und grob gewesen, aber er hatte absolut recht. Mickie machte sich keine Illusionen darüber, was passieren würde, wenn irgendjemand herausbekäme, was Cruz hier tat.

Cruz riss sie nach oben, zog sie erneut in seine Arme und drückte ihren Kopf an seine Brust. Er hielt sie mit einer Hand im Nacken fest und drückte die Finger der anderen an der Taille tief in ihr Fleisch.

»Wenn du Hilfe mit ihr brauchst, sag einfach Bescheid«, bemerkte Steel trocken. »Aber es hat den Anschein, als hättest du sie gut im Griff.«

»Ja, habe ich. Sie muss nur lernen, das zu tun, was ich von ihr will, verdammt.«

Die anderen MC-Mitglieder lachten, klatschten sich ab und stimmten zu.

Als die meisten Mitglieder ihre Aufmerksamkeit wieder auf ihre Getränke oder die Frauen richteten, die sie befummelten, entspannte Cruz sich ein wenig. Verdammt, das war knapp gewesen. Er wusste nicht, wie spät es war, aber als er sah, wie Ransom die nackte Frau von seinem Schoß stieß, nachdem er gekommen war, und seine Hose hochzog, nahm Cruz an, dass es Zeit für Chico Malos Erscheinen war. Ransom hatte sonst keinen anderen Grund, sich vorzeigbar zu machen.

Roach war mit Angel zu den Tischen gegangen, die mit Kokainresten übersät waren, und sie dazu ermuntert, sechs Lines von dem Zeug zu schnupfen. Das war viel zu viel, aber Angel wollte offensichtlich vergessen, was sie soeben gesehen und gehört hatte, und war gerade stur genug, um die Party nicht zu verlassen. Nachdem sie die Droge genommen und zwei Gläser Tequila getrunken hatte, ging Roach mit ihr auf die andere Seite des Raumes, weg von ihren Freundinnen. Cruz nahm an, dass sie mitging, weil sie erfolglos versuchte, Ransom eifersüchtig zu machen. Sobald sie saßen, griff Roach ihr mit einer Hand in den Schritt und mit der anderen an die Brust, doch Angel wandte den Blick nicht von Ransom ab.

Gerade als Cruz sich das Hirn zermarterte, wie zur Hölle er Mickie hier rausbringen könnte, bevor die Razzia losging, wurde die Tür geöffnet. Ein großer, schlanker Hispano betrat den Raum, gefolgt von mindestens zehn Männern.

Chico Malo war eingetroffen und alle Hoffnungen darauf, Mickie sicher aus einem Revierkampf zwischen einem wütenden mexikanischen Drogenbaron und dem arroganten Präsidenten eines Motorradclubs zu bekommen, lösten sich in Luft auf.

Als die Tür hinter Malo und seinen Schlägertypen geschlossen wurde, konnte Cruz nur im Stillen beten, dass Dax und der Rest des Einsatzkommandos bald eintreffen würden.

KAPITEL SIEBZEHN

»Willkommen in meinem Club!«, sagte Ransom mit dröhnender Stimme und ging mit großen Schritten auf Chico Malo zu, um ihn zu begrüßen, bevor er den Raum richtig betreten konnte.

Drei Männer traten nach vorn, sodass sie nun vor ihrem Boss standen und Ransom daran hinderten, ihm zu nahe zu kommen.

»Was soll das alles? Kann ich in meinem eigenen Club keinen Freund begrüßen?«

»Bleib stehen«, knurrte einer der Leibwächter und legte seine Hand auf den Griff der Pistole, die er im Hosenbund trug.

»Komm schon, Chico! Sieh dich doch um. Sieh nur, wie viel Spaß wir haben. Willst du eine Frau? Etwas zu rauchen? Etwas zu trinken? Sag es mir und es gehört dir.«

Der Drogenboss nahm Ransom beim Wort und schaute sich langsam in dem Raum um. Die Musik war nach seiner Ankunft leiser gedreht worden, aber die Stripperinnen bewegten mit glasigen Augen ihre Körper weiterhin lasziv im Rhythmus der Musik an den Stangen, die für die Party aufgestellt worden waren. Einige MC-Mitglieder lagen bewusstlos herum und viele andere machten sich nicht einmal die Mühe, ihr Ficken der Clubhuren zu unterbrechen, um den neuen Gast zu begrüßen.

Chico Malo ließ den Blick zur anderen Seite des Raumes schweifen, wo Angels Freundinnen mit zahlreichen Clubmitgliedern eng zusammensaßen. Er schaute sich jede Frau ganz genau an und Cruz' Magen verkrampfte sich, als er Mickie für seinen Geschmack ein wenig zu lange auf den Hintern starrte.

»¿Qué es esto?«, fragte Chico Malo und zeigte auf die rechte Seite des Raumes. Ihm fiel offensichtlich das andere Kaliber der Frauen auf dieser Seite auf.

»Ich bin froh, dass du fragst«, sagte Ransom grinsend. »Das ist die Seite des Raumes mit den erstklassigen Muschis. Siehst du, das hier ist der Grund dafür, warum wir unseren Einsatz auf dem Markt erhöhen müssen. Diese Schlampen haben Geld und sie wollen es für mein Kokain ausgeben. Gefällt dir, was du siehst? Bediene dich. Es wäre meinen Brüdern eine Freude zu teilen.«

Chico Malo sah zurück zu Ransom und zog eine Augenbraue nach oben.

»Ja, such dir eine aus. Es ist das Mindeste, was ich für einen Gentleman wie dich tun kann. Und weißt du was, sollten wir weiterhin miteinander Geschäfte machen, bekommst du so viele erstklassige Muschis, wie du willst und wann immer du willst.«

»Denkst du, ich kann sie mir nicht selbst suchen?«, knurrte Chico Malo. »Glaubst du, wir haben keine erstklassigen mexikanischen Muschis?« Offensichtlich verärgert presste er die Worte hervor und sein Akzent ließ sie scharf und bissig erscheinen.

»Nein, nein, das meinte ich nicht. Ich dachte bloß, dass du dir zur Abwechslung vielleicht ein paar erstklassige amerikanische Muschis gönnen willst. Du weißt schon, damit es nicht langweilig wird.«

Chico Malo schien über Ransoms Worte nachzudenken. Er lächelte, dann drehte er sich um und starrte Cruz an. »Ich will die da. Die mit den Kurven in Schwarz.«

Cruz verstärkte den Griff seiner Arme um Mickie, als diese vor Entsetzen nach Luft schnappte. »Nein. Oh Gott.«

»Nein. Sie ist *mein* Fick.« Cruz presste die Worte hervor, während sein Herz in der Brust hämmerte. Verdammte Scheiße. Die Situation war soeben hundertmal schlimmer geworden.

»Verdammt, Anwärter, du weißt es besser. Du bekommst keine Club-Muschis, schon vergessen? Und jede Frau, die einen Fuß in mein Clubhaus setzt, wird zu einer Club-Muschi, es sei denn, sie ist eine alte Dame.« Ransoms Worte waren hart. Er gab Bubba ein Handzeichen, der mit langen Schritten auf Cruz zuging und entschlossen war, die Anweisungen seines Präsidenten zu befolgen.

»Mickie? Was zur *Hölle*?«

Angels Worte hallten durch den Raum. Sie hatte sich von Roach losgerissen und stand nun in der Nähe von Ransom auf der anderen Seite der mexikanischen Männergruppe. Ihr BH war unter ihrem Trägerhemd geöffnet worden und ihr kurzer Rock war verrutscht, wenngleich er immer noch die wichtigen Stellen bedeckte. Sie lallte ein wenig, war aber trotzdem noch zu verstehen. »Schnüffelst du mir hinterher?«

Ransom drehte sich kurz zu Angel um, dann sah er wieder zu Cruz. »Na, sieh mal einer an. Die verlorene Schwester hat die Höhle des Löwen betreten. Sieht so aus, als hättest du genau das getan, was ich dir aufgetragen habe, und sie sehr genau im Auge behalten. Bring sie zu mir, Bubba. Ich glaube, wir müssen sie auf echte *Hermanos-Rojos*-Art willkommen heißen.«

»Ich habe Nein gesagt«, presste Cruz durch zusammengebissene Zähne hervor. Er hatte gesehen, was Ransom und der Club mit den Huren taten, die »Stammgäste« sein wollten.

»Du hast verdammt noch mal *kein* Recht, Nein zu sagen, Smoke. Jeder in diesem Club gehört mir. Es gilt, was ich sage. Wenn ich die Schlampe vornüberbeugen und sie genau hier vor allen Anwesenden in den Arsch ficken will, dann werde ich es verdammt noch mal tun. Genauer gesagt werden wir es jetzt *alle* tun. Übergib sie Bubba und ziehe dich gefälligst zurück.«

»Auf keinen Fall! Das lasse ich nicht zu!«, schrie Angel ihrer Schwester zu und stampfte mit dem Fuß auf, als sei sie zehn Jahre alt. »Ransom gehört mir. *Mir!* Ich bin diejenige, die seinen Schwanz lutscht. *Ich!* Er steckt seinen Schwanz in *mich* hinein! Ich bin diejenige, die er will. Warum würde er *dich* wollen? Du bist ein fetter, eingebildeter, zimperlicher kleiner Niemand! Du bist bloß hier, um das Kindermädchen für mich zu spielen.« Drogen und Alkohol in Angels Körper hatten deutlich dafür gesorgt, dass sie sämtliche Filter verlor, die sie eventuell gehabt haben könnte.

»Angel, halt dein Maul und verpiss dich.«

Angel war offensichtlich high genug, um sich nicht darum zu scheren, was ihr ehemaliger Freund sagte, und weigerte sich. »Nein!« Wieder stampfte sie für dramatische Wirkung mit dem Fuß auf. »Ich habe den Club zuerst entdeckt. Er gehört mir! Du kannst nicht *sie* wollen. Du magst *mich*, verdammt.«

Sie drehte sich zu dem Abschaum der Menschlichkeit um, der grinsend hinter seinen Handlangern stand. »Und du, du beschissener Hispano-Wichser. Du kannst sie auch nicht haben. Wenn du deinen Schwanz gelutscht haben willst, werde *ich* es tun. Ich bin besser als sie. Sie ist verklemmt. Nicht einmal ihr eigener Mann wollte sie ficken, er hat sich heimlich mit seiner wahren Liebe getroffen und konnte es nicht erwarten, sich von ihr scheiden zu lassen, damit er mit ihr zusammen sein kann. Verdammt, Mickie hat wahrscheinlich die Bullen gerufen, bevor sie hierhergekommen ist. Sie hasst diesen MC. Sie hasst *dich*«, sagte Angel und schaute zu Ransom. Dann drehte sie sich wieder zu Chico Malo um. »Und dich kennt sie nicht einmal, aber vermutlich hasst sie dich ebenfalls.«

Cruz fluchte leise. Diese Sache geriet schnell außer Kontrolle. Er wusste nur, dass er Mickie weder an Ransom noch an einen verdammten mexikanischen Drogenbaron übergeben würde. Er würde die beiden zuerst töten müssen. Seine Gedanken rasten, während er in seinem Verstand jedes mögliche Szenario abspielte, das er sich vorstellen konnte, um sich und Mickie hier rauszubringen.

»Du hast deine Frauen nicht besonders gut unter Kontrolle, Ransom. *Das* ist das Beispiel von erstklassiger Muschi, das du mir zeigst?«, knurrte Chico Malo sichtlich verärgert über Angels Worte und Cruz' Weigerung, die Frau seiner Wahl zu übergeben.

»Ich werde mich darum kümmern, Chico, keine Sorge. Gib mir eine Sekunde.« Ransom trat an die immer noch wütende Angel heran. Sie lächelte bösartig, da sie offensichtlich dachte, gewonnen und bekommen zu haben, was sie wollte.

Ransom griff in die Gesäßtasche seiner Jeans und zog ein großes Messer heraus. Wortlos setzte er die scharfe Klinge an ihrem Hals an und zog sie mit einem langsamen, methodischen Schnitt von einem Ohr zum anderen.

Angel gab einen erschrockenen Gurgellaut von sich, dann fiel sie schwer zu Boden.

Cruz wirbelte Mickie herum, sodass sie zur Wand blickte, als sie vor Schreck nach Luft schnappte. Er stand neben ihr, hielt sie mit seiner linken Hand fest und verdeckte sie teilweise mit seinem Körper. Schnell knurrte er: »Was auch immer passiert, dreh dich *nicht* um. Hast du verstanden, Mickie? Ich werde dich beschützen, aber du bleibst genau hier stehen und schaust nicht zu.«

»Angel –«

»Du kannst nichts für sie tun. Wir können uns glücklich schätzen, wenn *wir* unbeschadet hier rauskommen.«

Ohne auf ihre Zustimmung zu warten, richtete Cruz

die Aufmerksamkeit wieder auf die Katastrophe, sie sich direkt vor seinen Augen abspielte.

Angel zuckte ein paarmal am Boden, als die Blutpfütze um sie herum größer und größer wurde. Die umstehenden Männer lachten, als ihr Körper sich auf dem Boden zu ihren Füßen verkrampfte.

»Sehr schön, Ransom. Ich hätte nicht gedacht, dass du das Zeug dazu hast.« Chico Malo grinste. »Vielleicht funktioniert diese Partnerschaft ja doch.«

»Du kannst sie gern ficken, wenn du willst ... ihre Muschi wird mindestens noch dreißig Minuten warm sein.«

Es war, als hätten Ransoms Worte den Bann durchbrochen, der auf Angels Freundinnen gelegen hatte. Mit einem Mal flippten sie vollkommen aus, rissen sich von den MC-Mitgliedern los, die sie festgehalten hatten, und kreischten, als sie ihre sterbende und verblutende Freundin am Boden sahen.

Ransom brüllte seine Clubmitglieder an, sie unter Kontrolle zu bekommen, während Chico Malos Schläger belustigt dem Chaos zusahen, das um sie herum ausbrach.

Durch die Schreie und das Weinen von Angels Freundinnen hörte Cruz, wie Ransom rief: »Bring die verdammte Schwester her, Bubba. Sofort.«

Cruz spürte, wie Mickie zitterte, als sie sich gegen die Wand presste. Auf keinen Fall würden Bubba oder irgendwer anders seine Frau anfassen.

Gerade als ihm dieser Gedanke durch den Kopf ging und Cruz sich bereit machte, gegen Bubba um Mickie zu kämpfen, brach in dem Raum die Hölle aus.

Blendgranaten explodierten um sie herum und obwohl Cruz gelernt hatte, wie er die Wirkung der Granaten mindern konnte, klingelten seine Ohren und von den unerwarteten Explosionen wurde ihm schwarz vor Augen. Er drückte sich schützend gegen Mickie, bedeckte ihre Ohren mit den Händen und ihren Körper mit seinem in dem Versuch, sie so gut es ging zu schützen.

Die Kavallerie war endlich eingetroffen.

Cruz entspannte sich aber nicht. Obwohl Dax und das Einsatzkommando des FBI endlich das Lagerhaus gestürmt hatten, waren Mickie und er trotzdem noch nicht sicher. Ransom und Bubba hatten es auf Mickie und vermutlich auch auf ihn abgesehen, jetzt, da er sich weigerte, sie zu übergeben. Die MC-Mitglieder hatten Messer und höchstwahrscheinlich ein Arsenal an illegalen Waffen. Der mexikanische Drogenbaron und seine Handlanger wollten ebenfalls nicht geschnappt werden und waren sicherlich bis an die Zähne bewaffnet.

»Geh in die Hocke und mach dich ganz klein, Süße. Genau, so ist es gut.« Cruz spornte Mickie an, so tief wie möglich auf den Boden zu gehen. Er wusste, dass sie ihn wegen des lauten Knalls der Blendgranaten vermutlich nicht hören konnte, und wegen dem, was sie gesehen und was derzeit um sie herum passierte, höchstwahrscheinlich unter Schock stand.

Er kniete sich neben sie, nahm sie in die Arme und deckte sie, so gut es ihm möglich war. Es brachte ihn um, nicht im Getümmel zu sein und seinen Freunden und Waffenbrüdern helfen zu können, die bösen Jungs zu finden und sie in Schach zu halten, aber im Moment konnte er einzig an Mickie denken und daran, sie zu beschützen. Jetzt, da Ransom wusste, dass sie Angels Schwester war, war es schwer zu sagen, was er tun würde, um an sie heranzukommen.

Um sie herum waren Schüsse und Schreie zu hören. Cruz wusste, es würde einem Wunder gleichkommen, wenn sie nicht von einem Irrläufer getroffen wurden. Er behielt die Arme um Mickie, selbst als er die Hand auf ihren Kopf legte, um ihn noch weiter nach unten zu drücken, damit sie als Ziel so klein wie möglich war. Er stellte sich buchstäblich zwischen sie und die Kugeln, die in dem Chaos durch den Raum flogen.

As die Aufregung sich etwas gelegt hatte, schaute Cruz sich um und versuchte, sich zu orientieren. Zahlreiche MC-Mitglieder lagen am Boden mit den Händen auf dem Kopf und wurden von Beamten in Kampfausrüstung bewacht. Die Frauen im Raum, die alle unterschiedlich weit entkleidet waren, wurden in eine Ecke getrieben. Die alten Damen gemeinsam mit den nackten Stripperinnen und Huren.

Die meisten von Chico Malos Männern lagen blutend herum. Chico Malo selbst lag regungslos auf dem Boden und hatte ein Einschussloch in der Stirnmitte.

Scheiße. Das FBI hatte ihn lebendig schnappen wollen. Cruz hatte keine Ahnung, wie er getötet worden war, aber sein Tod würde einen Machtkampf in der Drogenwelt auslösen, den es in der Form schon lange nicht mehr gegeben hatte und der höchstwahrscheinlich auf beiden Seiten der Grenze wüten würde.

Cruz sah, dass drei Polizisten ebenfalls blutend am Boden lagen. Verdammt. Obwohl jeder Polizist ständig im Hinterkopf hatte, dass etwas schiefgehen konnte, war es immer ein schwarzer Tag, wenn es tatsächlich dazu kam. Cruz war erleichtert, dass es sich bei keinem der verletzten Männer um Dax, Quint oder jemand anderen handelte, den er kannte.

Er sah sich noch einmal in dem Raum um, konnte Ransom aber nirgends entdecken.

Dort, wo Angels Freundinnen sich dicht versammelt hatten und schluchzten, schien es ruhig zu sein. In ihrer Nähe befanden sich keine MC-Mitglieder, aber auch keine Polizisten. Es war ein Schuss ins Blaue, ob Mickie bei ihnen sicher sein würde, aber derzeit hatte er nicht viele Möglichkeiten. Cruz legte die Hand auf ihren Kopf und beugte sich zu ihr. »Geh zu den anderen Frauen. Ich komme wieder.« Bevor er sie losließ, nahm er ihr Kinn und brachte ihre Lippen an seine. Voller Reue über alles, was passiert war, küsste er sie noch einmal.

Schließlich half Cruz Mickie ohne ein weiteres Wort beim Aufstehen, ignorierte den flehenden Blick in ihren Augen und gab ihr einen kleinen Schubs in die richtige Richtung. Sie stolperte einen Schritt nach vorn, dann noch einen, bevor sie ihre Kraft zusammennahm und direkt auf die relative Sicherheit der Gruppe von Angels Freundinnen zuging, die einander in den Armen lagen und weinten.

Cruz steuerte zielstrebig auf die Hinterzimmer des Clubhauses zu und überhörte absichtlich das Rufen von einem der Polizisten, der ihm befahl, stehen zu bleiben. Entweder spielte der Polizist seine Rolle sehr gut, um Cruz' Status als verdeckter Ermittler aufrechtzuerhalten, oder er hatte in dem Chaos der Razzia tatsächlich keine

Ahnung, wer Cruz war. Er hatte jetzt jedoch keine Zeit, stehen zu bleiben und es herauszufinden.

Ransom kannte das Lagerhaus wie seine Westentasche. Nach allem, was passiert war und was er getan hatte, würde Cruz ihn auf keinen Fall entwischen lassen. Nicht jetzt, unter gar keinen Umständen. Er wusste ganz genau, wo Ransom sich verstecken würde.

Es war Zeit, dem Präsidenten zu zeigen, wer wirklich das Sagen hatte.

KAPITEL ACHTZEHN

Fest entschlossen, Ransom zu finden und ihn zu töten, schlich Cruz durch den Flur, der sich hinter dem großen, offenen Raum des Lagerhauses erstreckte. Zur Hölle mit seinem Eid, zu schützen und zu dienen. Der Mann hatte Angel, ohne zu zögern, getötet und Mickie bedroht. Mickie wäre niemals in Sicherheit, wenn Ransom entkam. Er wusste, wer sie war, und würde ihr nachgehen. Cruz hatte keinen Plan, außer dafür zu sorgen, dass der Mann für das bezahlte, was er getan hatte, und nie etwas verletzen konnte, was Cruz nun als *seins* ansah.

Er erreichte Ransoms Büro. Cruz konnte die Polizisten des Einsatzkommandos hören, die damit fortfuhren, das Gebäude etwas weiter entfernt zu durchsuchen. Als ihm klar wurde, dass sie das Büro bereits betreten und es leer vorgefunden hatten, ging Cruz hinein und schloss die Tür hinter sich.

Dieser Showdown würde zwischen Ransom und ihm stattfinden.

»Du kannst rauskommen, Ransom, nur du und ich

sind hier.« Cruz wartete, denn er wusste, der Mann würde es nicht aushalten, versteckt zu bleiben. Er war sauer und hatte etwas zu beweisen.

Innerhalb weniger Augenblicke schob Ransom die schwere Bodenplatte zur Seite und kletterte aus dem Schutzraum, den er in den Büroboden eingebaut hatte. Cruz hatte es zwar nicht erwartet, war aber nicht überrascht, als Bubba ebenfalls aus dem Versteck kam. Bubbas Anwesenheit würde den Kampf etwas ungleich machen, aber Cruz zog jetzt nicht mehr den Schwanz ein. Er war bereit und willens, es mit beiden von ihnen aufzunehmen.

»Versteckst dich wie ein Mädchen, was? Typisch«, höhnte Cruz.

»Du bist ein Bulle, nicht wahr?«, vermutete Ransom richtig. »Ich hätte es wissen sollen. Du bist zu schön, um ein echter Mann zu sein. Sicherheitsbeamter im Einkaufszentrum, dass ich nicht lache.«

»Hast ja lange genug gebraucht, um es herauszufinden, Arschloch, aber hoppla, ich würde sagen, du warst nicht schnell genug, was meinst du?«

Bubba knurrte. »Lass mich ihn abstechen, Ransom.«

Ransom hob die Hand. »Oh nein. Er will einen Kampf? Den wird er bekommen.«

Cruz nickte. »Du hältst dich für so verdammt klug, aber Chico Malo war dein Untergang. Axel wusste, dass du der Sache nicht gewachsen bist. Sobald ihm eine Gefängnisstrafe gedroht hatte, hat er gesungen wie ein Kanarienvogel.« Als Ransom ihn überrascht ansah, grinste Cruz. »Ja, wir haben Axel geschnappt. Er wusste, dass Chico Malo ihn niemals am Leben lassen würde, nachdem er verhaftet worden war. Vor *dir* Kleinkriminellem und Möchtegernpräsidenten eines Motorradclubs hatte er keine Angst.«

Cruz sah, wie die Ader zuckte, die seitlich an Ransoms Hals verlief, doch er fuhr fort, weil er wusste, dass er den Mann mürbe machte. »Du konntest nicht einfach nur damit zufrieden sein, den Drogenmarkt auf dieser Seite der Stadt zu kontrollieren, nicht wahr? Dein Stripclub, die Huren, die alten Damen ... nichts davon hat dir gereicht. Du warst zu gierig, Ransom. Nachdem du die Grenze zu Angel und ihren Freundinnen überschritten hattest, warst du erledigt, es war dir nur nicht klar.«

»Angel war eine verdammte Hure, genau wie der Rest auch. Sie hat genommen, was ich ihr gegeben habe, und war froh darüber. Eine Hure bleibt eine Hure, selbst wenn sie hübsche Klamotten trägt. Genau wie ihre Schwester. Aber Mickie sieht gut aus, nicht wahr? Große Titten und großer Arsch. Ich schätze, ich habe mich geirrt, dass sie eine Lesbe ist, oder?«

Cruz weigerte sich, Ransoms Köder zu schlucken. »Du bist am Ende, Ransom. Glaubst du, irgendwer wird noch einmal mit dir Geschäfte machen? Dein Name ist nur noch einen Dreck wert. Sobald du dieses Clubhaus verlässt, wirst du zur riesigen Zielscheibe aller mexikanischen Drogenbarone werden, ganz zu schweigen von deinen Lokalrivalen. Du bist erledigt.«

»Ich hatte alles und du hast es mir versaut!«, brüllte Ransom, der schließlich die Geduld verlor. »Loyalität dem Einen. Dieser *Eine* bin *ich*, verdammt! Ich hatte vor, diese Stadt zu beherrschen, und du bist mir in die Quere gekommen. Dafür wirst du bezahlen, Smoke! Dafür wirst du verdammt noch mal bezahlen!«

»Immer zu«, provozierte Cruz Ransom weiter. Es war vielleicht nicht professionell, aber er hatte genug von diesem Arschloch. Cruz fühlte sich, als hätte er es irgendwie zugelassen, dass Mickies Schwester getötet worden war. Er hatte sie nicht beschützt und konnte sie jetzt nicht mehr zurückbringen. Er hatte sie nicht gerettet, genau wie er Sophie nicht gerettet hatte. Oh, seine Ex war nicht tot, aber sie könnte es genauso gut sein.

Darüber hinaus wusste Cruz, dass Mickie ihm niemals vergeben würde. Nach allem, was sie gesehen und was Cruz an jenem Abend zu ihr und über sie gesagt hatte. Möglich, dass er das Beste verloren hatte, was ihm jemals passiert war. Wenn er in dem Prozess einen weiteren Drogenhändler ausschalten konnte, umso besser.

Ransom stürzte nach vorn und ganz plötzlich tauchte ein Messer in seiner Hand auf, als er angriff. Cruz packte das Handgelenk der Hand, in der er das Messer hielt, und rang Ransom zu Boden. Sie rollten übereinander und als Ransom schließlich überstürzt versuchte, Kontakt mit Cruz' Gesicht, Hals oder irgendeiner anderen Körperstelle zu machen, schlug Cruz dem Arschloch mit der Faust ins Gesicht und überall hin, wo er sonst noch Treffer landen konnte. Er erlangte die Oberhand, bis Bubba ihn von hinten packte und ihm beide Arme auf den Rücken drehte.

Grinsend rappelte Ransom sich vom Boden auf und wischte seine blutende Nase am Ärmel ab. Er spuckte auf den Boden, bevor er sich Cruz zuwandte. »Was wirst du jetzt tun, Arschloch?«, presste Ransom hervor, während er das Messer von einer Hand in die andere warf und Cruz verhöhnte.

Als Cruz nicht antwortete, sondern weiterhin versuchte, sich aus Bubbas Griff zu befreien, fuhr Ransom fort: »Ich werde dich aufschlitzen, Bulle. Aber ich werde dich nicht umbringen. Ich werde dich nur ausreichend verletzen, dass du dich nicht wehren kannst. Dann werde ich verschwinden, aber wenn sie am wenigsten damit rechnet, werde ich die fette Schwester aufspüren und sie entführen. Ich werde sie fesseln und durchficken. Ich werde sie in jedes ihrer Löcher ficken, bis sie blutet und mich anfleht aufzuhören. Dann werde ich sie von Bubba ficken lassen. Dann werde ich jedes dreckige Arschloch einladen, reinzukommen und sie durchzunehmen. Dann werde ich sie zurücklassen, gefesselt und blutend. Aber ich werde die ganze Nummer auf Video aufnehmen, damit du es dir immer wieder ansehen kannst.«

Ransom beugte sich ganz nahe zu Cruz, der sich stärker wehrte, um sich von Bubba loszureißen. »Und du wirst deinen letzten Atemzug nehmen in dem Wissen, dass *du* es warst, der ihr das angetan hat. Weißt du, warum ich Ransom genannt werde? Es bedeutet Lösegeld. Normalerweise fordere ich mit den Mädchen Lösegeld. Ich schicke Videos an ihre Familie und erpresse sie, um Geld zu bekommen. Und sie geben es mir. Jedes verdammte Mal. Das ist es, was ich tue. Ich wette, du und deine Bullen-Freunde wusstet das nicht von mir, was?«

Ransom lachte. »Die Drogen sind nicht das, womit ich mein Geld verdiene. Scheiße, nein. Die *echte* Kohle steckt in Entführungen und Lösegeldzahlungen. Aber mit der Schlampen-Schwester werde ich das nicht tun. Ich werde dir das Video schicken, aber ich werde dir nicht verraten, wo sie ist. Ich werde ihr erzählen, dass du dich geweigert hast, mir das Geld zu geben, das ich gefordert habe, damit ich sie freilasse. Sie wird dort liegen, aus allen Körperöffnungen blutend, sterbend und wissen, dass *du* sie in diese Position gebracht hast und dass du sie nicht genug gewollt hast, um zu bezahlen und sie zurückzubekommen.«

Als Ransom fertig gesprochen hatte, holte er mit der Hand nach hinten aus und schleuderte das Messer mit all seiner Kraft nach vorn.

Da Cruz es erwartet hatte und wusste, dass Ransom in seinem arroganten Glauben, ihn genau dort zu haben, wo er ihn haben wollte, nachlässig war, wich er gerade ausreichend zur Seite aus, damit das Messer ihn verfehlte und stattdessen in Bubbas fleischigen Bauch eindrang.

Cruz befreite sich ohne Probleme aus Bubbas nun kraftlosem Griff und schlug so fest er konnte auf Ransom ein. Vom ersten Schlag wurde der Mann benommen, vom zweiten wurde er bewusstlos.

Dann drehte er sich zu Bubba um, der auf dem Boden kniete und das Messer umklammerte, das in seinem Bauch steckte. Er zog es heraus und stürzte sich halbherzig auf Cruz, fiel aber bewusstlos neben dem MC-Präsidenten zu Boden, als sein Gesicht Bekanntschaft mit Cruz' Stiefel machte.

Cruz beugte sich nach vorn, stützte sich mit den Händen auf den Knien ab und nahm einen tiefen Atemzug. Dann noch einen. Und dann noch einen weiteren.

Sein Adrenalin ging durch die Decke. Ransoms Worte hallten in seinem Kopf wider und er verzog angewidert den Mund. Wie viele Menschenleben hatte dieser Mann zerstört? Cruz hatte sich immer schon gefragt, warum er Ransom genannt wurde, aber keiner der Männer im Club hatte es gewusst. Er war bösartig bis ins Mark.

Er hatte sich vorstellen können, womit Ransom ihn verhöhnt hatte. Vor seinem inneren Auge hatte er viel zu einfach Mickies Gesichtsausdruck sehen können, wie sie verletzt dalag und durch die Hände des Arschlochs starb. Es war knapp gewesen. Zu knapp. Hätte Cruz sich nicht schnell genug bewegt oder wäre es ihm nicht möglich gewesen, Ransoms Messerattacke auszuweichen, wäre Mickie genau dort, wo Ransom angedeutet hatte, dass er sie hinbringen würde.

Ransom musste sterben und Cruz war genau der richtige Mann, um ihm das Lebenslicht auszulöschen.

Er war gerade einen Schritt auf das Messer zugegangen, das auf dem Boden lag, als die Tür hinter ihm schwungvoll geöffnet wurde. Cruz wirbelte herum, vorbereitet und kampfwillig.

Als er sah, dass es die Polizei war, legte Cruz widerwillig die Hände auf den Kopf und ergab sich. Das Adrenalin, das in seinen Adern wütete, brachte ihn dazu, weiterkämpfen zu wollen, aber das hier waren seine Brüder in Blau. Er würde keinen anderen Polizisten herausfordern.

»Ja, dreh dich um, Arschloch«, fauchte der Polizist und schleuderte Cruz gegen die Wand. Als er ihm die Arme auf den Rücken drehte, beugte er sich zu ihm und flüsterte: »Halte durch, wir werden dich so schnell wie möglich hier rausbringen.« Cruz war froh, dass der Hüne von Polizist wusste, dass er einer der Guten war, da er nicht besonders zimperlich gewesen war, als er ihn gegen die Wand gestoßen hatte.

Cruz behielt Ransom im Auge, als die anderen Beamten medizinische Hilfe für die beiden Männer anforderten. Er wusste, dass es für Bubba vermutlich zu spät war. Ransom hatte offensichtlich etwas Lebenswichtiges getroffen, denn die Blutpfütze, die sich unter dem Mann bildete, war für eine einfache Stichwunde viel zu groß. Er wünschte Bubba einen langsamen, schmerzhaften Tod.

Cruz wurde zurück in den großen Raum des Lagerhauses gebracht und war gefügig und hielt sich ganz genau an die Anweisungen der Polizisten. Er hatte keinen Zweifel, dass Dax und das FBI ihn irgendwann abholen würden.

Als er zur Tür geführt wurde, sah er sich panisch nach Mickie um. Wo war sie? War sie in Sicherheit? Er spannte seine Hände in den Handschellen an. Verdammt, warum hatte er zugelassen, dass sie ihm die Handschellen anlegen, bevor er dafür sorgen konnte, dass Mickie in Sicherheit war? Mit den Händen auf dem Rücken konnte er ihr nicht helfen.

Cruz ließ den Blick von den weinenden Frauen in der Ecke des Raumes zu Angels Leiche wandern ... und sah Mickie. Sie saß neben ihrer Schwester auf dem Boden, hatte eine Hand auf ihren Arm gelegt und die andere fest an ihre Seite gedrückt. Sie schaute auf, als sie an ihr vorbeigingen, und Cruz konnte die Spuren erkennen, die die Tränen auf ihren Wangen hinterlassen hatten. Ihre

Wimperntusche war über das Gesicht gelaufen, aber es war der Blick, mit dem Mickie ihn ansah, als er an ihr vorbeiging, der beinahe dafür sorgte, dass seine Beine unter ihm nachgaben.

Bestürzung. Leere. Verzweiflung. Ihre Emotionen schlugen auf ihn ein, als hätte sie ihn körperlich angegriffen.

»Beweg dich, Arschloch«, sagte der Polizist gereizt, der seine Rolle fehlerfrei spielte, allerdings nicht verstand, welchen Schlag in den Magen Cruz soeben hatte einstecken müssen.

Bestürzt wandte Cruz den Blick von Mickie ab. Er hatte ihr das angetan. Er hatte sie im Stich gelassen, genau wie er Sophie im Stich gelassen hatte. Genau wie er Angel im Stich gelassen hatte. Jetzt konnte er keiner von ihnen mehr helfen. So sehr er Mickie in die Arme nehmen und trösten wollte, wusste er, dass er nicht nur kein Recht dazu hatte, sondern darüber hinaus körperlich nicht in der Lage war.

Cruz stolperte und fing sich wieder, als ihm plötzlich die Endgültigkeit klar wurde. Er würde nie wieder die Chance haben, neben Mickie zu sitzen und ihr beim Essen zuzusehen. Er würde sie nie wieder riechen, würde nie wieder den Griff ihrer Hand spüren, wenn sie nebeneinander hergingen. Er würde sie nie mehr lachen sehen, wenn sie neben ihm saß und sie einen Film schauten. Er würde nie wieder eine SMS von ihr lesen. Nie wieder in ihr Gesicht blicken, während ihre warme, feuchte Muschi seinen Schwanz umschloss.

Der Polizist öffnete die hintere Tür eines Streifenwagens und stieß ihn grob auf die Rückbank. Nachdem die

Tür zugeschlagen worden und er im Inneren eingeschlossen war, schaute Cruz aus dem Fenster nach draußen.

Es war ein wirklich schöner Abend. Am Himmel war keine einzige Wolke zu sehen und die Sterne funkelten hell über seinem Kopf. Als der Wagen sich vom Lagerhaus entfernte, fragte Cruz sich, wie es sein konnte, dass es nicht regnete. So wie sein Herz schmerzte, sollte es neblig sein und in Strömen gießen.

Er schloss die Augen und schluckte schwer, als aus jedem Auge eine Träne fiel, die ersten, die er wegen einer Frau je vergossen hatte, auf seine Lederweste tropften und nach unten flossen. Es war nicht männlich und es war nicht machohaft. Aber selbst wenn sein Leben davon abhinge, wäre es ihm nicht möglich, diese Tränen zu unterdrücken.

KAPITEL NEUNZEHN

Mickie saß unter einem großen Baum auf einer Bank und sah den Friedhofsarbeitern zu, wie sie Angels Sarg in den Boden ließen und das Loch mit Erde füllten.

An die letzte Woche erinnerte sie sich nur verschwommen. Nachdem sie schockiert zugesehen hatte, wie Cruz in Handschellen aus dem Lagerhaus geführt wurde, war sie von den Rettungssanitätern, die sich vor Ort befunden hatten, von der Leiche ihrer Schwester weggebracht worden. Sie hatten sie wegen eines Schocks behandelt und ihr sogar ein T-Shirt zum Anziehen gegeben, da sie gezittert hatte und offensichtlich nicht angemessen gekleidet war.

Sie war stundenlang von der Polizei und dem FBI verhört worden. Mickie hatte ihre Eltern anrufen und ihnen die Nachricht über Angel mitteilen müssen. Sie hatten nicht besonders viele Emotionen gezeigt, aber zumindest hatten sie so viel Anstand gehabt, um zur Trauerfeier und zur Beerdigung zu erscheinen.

Auch Angels Freundinnen waren befragt worden und

Mickie hatte von vielen von ihnen nichts gehört. Li hatte ihr eine SMS geschrieben, um sie wissen zu lassen, dass sie eine Psychologin aufgesucht hatte und sich in Therapie befand. Die meisten Frauen waren so schwer abhängig von den Drogen, dass sie eine stationäre Behandlung benötigten, aber Mickie hoffte inständig, dass sie alle in irgendeiner Form Hilfe bekommen würden. Es war nicht so einfach, wie es schien, sich von einer Droge wie Kokain loszureißen, auch wenn sie das Zeug nicht besonders lange konsumiert hatten.

Mickie gestattete es sich zum ersten Mal seit einer Woche, an Cruz zu denken. Sie war beschäftigt gewesen, zu beschäftigt, um wirklich über alles Geschehene nachzudenken. Aber jetzt, da sie an einem schönen Tag, der für Texas nicht zu heiß war, an der frischen Luft saß und zusah, wie ihre Schwester zur Ruhe gebettet wurde, konnte Mickie nachdenken.

Ein Teil von ihr hatte erwartet, dass Cruz entweder zur Trauerfeier oder zur Beerdigung erscheinen würde, aber sie hatte ihn nicht gesehen. Mickie senkte den Kopf und starrte auf ihre Hände. Cruz. Sie hatte sich nach ihm erkundigt, als sie vom FBI befragt wurde, doch niemand schien ihn zu kennen oder zumindest hatten sie es nicht zugegeben. Trotz der Beweise, die eventuell das Gegenteil vermuten ließen, weigerte sie sich zu glauben, dass er tatsächlich dem Motorradclub angehörte. Er war an jenem Abend zu beschützerisch gewesen. Zu besorgt darüber, alles zu tun, damit sie in Sicherheit war.

Mickie lachte leise. Jetzt verhielt sie sich genau wie Angel. Sie weigerte sich zu sehen, was sich direkt vor ihren Augen befand.

Sie nahm ihr neues Telefon zur Hand und spielte damit herum. Sie hatte sich ein neues kaufen müssen, weil ihr altes Handy wegen des Videos, das sie damit aufgenommen hatte, vom FBI konfisziert worden war.

Unmittelbar bevor sie das Lagerhaus an jenem Abend betreten hatte, hatte sie die Videokamera ihres Telefons eingeschaltet. Es hatte aufgezeichnet, bis der Speicher ihres Handys voll gewesen war, und im Verlauf des Abends den Großteil von Cruz' Worten aufgenommen. Die Aufnahme war verwackelt und ihr wurde schlecht, wenn sie es sich ansah, aber wenn Mickie die Augen schloss, konnte sie immer noch Cruz' Worte hören. Einige waren barsch und vulgär gewesen, aber es waren die anderen, an denen sie in ihrem Gedächtnis festhielt.

Warte, ich werde dich gleich bedecken.

Ich werde dir nicht wehtun.

Sie gehört mir, bis ich mit ihr fertig bin, und ich teile nicht, verdammt.

Dreh den Kopf weg, Liebes. Sieh nicht hin.

Wir können uns glücklich schätzen, wenn wir unbeschadet hier rauskommen.

Er hatte versucht, sie zu beruhigen. Er hatte sie beschützt.

Mickie hatte so viel geweint, dass sie völlig erschöpft war. Sie hatte das Gefühl, eine ganze Woche ohne Unterbrechung geweint zu haben, doch wieder füllten ihre Augen sich mit Tränen. Verdammt.

»Hey, Mickie, nicht wahr? Darf ich mich setzen?«

Mickie blickte überrascht auf und sah, wie eine zierliche braunhaarige Frau, die kleiner als sie war, auf die Betonbank zeigte, auf der sie saß. »Äh ...« Mickie wollte nicht, dass sie sich setzte, sie wollte die Bank nicht teilen, wenn es auf diesem Friedhof zahlreiche andere gab, auf denen diese Frau sitzen konnte. Sie wollte allein sein.

»Mein Name ist Mackenzie Morgan. Wir haben am Telefon miteinander gesprochen ...«

Mickie hatte Schwierigkeiten, sich zu erinnern, doch dann dämmerte es ihr plötzlich. »Mack?«

»Ja. Also ... darf ich mich setzen?«

Ohne nachzudenken, rutschte Mickie zur Seite und nickte.

»Danke.«

Sie saßen einen Moment lang schweigend da, bevor Mack anfing zu sprechen. »Er hat mich gebeten, nach dir zu sehen, weißt du.«

Mickie wusste ganz genau, wer »er« war. »War irgendwas von dem, was er mir erzählt hat, wahr?« Ihre Stimme war leise und wurde einmal schrill, doch sie bekam ihren Tonfall unter Kontrolle. Sie kam direkt zur Sache, denn sie musste es wissen.

»Ich weiß nicht, was Cruz dir erzählt hat, aber ich schätze, er war so ehrlich, wie es ihm möglich war.«

Mickie drehte sich zur Seite und sah die hübsche Frau an, die neben ihr saß. »Diese ganze Sache fällt mir sehr schwer. Ich meine, ich mag ihn. Wirklich. Aber das alles ist so ... unwirklich. Ich bin einfach so verwirrt.«

Mack legte in stiller Unterstützung die Hand auf Mickies Bein. »Es tut mir leid, dass du das alles durchmachen musstest. Ich habe nicht die Absicht, dir auf die Nerven zu gehen. Aber ich kenne Cruz, und wenn du ihn jetzt sehen könntest ... Okay, darf ich dir erzählen, was ich über ihn weiß? Dann kannst du selbst entscheiden, ob das, was du während der vergangenen Wochen erfahren hast, eine Lüge war oder nicht.«

Mickie nickte und wartete darauf, dass Mack anfing.

»Cruz ist beim FBI. Er wurde als verdeckter Ermittler in den *Hermanos Rojos MC* eingeschleust. Seine Ex-Frau ist eine drogensüchtige Prostituierte, von der er nicht wusste, dass sie eine drogensüchtige Prostituierte ist, bis er sie dabei erwischt hat, wie sie drei Männern in ihrem gemeinsamen Schlafzimmer zu Diensten war. Er glaubt, es sei seine Schuld, es nicht bemerkt oder die Zeichen an ihr nicht erkannt zu haben. Er hat sich freiwillig für diesen Auftrag gemeldet, weil er versuchen wollte zu verhindern, dass noch mehr Drogen in San Antonio in Umlauf kommen. Er sollte eigentlich über deine Schwester an Informationen kommen, aber stattdessen ist er dir begegnet. Er wollte die ganze Sache abblasen. Er hat meinem Freund Dax erzählt, dass er aussteigen will, wusste aber nicht, wie er es anstellen sollte.«

Mack atmete einmal tief durch und sprach weiter. »Er liebt dich, Mickie. Ich weiß nicht, ob er es dir gesagt hat oder ob es ihm überhaupt bewusst ist, aber das tut er. Noch nie in meinem Leben habe ich einen Mann gesehen, der so gebrochen war. Ich habe ihn seit diesem Tag erst einmal gesehen und er hat furchtbar ausgesehen. Das war heute. Er wusste, dass deine Schwester beerdigt wird, und wollte kommen und sich davon überzeugen, dass mit dir alles in Ordnung ist. Ich weiß nicht, was letzte Woche passiert ist. Dax will es mir nicht erzählen und es steht nicht in der Zeitung, aber was auch immer es war ... es hat ihn gebrochen. Er hat einen Antrag gestellt, sich von Texas in einen anderen Bundesstaat versetzen zu lassen. Er will nicht darüber sprechen. Nicht mit mir, nicht mit Dax und auch mit keinem seiner anderen Freunde. Wir haben ihm in den Ohren gelegen, ihn angefleht, ihn genervt und ihm sogar direkt befohlen, uns zu sagen, was in seinem Kopf vorgeht, aber er weigert sich.«

»Ich weiß nicht, was du von mir hören willst«, entgegnete Mickie verwirrt. Cruz war ehrlich zu ihr gewesen. So gut wie alles, was er ihr erzählt hatte, war anscheinend wahr gewesen. Der Job im Sicherheitsdienst war etwas weit hergeholt, aber Mickie nahm an, dass eine Anstellung beim FBI in gewisser Weise zum Sicherheitsdienst zählte.

»Ich weiß es auch nicht. Ich schätze, ich lasse dich einfach nur wissen, wie sehr diese Sache ihm zugesetzt hat. Wenn er dir etwas bedeutet, wirst du vielleicht versuchen, etwas dahingehend zu tun.« Dann wechselte Mack abrupt das Thema. »Das mit deiner Schwester tut mir leid.«

»Mir auch. Ich hätte mehr tun sollen.«

Mack lachte, ein humorvoller Laut, der Mickie dazu brachte, sie schockiert anzusehen.

»Ich lache nicht über dich. Ich lache, weil Cruz genau das Gleiche zu Dax gesagt hat, als er das letzte Mal mit ihm gesprochen hat. Ich habe den Hörer des anderen Telefons im Haus abgenommen und das Gespräch der beiden belauscht.«

Als Mickie sie ungläubig ansah, sagte sie: »Schlimm, ich weiß, aber ich habe mir Sorgen um Cruz gemacht. Er ist mein Freund. Ich würde alles für ihn tun. Wusstest du, dass Cruz derjenige war, der mich gefunden hat, als ich entführt wurde?«

Angesichts des erneuten Themawechsels schwirrte Mickie der Kopf, aber sie schüttelte ihn trotzdem.

»Natürlich hat er es dir nicht erzählt ... typisch. Ich bin gestorben. Ich habe meinen letzten Atemzug genommen. Ich war tot. Mausetot. Dax hat auf einer Überwachungskamera gesehen, wie ich meinen letzten Atemzug tat, und konnte rein gar nichts unternehmen. Sie wussten nicht, wo ich war. Während Dax mir beim Sterben zusah, hat Cruz das Haus des schlimmen Mannes durchsucht und einen Sarg im Keller entdeckt. Der Scheißkerl hatte so getan, als hätte er mich lebendig begraben, doch in Wirklichkeit befand ich mich die ganze Zeit im Keller seines Hauses, damit er Kameras installieren und mir dabei zusehen konnte, wie ich einen langsamen, schrecklichen Tod sterbe. Cruz stand nicht einfach nur daneben, während Dax mir beim Sterben zugesehen hat, er hat das Haus so lange durchsucht, bis er mich gefunden hat. Die beiden haben mich rausgeholt und deshalb bin ich heute hier. Ich will dir damit sagen, dass Cruz nicht aufgibt. Niemals. Aber was auch immer letzte Woche geschehen ist, hat ihn dazu gebracht, aufgeben zu *wollen*. Er verlässt San Antonio und hat darum gebeten, in die Opferhilfe versetzt zu werden.

Ich will damit nicht sagen, dass er kein großartiger Fürsprecher für Menschen wäre, die überfallen oder vergewaltigt worden sind, oder für jedes Opfer eines anderen Verbrechens, aber es ist nicht das, woran sein Herz hängt. Er ist gut in dem, was er tut, Mickie. Und dass er denkt, er sei verantwortlich für das, was deiner

Schwester oder dir passiert ist, ist einfach nur falsch. Deshalb habe ich gelacht. Du denkst, *du* seist verantwortlich, und er denkt, *er* sei es.«

»Ich vermisse ihn.«

»Er vermisst dich auch.«

»Ich weiß nicht, was ich ihm sagen soll.«

»Also, dann glaube ich, dass ihr perfekt zusammenpasst, denn ich bin mir sicher, dass er ebenfalls keinen Schimmer hat, was er dir sagen soll. Aber einer von euch muss den ersten Schritt machen und ich glaube nicht, dass er es sein wird. Hör zu, nächste Woche findet das jährliche Softballturnier zwischen der Polizei und den Feuerwehrmännern statt. Ich fände es toll, wenn du mich begleiten würdest.«

»Ich weiß nicht.«

»Cruz wird zusammen mit meinem Freund und dem Rest der Gruppe mitspielen. Kannst du bitte mitkommen und mir Gesellschaft leisten, während die Jungs und Mädels ihre Kämpfe auf dem Spielfeld ausfechten? Ich liebe die Jungs und es ist einfach saukomisch zu sehen, wie die Feuerwehrmänner ihr Bestes geben zu stolpern und auch sonst alles tun, um sich zum Sieg zu mogeln. Und auch wenn ich Daxton immer unterstützen werde, werde ich dir sagen, dass die Jungs in Blau sich ebenfalls nicht davor scheuen, selbst ein wenig zu mogeln. Aber kein Druck. Ehrlich. Es wäre aber vielleicht ein guter Ort für einen Neuanfang, wenn du ihn wirklich vermisst.«

Mickie biss sich auf die Lippe. Sie wusste, sie würde etwas Zeit brauchen, um nicht nur die Sache mit ihrer Schwester zu verarbeiten, sondern auch das, was mit ihr und mit Cruz passiert war. Aber das Entscheidende war, dass sie ihn tatsächlich vermisste. Sie hatte sich dabei ertappt, wie sie mehrmals am Tag auf ihr Handy gesehen hatte, nur für den Fall, dass eine SMS auf sie warten sollte. Es war dämlich, aber sie hatte sich so sehr daran gewöhnt, jeden Tag auf diese Weise mit ihm zu kommunizieren, dass es zu einem Automatismus geworden war.

Als ihr klar wurde, dass Mack auf ihre Antwort wartete, nickte sie schnell. »Okay. Ich komme mit.«

»Super! Ich kann dich abholen, wenn du willst. Daxton fährt schon früher hin – er sagt, um sich aufzuwärmen, aber eigentlich tut er es nur, um die Feuerwehrmänner blöd anzumachen. Die ganze Nummer ist wirklich zum Schreien komisch. Du wirst sehr viel Spaß haben.«

»Es wäre nett, wenn du mich abholen könnest. Bist du dir sicher, dass es dir nichts ausmacht?«

»Natürlich, kein Problem.« Mack stand auf und ihre Stimme nahm erneut einen ernsten Tonfall an. »Er hat ein persönliches Handy – sein echtes Handy, nicht das, worüber du mit ihm kommuniziert hast. Das, was er als Smoke benutzt hat, musste er beim FBI abgeben. Die Behörde hatte es mit einem Peilsender versehen, damit sie beobachten konnten, wo er sich aufgehalten hat.«

Bei diesen Worten schaute Mickie auf. »Dann sind alle SMS, die ich geschickt habe ...«

»Ich hoffe, du hast ihm keine schmutzigen Bilder geschickt, denn falls doch, hat das FBI sie jetzt.« Mack grinste.

»Nein, habe ich nicht, aber ...«

Mack reichte ihr einen Zettel. »Hier sind meine Telefonnummer und Cruz' echte Nummer. Melde dich. Vielleicht kannst du ihn wenigstens davon überzeugen hierzubleiben. Cruz ist mir und meinem Freund sehr wichtig. Wir wollen ihn nicht verlieren.«

Wortlos nahm Mickie den Zettel und sah ihn sich an.

»Das mit deiner Schwester tut mir wirklich leid, Mickie. Ich weiß nicht, was ich tun würde, wenn ich einen meiner Brüder verlieren würde. Sie bringen mich manchmal zur Weißglut, aber sie sind trotzdem meine Familie. Ich werde dir schreiben, dann können wir wegen des Spiels weitere Einzelheiten besprechen.« Mack legte Mickie ihre Hand auf die Schulter, dann drehte sie sich um und verließ den Friedhof.

Mickie saß weiterhin neben ihrer Schwester, bis die Friedhofsarbeiter die letzte Erde in das Loch geschaufelt und die provisorische Kennzeichnung des Grabes aufgestellt hatten. Der Stein, den Mickie bestellt hatte, würde erst in einigen Wochen fertig sein.

Erst als die Sonne am Himmel so tief gesunken war, dass Mickie die Worte auf den Grabsteinen um sich herum nicht mehr deutlich lesen konnte, stand sie auf und ging.

Zu keinem Zeitpunkt bemerkte sie den Mann, der sie von der anderen Seite des Friedhofs beobachtete und beschützte. Sie sah nicht, wie er die Finger an die Lippen führte und ihr traurig einen Kuss zuwarf, als sie in ihrem Wagen das eingezäunte Friedhofsgelände verließ und nach Hause fuhr.

KAPITEL ZWANZIG

Mickie war nervös, als sie zwischen Mack und Hayden Yates, einer Polizistin, der sie vorgestellt worden war, beim Wohltätigkeits-Softballspiel auf der Tribüne saß. Hayden arbeitete für das Büro des Sheriffs und hatte Mickie erzählt, dass sie sich kürzlich bei einer Auseinandersetzung mit einem betrunkenen Autofahrer an der Schulter verletzt hatte und aus diesem Grund nicht mitspielte.

Sie war außerdem allen von Cruz' Freunden vorgestellt worden. Mickie erkannte ihre Namen von einem der vielen Gespräche, die Cruz und sie eines Abends geführt hatten. Daxton war der Erste, der nach ihrem Eintreffen auf Mack und sie zugekommen war. Er hatte Mack die Art von Kuss gegeben, die Mickie bislang nur in Filmen gesehen hatte ... voller Leidenschaft, als hätten sie sich seit Jahren nicht gesehen und nicht nur seit ein paar Stunden.

Dax war ein Texas Ranger und Mickie erinnerte sich an Macks Erzählung, wie sie lebendig begraben und schließlich von Cruz und seinen anderen Freunden gerettet worden war. Als Nächstes hatte Quint sich vorgestellt. Er war ein Lieutenant bei der Polizei von San Antonio. Er hatte sie an den Schultern gefasst und ihr lange in die Augen gesehen, bevor er etwas gesagt hatte.

»Es freut mich sehr, dich kennenzulernen, Mickie Kaiser. Was auch immer du tust, gib ihn nicht auf.«

»Ich weiß nicht genau –«

»Seit jenem Abend spricht er von nichts anderem außer von dir. Wie tapfer du warst. Wie leid es ihm tut, dass du sehen musstest, was du gesehen hast. Dass er hofft, die Sache mit dir wieder in Ordnung bringen zu können. Ich verstehe, dass du Furchtbares durchmachen musstest. Ich würde es dir nicht übel nehmen, wenn du alles, was an diesem Abend geschehen ist, vergessen willst ... wenn du *ihn* vergessen willst ... aber wenn er dir irgendetwas bedeutet, gib ihm bitte noch eine Chance. Du wirst keinen anderen Mann finden, der willens ist, Himmel und Hölle in Bewegung zu setzen, um dich zu beschützen.«

Mickie war über diese Aussage überrascht. Von Männern, die sie gerade erst kennengelernt hatte, war sie es nicht gewohnt, solch tiefgründige Reden zu hören. Sie konnte einzig nicken und sich an ihm festhalten, als er sie ein weiteres Mal lange in die Arme nahm.

Die beiden wurden von einem weiteren Mann unterbrochen, den Mack als TJ vorstellte. Anscheinend war er Autobahnpolizist und der Witzbold der Gruppe. Danach stellten sich rasch die anderen vor, zum Glück ohne weitere tiefgründige Worte. Sie lernte Calder kennen, einen Gerichtsmediziner, Conor, einen Wildhüter, und selbstverständlich Hayden.

Cruz war ebenfalls dort, unterhielt sich aber nur kurz mit ihr.

»Hallo, Mickie. Du siehst gut aus.«

»Danke, du auch.«

Er hatte sie rasch umarmt und ihr einen züchtigen Kuss auf die Wange gegeben, bevor er zurück zu seinen Freunden aufs Spielfeld gegangen war.

In Mickies Kopf drehte sich alles, aber sie konnte das überschäumende Gefühl nicht leugnen, das sie tief im Inneren verspürte, als sie ihn wiedersah.

»Erlöst du den Mann jetzt aus seinem Elend oder was?«, fragte Hayden nicht unfreundlich.

Mickie sah die kleine Frau neben sich an. Hayden war durchtrainiert und offensichtlich stark. Sie hatte wunderschönes rotbraunes Haar und blasse Haut mit Sommersprossen auf der Nase. Sie sah zerbrechlich aus, aber sie sprach mit einem Selbstvertrauen, das man nach vielen Jahren im Polizeidienst bekommt.

»Sieh ihn dir nur an«, sagte Hayden und deutete mit dem Kopf zum Spielfeld. »Er kann den Blick einfach nicht von dir abwenden.«

Mickie brauchte nicht von Hayden darauf aufmerksam gemacht zu werden. Auch ihr war es nicht möglich gewesen, den Blick von ihm abzuwenden. »Es ist sehr viel passiert.«

»Ich weiß. Aber du musst entscheiden, ob das, was passiert ist, zu viel war, um sich davon zu erholen.«

»Was meinst du?«

»Ich sehe es immer wieder. Paare, die extreme Situationen durchmachen, wie es bei dir und Cruz der Fall war, können es manchmal nicht verarbeiten, um zusammenzubleiben. Ich sage damit nicht, dass ihr beide es nicht schaffen könnt, aber es ist sehr anstrengend. Ich wäre Cruz keine gute Freundin, wenn ich mich nicht davon überzeugen würde, dass du bereit bist, diese Arbeit zu leisten.«

Mickie wandte den Blick von der Frau ab und schaute wieder aufs Feld. Ihre Sicht verschwamm, weil ihre Augen sich mit Tränen füllten, als sie über alles nachdachte, was passiert war. Hayden hatte recht. Wenn sie dafür sorgen wollte, dass das, was sie und Cruz miteinander hatten, funktionierte, mussten sie beide gegen ihre eigenen Dämonen ankämpfen. Sie hatte keinen Zweifel daran, dass Cruz sie hatte, genau wie sie auch.

Ihre Stimme war kaum mehr als ein Flüstern. »Ich will nicht, dass alles, was sich an jenem Abend zugetragen hat, zu viel war.«

»Gut, dann hast du meine Unterstützung.«

»Meine auch«, meldete Mack sich zu Wort. Sie legte ihre Hand auf Mickies Bein. »Willkommen in der Familie.«

Mickie schaute Mack von der Seite an. »Welche Familie?«

»Diese Familie«, entgegnete Mack sofort, streckte den Arm aus und zeigte einmal über das gesamte Spielfeld. »Diese große, verrückte Familie der Gesetzeshüter. Sie sind unverschämt, sie arbeiten zu viel, sie machen dich wahnsinnig, aber jetzt hast du nicht nur Hayden und mich als Schwestern, du hast alle diese Kerle als Brüder.«

»Aber ich habe sie heute erst kennengelernt«, protestierte Mickie.

»Ich spreche nicht nur von Dax, Calder und den anderen«, erklärte Mack ihr lachend. »Ich meine alle von ihnen. Siehst du die Feuerwehrmänner dort auf dem Feld?« Als Mickie nickte, fuhr Mack fort: »Sie verhalten sich in diesem Spiel vielleicht, als sei es die letzte Schlacht bei Waterloo, aber tatsächlich gehören alle demselben Team an. Moose, Sledge, Crash, Squirrel, Chief, Taco und Driftwood arbeiten in Wache sieben und wenn sie gebraucht werden, lassen sie alles stehen und liegen und kommen dir zu Hilfe. Sie kommen jedem der Jungs zu Hilfe. Manchmal kann es nervig sein, Daxton mit ihnen teilen zu müssen, aber ganz ehrlich? Es ist wunderbar. Ich liebe es zu sehen, wie gut sich alle miteinander verstehen.

Aber ich habe einen Ratschlag für dich ... wenn du einen ungestörten Abend haben willst und Cruz keinen Bereitschaftsdienst hat ... schalte das Telefon aus. Die Jungs haben die unheimliche Fähigkeit, zu wissen, wann wir gerade Sex miteinander haben. Sie haben uns mehr als nur einmal unterbrochen.«

Mickie lachte, da sie davon ausging, dass Mack genau darauf abgezielt hatte. Es war schön, die Stimmung etwas aufzuheitern. Der Rest des Nachmittags verging wie im Flug und Mickie hatte vor ihrer Abfahrt nur kurz die Möglichkeit, noch einmal mit Cruz zu sprechen.

Sie wartete darauf, dass Mack sich von Dax verabschiedete – die Jungs gingen mit der Gruppe Feuerwehrmänner aus, die Mack ihr vorhin gezeigt hatte –, als Cruz sich neben sie stellte.

»Wie geht es dir?«

»Es geht mir gut.«

»Das freut mich. Ich weiß nicht, ob es dich tröstet, aber das mit deiner Schwester tut mir sehr leid.«

»Danke.«

»Hören wir voneinander?«

Mickie nickte und sah Cruz traurig nach, als er zurück zu den anderen Männern ging. Sie war nicht mutig genug, um in jenem Moment etwas zu sagen, außerdem war um sie herum sowieso zu viel los, aber sie traf die Entscheidung, sich bei Cruz zu melden, um zu sehen, ob die beiden ihre Beziehung retten konnten. Sie musste nur herausfinden, wie sie es anstellen sollte.

KAPITEL EINUNDZWANZIG

Mickie starrte auf ihr neues Telefon. Das FBI hatte es ihr gestattet, sich alle Kontaktinformationen aus ihrem alten Handy zu notieren, bevor es konfisziert wurde. Sie war eine der Verweigerinnen gewesen und hatte nie ihre dämliche Cloud eingerichtet, aber sobald sie Zeit hätte, würde sie sich ganz sicher darum kümmern. Es war sehr mühsam, alle Einstellungen neu vornehmen und alle Kontakte manuell neu eingeben zu müssen.

Das FBI hatte gesagt, dass sie ihr altes Telefon irgendwann zurückbekommen würde, obwohl es ihr eigentlich egal war. Einige Fotos von dem Handy hätte sie gern behalten, aber sie konnte sich nicht beschweren, dass das FBI ihr Telefon einbehalten hatte. Wenn das Video, das sie aufgenommen hatte, dafür sorgen würde, dass einige der MC-Mitglieder weggesperrt wurden, würde sie kein Theater machen.

Nach der Beerdigung ihrer Schwester vor zwei Wochen hatte sie Cruz' neue Nummer, die sie von Mack bekommen hatte, in ihren Kontakten gespeichert und überlegte nun, ob sie die SMS, die sie geschrieben hatte, abschicken sollte. Sie hatte Mack nicht angelogen, sie vermisste Cruz. Sie vermisste es, mit ihm zu schreiben, sie vermisste es, mit ihm zu sprechen, und sie vermisste ganz besonders das Gefühl, von ihm gehalten zu werden.

Beim Softballspiel Zeit mit Mack und Hayden zu verbringen und zu sehen, wie gut die Männer sich miteinander verstanden und wie nahe sie einander standen, hatte Mickie in ihrem Verlangen bestärkt zu versuchen, alles, was mit Cruz passiert war, zu verarbeiten. Er hatte ihr Raum gegeben, was sie zu schätzen wusste, aber sie hatte endlich beschlossen, dass es Zeit war, sich bei ihm zu melden.

Sie hatte über das nachgedacht, was Mack ihr bei der Beerdigung erzählt hatte. Genauer gesagt hatte sie nicht besonders gut schlafen können, weil sie nicht *aufhören* konnte, darüber nachzudenken. Cruz war der Meinung, es sei seine Schuld, aber wenn Mickie analysierte, was wirklich geschehen war, dann war Angel die Person, die für ihren Tod verantwortlich war. Und Ransom und all die anderen Arschlöcher des Motorradclubs. Cruz war dort gewesen, um Gutes zu tun, und er hatte getan, was in seiner Macht stand, um Mickie zu beschützen.

Sie war so dumm gewesen, sich selbst in Gefahr zu bringen. Mickie hätte an jenem Abend niemals zu der Party gehen sollen. Mit ihrer Aktion hatte sie wiederum Cruz in Gefahr gebracht. Er wusste offensichtlich, dass im Club eine Razzia stattfinden würde, hatte aber trotzdem sein Möglichstes getan, um sie vor dem Schlimmsten zu bewahren. Er hatte sie beschützt und dabei riskiert, dass seine Tarnung auffliegt. Sie hatte furchtbare Angst gehabt, als der durchgeknallte Drogen-baron entschied, *sie* haben zu wollen, hatte aber keine Sekunde lang gedacht, dass Cruz sie übergeben würde. Trotz allem, was um sie herum vor sich ging, wusste sie, dass er sie beschützen und sie beide irgendwie dort raus-bringen würde.

Es war das Bewusstwerden, das sie bis ins Mark traf – dass Cruz sie beschützen würde, wenn es hart auf hart käme –, das dafür gesorgt hatte, dass sie die SMS über-haupt geschrieben hatte.

Die ganze Situation war überaus kompliziert und es brachte Mickie um, zu wissen, dass Cruz sich selbst die Schuld dafür gab. Es war nicht seine Schuld, *nichts* davon war seine Schuld.

Bevor sie noch weiter analysieren konnte, was sie geschrieben hatte, tippte sie auf *Senden*. Verdammt, Cruz wusste vermutlich nicht einmal, wovon zur Hölle sie sprach. Wahrscheinlich würde er nicht einmal wissen, dass sie es war.

Sie saß auf dem Sofa, hielt krampfhaft ihr Telefon fest und versuchte, nicht zu hyperventilieren.

Cruz lag auf dem Bett, eine Hand unter dem Kopf und die andere auf seinem Bauch. Hierher kam er, wenn er etwas fühlen musste ... irgendwas. Während der letzten Wochen war er wie betäubt gewesen. Nichts schien zu ihm durchzudringen. Aber hier in seinem Bett, wo er Mickie immer noch riechen konnte, *hier* konnte er fühlen. Es schmerzte, aber es war zumindest etwas. Er drehte sich auf die Seite und vergrub das Gesicht in seinem Kissen. Ja, er konnte sie immer noch riechen, wenngleich nur schwach. Er hatte seinen Kissenbezug nicht gewaschen und wusste, dass es ekelhaft war, aber wenn er es getan hätte, wäre es ihm nicht möglich gewesen, Mickie zu riechen. Dann wäre er wieder leer.

Er dachte über die Razzia nach. Cruz war aufs Polizeirevier gebracht worden, wo der Polizist ihm die Handschellen abgenommen hatte, als Quint ihn an der Tür in Empfang nahm. Cruz hatte sich umgedreht, dem Polizisten die Hand geschüttelt und ihm gedankt.

Er hatte eine Einsatznachbesprechung mit dem Polizeirevier in San Antonio und dem FBI. Beide Behörden informierten ihn, dass Mickie eine Audioaufnahme und ein sehr schlechtes Video von dem Großteil dessen, was sich im Lagerhaus abgespielt hatte, angefertigt hatte. Sie hatten nun Video und Audio in ihrem Besitz und würden beides gegen so viele Verdächtige wie möglich verwenden.

Als Cruz das hörte, hatte er sich setzen müssen. Anscheinend war sie zu der Party gegangen in der Hoffnung, Beweise dafür zu sammeln, dass Ransom kein guter Mensch war, um sie der Polizei zu übergeben und ihn so von ihrer Schwester wegzubekommen. Nun, sie hatte definitiv mehr bekommen, als sie erwartet hatte.

Bubba hatte die Stichverletzung, die Ransom ihm versehentlich zugefügt hatte, *nicht* überlebt und Ransom war verhaftet worden. Er hatte lediglich drei Tage im Bezirksgefängnis eingesessen, als er tot in seiner Zelle aufgefunden wurde. Es wurde als Selbstmord gewertet, aber Cruz hatte seine Zweifel daran. Ransom war zu arrogant, zu selbstverliebt, um etwas so Endgültiges wie Selbstmord zu begehen.

Chico Malo war zwar tot, aber wer auch immer sein Nachfolger war, hatte einen Weg gefunden, um seine Konkurrenz überraschend heftig auszuschalten. Zumindest brauchte Cruz sich nicht mehr um seine oder Mickies Sicherheit zu sorgen. Die anderen MC-Mitglieder waren entweder tot oder im Gefängnis. Und da niemand außer Ransom und Bubba wusste, dass Cruz als verdeckter Ermittler gearbeitet hatte, war seine Identität nicht gefährdet.

Cruz sollte froh sein. Er hatte dafür gesorgt, dass dem *Red Brothers MC* das Handwerk gelegt wurde, und war an der Zerschlagung eines großen, internationalen Drogenlieferanten beteiligt gewesen. Er konnte aber nicht aufhören, an Mickie zu denken. Er würde alles zurückgeben, wenn er sie wieder in seinem Leben haben könnte.

Als ihm klar wurde, dass das unmöglich war, wusste Cruz, dass er nicht in derselben Stadt wie Mickie leben konnte, ohne vollkommen den Verstand zu verlieren. Er glaubte nicht, dass sie ihn hasste, nicht nach dem Softballspiel, bei dem ihm aufgefallen war, dass sie ihn ständig angesehen hatte. Aber die Tatsache, dass sie ihn nicht hasste, und die Möglichkeit, dass sie beide eine Beziehung haben könnten, waren zwei verschiedene Paar Schuhe. Weil er sich nicht sicher war, ob er damit umgehen konnte, sie zu sehen und nicht zu haben, hatte Cruz eine Versetzung beantragt. Es war ihm egal wohin, solange es nicht in Texas war. Er hatte sich als freiwilliger Mitarbeiter in der Opferhilfe gemeldet. Er konnte Avery und nun auch Angel weiterhin eine Ehre erweisen und ihre Erinnerung bewahren, indem er den Opfern von Verbrechen dabei half, wieder ins Leben zurückzufinden.

Cruz' Telefon vibrierte. Er war versucht, es zu ignorieren. Mack und Dax gingen ihm auf die Nerven mit ihrem Drängen, ins Land der Lebenden zurückzukehren. Ganz zu schweigen von den anderen Jungs. TJ und Quint riefen ihn für gewöhnlich einmal pro Tag an und selbst Calder und Conor versuchten, ihn dazu zu überreden, an einem Abend mit ihnen essen zu gehen. Hayden, die einzige Frau in ihrem Freundeskreis, hatte versucht, ihn mit süßen Worten davon zu überzeugen, mit ihr den neuesten Actionfilm im Kino anzusehen. Er hatte alle Angebote ausgeschlagen.

Neulich nach dem Softballspiel hatte Quint sich mit ihm zusammengesetzt und ein langes Gespräch mit ihm geführt. Cruz war überrascht gewesen, Mickie dort zu sehen, hätte jedoch wissen müssen, dass Mack sich die Chance nicht entgehen lassen würde, ihn und Mickie zusammenzubringen. Neben Dax war sie sein größter Fan und er wusste, dass sie ihn glücklich sehen wollte.

Quint und er hatten eine lange Unterhaltung darüber geführt, was sie vom Leben wollten, und Cruz war überrascht gewesen, als er erfuhr, dass es Quint ähnlich ging wie ihm, ganz besonders wenn er sah, wie glücklich Dax und Mack waren. Quint hatte geradeheraus gesagt, dass es ihm egal sei, wenn die Frau, die für ihn bestimmt war, nicht perfekt war. Solange sie ihn so sehr liebte, wie Mack Dax liebte, würde es keine Rolle spielen.

Als er an das Gespräch dachte und den sehnsuchtsvollen Blick in Mickies Augen beim Spiel, wollte er sie am liebsten in die Arme schließen und nie wieder gehen lassen.

Er traf die Entscheidung, sie zu kontaktieren. Er wusste, er würde es für immer bereuen, wenn er es nicht versuchte. Und sie war zu dem Spiel gekommen ... das musste etwas bedeuten.

Cruz griff nach dem vibrierenden Handy, weil seine Freunde – ganz egal, wer es war – ihn niemals in Ruhe lassen würden, wenn er nicht antwortete.

Verwirrt las er die SMS. Sie ergab keinen Sinn.

Ich erinnere mich daran, dass du früher diesen schrottigen blauen Chevy Nova gefahren hast. Welchen Wagen fährst du jetzt?

Cruz hatte keinen Chevy gefahren. Er hatte eine Harley und einen schwarzen Toyota. Der Wagen war nicht in der besten Verfassung, aber schrottig war er keinesfalls. Cruz wollte die SMS gerade ignorieren, weil er annahm, dass sie an die falsche Nummer geschickt worden war, als ihm etwas durch den Kopf schoss.

Er setzte sich auf und starrte auf die Nummer. Es war eine örtliche Nummer, doch er kannte sie nicht. Cruz hatte Schwierigkeiten, sich an die eine Sache zu erinnern, an die er sich erinnern musste, um zurückzuschreiben. Endlich fiel es ihm ein. Er hoffte inständig, dass er sich nicht täuschte, wer ihm die SMS geschrieben hatte. Er konnte im wahrsten Sinne des Wortes spüren, wie sein Herz in der Brust hüpfte. Sorgfältig tippte Cruz seine Antwort.

Denselben schrottigen blauen Chevy Nova.

Er hielt den Atem an.

Möchtest du morgen zufällig zur gleichen Zeit am gleichen Ort sein, damit wir etwas essen können?

Cruz schloss die Augen und schluckte die Emotionen herunter, die ihm in der Kehle nach oben stiegen. Mickie. Gott sei Dank.

Sie hatte ihn mit einer Zeile aus *Beverly Hills Cop* kontaktiert und ihm dann die gleiche Frage gestellt, die er ihr vor all diesen Wochen gestellt hatte, als er sie zum ersten Mal um eine Verabredung bat. Ganz plötzlich fühlte er sich so stark und klar bei Verstand wie seit Wochen nicht mehr.

Ja, das wäre schön.

Ich kenne ein gutes mexikanisches Restaurant auf dem River Walk :)

Cruz versuchte zu lächeln, doch es gelang ihm nicht so richtig.

Wie wäre es bei mir zu Hause? Ich mache ein sensationelles Speck-Salat-Tomaten-Sandwich.

Es dauerte einige Minuten, bis Mickie zurückschrieb, und Cruz hätte schwören können, dass sein Herz aufhörte zu schlagen, bis sie es tat.

Um wie viel Uhr?

Dreizehn Uhr?

Okay. Bis dann.

Ich vermisse dich. Cruz wollte das eigentlich nicht schreiben, konnte aber nicht anders.

Ich vermisse dich auch. Bis morgen.

Tschüss.

Cruz schaltete den Bildschirm seines Telefons aus, legte sich aufs Bett und hielt sich das Handy gegen die Brust. Er hatte noch eine Chance mit Mickie. Er wollte es nicht versauen. Die Depression, die sich auf seinen Schultern breitgemacht hatte, schien wie durch Zauberhand zu verschwinden.

Er stand vom Bett auf. Er hatte unheimlich viele Sachen zu tun. Mickie würde ihn nicht einfach so zurücknehmen, ohne dass er etwas dafür tat, also würde er tun, was immer er konnte, um sie davon zu überzeugen, ihm noch eine Chance zu geben. Sie hatte anscheinend doch mehr Mumm, als er erwartet hatte. Er hoffte inständig, dass ihre Kontaktaufnahme tatsächlich bedeutete, dass sie ihm eine weitere Chance geben wollte. Ihre SMS war genau das, was Cruz brauchte, um sich zusammenzureißen.

Er wollte Mickie. Er wollte sein Leben in Texas ... mit Mickie. Er würde alles tun, was in seiner Macht stand, um ihr zu zeigen, wie gut sie zusammen waren. Selbst wenn es Monate dauerte, würde er die Herausforderung annehmen. Sie war es wert.

KAPITEL ZWEIUNDZWANZIG

Mickie wischte sich nervös die Hände an den Oberschenkeln ab, als sie darauf wartete, dass Cruz die Tür öffnete. Sie war sich nicht sicher, warum sie so nervös war, mit Ausnahme dessen, dass sie wirklich wollte, dass es klappte. Sie klopfte leise.

Cruz öffnete die Tür fast sofort. »Hey, Mickie.«

»Hey, Cruz.«

»Bitte, komm doch rein.«

Mickie schob sich an Cruz vorbei in seine Wohnung. Sie hörte, wie er die Tür schloss und sie verriegelte, während sie sein Wohnzimmer betrat.

»Willst du am Tisch essen oder auf dem Sofa?«

»Mir ist beides recht.«

»Dann ist es okay, wenn wir uns aufs Sofa setzen?«

»Ja.« Mickie hasste das steife Gespräch zwischen den beiden, wusste aber nicht, was sie dagegen tun sollte. »Brauchst du Hilfe?«

»Gern. Kannst du die Getränke nehmen, dann hole ich die Teller.«

Mickie nahm die beiden Limonaden und stellte sie auf den Couchtisch, als Cruz mit ihren Sandwiches erschien. Die beiden nahmen Platz und Cruz drehte sich mit einem angewinkelten Bein zur Seite und sah sie an.

Mickie saß nach vorn gerichtet und fühlte sich unwohl. Sie nahm ihr Sandwich in die Hand und biss hinein. Dann legte sie es wieder auf den Teller und lehnte den Kopf nach hinten ans Sofapolster. Als sie den Kopf drehte, sah sie, dass Cruz sie aufmerksam beobachtete. Sie schluckte hörbar. »Cruz –«

»Danke, dass du heute hergekommen bist, Mickie. Ich habe es schon einmal gesagt und ich sage es noch mal. Das mit Angel tut mir sehr leid.«

Mickie nickte. »Ja ... danke.«

»Ich wollte während des Essens neben dir sitzen und mich ungezwungen mit dir unterhalten. Dann wollte ich vorschlagen, dass wir einen Film schauen, vielleicht *Beverly Hills Cop* 2. Dann wollte ich dich fragen, ob wir uns wiedertreffen können ... schon bald.«

»Du *wolltest* alle diese Sachen tun?«, fragte Mickie und räusperte sich nervös.

»Ja, aber jetzt tue ich sie nicht.«

»Du tust sie nicht?« Mickie fühlte sich wie ein Papagei, der alles wiederholte, was Cruz ihr sagte.

»Nein, ich kann nicht.« Cruz hob die Hand und streckte sie ihr hin. »Siehst du, ich zittere. Ich habe schreckliche Angst, dass du heute nur vorbeigekommen bist, um mir zu sagen, was für ein Arschloch ich bin. Und ich *weiß*, dass ich ein Arschloch bin, ich weiß, dass das, was ich getan habe, falsch war, aber ich –«

Er verstummte ganz plötzlich, als Mickie nach seiner

zitternden Hand griff, sie mit ihren beiden Händen umschloss und auf sein Knie legte. »Du bist kein Arschloch, Cruz.«

»Mickie –«

»Ernsthaft. Hör mir bitte zu. Nach diesem Anruf war ich sehr verletzt. Ich hatte gerade erst eine tolle Erfahrung mit dir gemacht und dachte, dir würde es genauso ergehen. Als ich hörte, was die Kerle sagten, konnte ich nicht verstehen, wie du das, was zwischen uns passiert ist, einfach so abwerten konntest, indem du ihnen von uns erzählst.«

»Ich habe niemandem etwas erzählt.«

»Das weiß ich *jetzt*, Cruz, aber zu jener Zeit wusste ich es nicht. Und es hat wehgetan. Und dann habe ich dich bei dieser Party gesehen. Ich hatte Angst und war verwirrt und als du mit dem ersten Kerl so abwertend über mich gesprochen hast, bin ich vollkommen durchgedreht. Aber dann hast du mich beschützt. Du hast mich nicht gezwungen, die Drogen zu nehmen, du hast mich wieder bedeckt, nachdem ich mich aus Versehen entblößt hatte, und als es hart auf hart kam, als die Polizei das Lagerhaus stürmte und die Kugeln flogen, hast du mich gegen diese Wand gedrückt und dafür gesorgt, dass kein Zentimeter meines Körpers ungeschützt war. Du hast dich im wahrsten Sinne des Wortes zwischen mich und die Kugeln gestellt.«

»Mickie –«

»Ich bin noch nicht fertig.«

»Tut mir leid, sprich weiter.« Cruz konnte sich ein Lächeln nicht verkneifen. Sie war so süß.

»Ich habe eine Frage an dich. Wenn du sie richtig

beantwortest ... will ich herausfinden, wohin das mit uns führen kann.«

»Und wenn ich sie falsch beantworte?«

Mickie zuckte mit den Schultern. »Dann wirst du versetzt und wir beide gehen unserem eigenen Leben nach.«

Cruz drehte die Hand in ihren Händen und führte sie an sein Gesicht. Er legte die Stirn auf Mickies Handrücken ab und nickte einmal. Dann atmete er tief durch und sah ihr in die Augen. »Frag.«

»War alles gelogen? Hast du mich benutzt, um Informationen über Angel und damit über den MC zu bekommen?«

Cruz dachte nicht einmal nach. »Nein. Es war nicht alles gelogen. Ich hatte mir überlegt, mich Angel anzunähern, herauszufinden, was sie weiß und ob sie Kenntnis darüber hat, wie die Drogen überhaupt in den Club gelangen, aber ich habe ziemlich schnell verstanden, dass sie nur eine unschuldige Zuschauerin war. Ransom hat sie benutzt. Ich hatte nicht die Absicht, dich überhaupt anzusprechen, aber als Ransom sauer auf dich wurde, weil du versucht hast, dich in Angels Angelegenheiten einzumischen, wollte ich dich beschützen.

Du hattest recht mit den Reifen. Ransom hat eins der Clubmitglieder beauftragt, sie zu zerstechen. Bis du mich angerufen hattest, wusste ich allerdings nichts davon. Aber die Sache ist die ... nachdem ich erst angefangen hatte, dich zu beschützen, ging es nicht mehr um den Club und meinen Auftrag, sondern es ging um dich. Ich hätte mich von dir fernhalten sollen, aber es war mir nicht möglich. Von dem Moment an, in dem ich dich zum ersten Mal gesehen habe, wusste ich, dass du ein offenes Buch warst. Nicht nur das, ich wusste auch noch etwas anderes.«

Als er nicht weitersprach, fragte Mickie vorsichtig: »Und was wusstest du noch?«

»Dass du mir gehörst.«

»Was?«

»Du gehörst mir. Ich weiß, es klingt furchtbar chauvinistisch, aber das habe ich gedacht. Als ich dir gegenübersaß, mit dir redete, deine Hand berührte. Ein Teil von mir wusste, dass du der Mensch warst, auf den ich mein gesamtes Leben gewartet habe. Du warst der Grund, warum ich mit Sophie verheiratet war. Wäre ich nicht mit ihr verheiratet gewesen und hätte ich nicht das durchgemacht, was ich mit ihr durchgemacht habe, wäre ich nicht so erpicht darauf gewesen, diesen Auftrag anzunehmen und verdeckt zu ermitteln. Und wenn ich den Auftrag nicht angenommen hätte, wäre ich dir niemals begegnet. Ich hätte dich nie gerochen, gekostet, gespürt, wie du dich anfühlst, als ich tief in dir war. Ich wäre vielleicht nicht da gewesen, als du versucht hast, deine Schwester zu retten. Wer zur Hölle weiß, was dir zugestoßen wäre. Ich bin mir ziemlich sicher, dass ich dich liebe, Mickie.«

»Cruz ...«

»Du wirst nie verstehen, wie viel Angst ich hatte, als mir klar wurde, dass du das Lagerhaus betreten hattest. Dort waren Männer, die ungezwungen Gruppensex hatten, Leute, die Kokain schnupften, und ich – ich, der sich wie ein Arschloch verhalten hat. Du warst in Gefahr und es gab rein gar nichts, was ich tun konnte, ohne zu riskieren, dass meine Tarnung auffliegt. Aber du sollst wissen, dass ich zu dem Zeitpunkt bereits die Entscheidung getroffen hatte, dass mich weder mein Job noch meine Tarnung einen Scheiß interessiert. Ich hätte getan, was immer ich hätte tun müssen, um dafür zu sorgen, dass du diesen Ort unbeschadet wieder verlässt. Du wirst mir immer wichtiger sein als mein Job. Immer.«

»Es tut mir leid, Cruz. Ich hätte es nicht tun sollen. Du hast mir gesagt, ich solle nichts Verrücktes machen, und du hattest recht. Ich war eine Idiotin und ich schwöre dir, dass so etwas nie wieder passieren wird.«

»Verdammt richtig.«

Zum ersten Mal an diesem Tag lächelte Mickie. Cruz klang so verärgert.

»Die Sache ist die, Mickie. Zum ersten Mal in meiner Karriere war mein Job mir egal. Ich hatte seit fast drei Monaten verdeckt ermittelt und mir war einzig deine Sicherheit wichtig. Ich hätte nicht zugelassen, dass Roach oder Vodka, Chico Malo oder Bubba dich anfassen. Es war mir egal, ob meine Tarnung auffliegt, aber sie hätten dich verdammt noch mal nicht angefasst. Ich wäre gestorben, um dafür zu sorgen, dass du unbeschadet dort rauskommst, Mickie. Du gehörst mir.« Cruz brach die Stimme, aber er sprach weiter.

»Ich werde alles tun, was ich tun muss, damit du mir wieder vertraust. Ich werde meinen Job aufgeben und sehen, ob ich eine Stelle bei der Polizei von San Antonio bekommen kann. Ich werde dir alles erzählen, was du wissen willst. Ich werde nie wieder Geheimnisse vor dir haben. Wir werden Angels Erinnerung irgendwie in Ehren halten, wie auch immer du willst ...«

»Wirst du noch einmal verdeckt ermitteln müssen?«

»Nein.«

»Du klingst sicher.«

»Ich bin sicher. Größtenteils werden wir nicht zu verdeckten Einsätzen geschickt, Süße. Agenten melden sich freiwillig für diesen Mist. Wenn ich dich habe, werde ich nie wieder verdeckt ermitteln wollen. Ich würde nicht von dir getrennt sein wollen und ich würde mich ganz sicher nicht mehr in solch eine Gefahr begeben wollen.«

»Ich will nicht, dass du beim FBI kündigst. Du bist gut in dem, was du tust. Ich glaube, ich liebe dich auch.«

»Wenn ich verdeckt ermittele, könnte es dich ebenfalls in Gefahr bringen und ich werde es nicht tun. Ich werde sogar – warte … was?«

»Ich liebe dich.«

Cruz konnte Mickie einzig verwirrt anstarren. Sein knallhartes Auftreten war dahin. Diese Frau war seine Welt und er war wie Wachs in ihren Händen. »Aber Mickie … ich habe deine Schwester getötet.«

Mickie seufzte und rutschte näher an Cruz heran, bis er sein Bein vom Sofa nehmen und sich drehen musste, sodass er richtig herum auf dem Polster saß. Sie zog die Beine an und legte den Kopf an seine Schulter. Den linken Arm schlang sie um seine Brust und drückte den rechten Arm zwischen seinen Rücken und das Sofa. Sie lächelte, als Cruz vorsichtig den Arm um ihre Schulter legte und sie an sich zog.

»Du hast Angel nicht getötet. Ransom hat Angel getötet.«

»Aber wenn ich –«

»*Nein.* Ransom hat sie getötet. Es gibt genügend

Schuld, die sich jeder aufladen könnte. Ransom, Angel selbst, ich, du, ihre Freundinnen, meine Eltern ... ich könnte noch viele weitere aufzählen, aber letzten Endes ist Ransom der einzige Mensch, der dafür verantwortlich ist, ihr das Leben genommen zu haben.«

Beide waren einen Moment lang still. »Die Trauerfeier war sehr schön, Liebes.«

Mickie hob den Kopf. »Du warst dort?«

»Ja, ich war dort.«

»Mack hat gesagt, du hättest sie geschickt, um dich davon zu überzeugen, dass mit mir alles in Ordnung ist.«

»Das habe ich. Aber ich war ebenfalls dort. Ich habe mich im hinteren Bereich der Kirche aufgehalten und bin auf dem Friedhof geblieben, bis du an jenem Abend weggefahren bist.«

»Ich habe dich nicht gesehen.«

»Ich weiß. Ich will, dass das mit uns klappt. Ich will dorthin zurückkehren, wo wir waren, aber dieses Mal will ich, dass du Zeit mit mir und meinen Freunden verbringst. Ich will mit dir über meinen Job sprechen können, zumindest über das, was mir möglich ist. Ich weiß, wir werden beide daran arbeiten müssen, um vollständig darüber hinwegzukommen, was passiert ist. Aber ich bin bereit, es zu versuchen. Ich hoffe, du bist es auch.«

»Das bin ich«, antwortete sie sofort. »Ich habe das Gleiche gedacht. Mir tut leid, was passiert ist, und mir tut leid, dass du dir um Angel und mich Sorgen machen musstest, während du dich darum bemühen musstest, dass deine Tarnung nicht auffliegt und dir bei allem, was sonst noch vor sich gegangen ist, nichts passiert. Ich habe keine Worte dafür, wie sehr ich mich freue, hier bei dir zu sein.« Mickie beugte den Kopf nach vorn und vergrub ihn an Cruz' Hals. Sie atmete tief ein. »Ich habe dich vermisst, Cruz. So sehr.«

»Ich habe dich auch vermisst. Ist zwischen uns alles wieder in Ordnung?«

»Ja, ich denke schon. Wieso?«

»Weil ich dich die letzten Wochen mehr vermisst habe, als ich gedacht hätte, jemals irgendjemanden in meinem Leben zu vermissen. Ich habe ausschließlich an dich gedacht. Meine Freunde stehen kurz davor, mich zu verstoßen, und bei der Arbeit bin ich vollkommen nutzlos.«

Cruz machte sich von Mickie los und stand auf. Dann streckte er ihr die Hand hin. »Lass mich dir zeigen, wie sehr ich dich vermisst habe. Ich liebe dich, Mickie. Ich will dich mit ins Bett nehmen und tagelang nicht aufstehen. Ich brauche dich. Kommst du mit mir?«

Mickie zögerte nicht. Sie legte die Hand in seine und kreischte, als er sie mit Schwung nach oben zog und sie sich über die Schulter warf. Er hielt sie fest und schlang einen Arm um die Hinterseite ihrer Beine. Dann drehte er sich um und ging durch den Flur zu seinem Schlafzimmer.

Er ließ sie auf die Matratze fallen und lachte, als sie abfederte.

»Ich glaube, das haben wir schon mal gemacht«, rief Mickie und bezog sich auf das letzte Mal, als er sie auf das Bett geworfen hatte.

»Nein, das hier wird vollkommen anders sein. Ich weiß, wir haben es zuvor langsam angehen lassen, aber dieses Mal kann ich das nicht. Ich war zu nahe dran, dich zu verlieren, und es ist schon zu lange her, seit ich dich in meinen Armen gehalten habe. Heute Abend wird es schnell gehen, zumindest beim ersten Mal, aber ich verspreche dir, dass es gut für dich wird.«

»Cruz ... oh Gott.«

»Ich liebe dich, Mickie. Es muss Liebe sein. Ich habe mein gesamtes Leben damit verbracht, auf dich zu warten. Ich bin dieses Mal vielleicht nicht in der Lage, langsam zu machen, aber du wirst alles lieben, was ich mit dir tue, versprochen.«

Mickie richtete sich auf, stützte sich mit einer Hand ab und streckte die andere nach Cruz' Gesicht aus. »Das werde ich, weil du es bist, der es mit mir tut.« Sie ließ sich nach hinten fallen und drückte in freudiger Erwartung seiner Berührung den Rücken durch. »Zeig mir, was du draufhast.«

»Eine Frage, bevor wir anfangen und ich an nichts anderes als deinen Duft und deinen Körper denken kann ...«

»Ja?«

»Kannst du dieses Outfit irgendwann einmal für mich tragen? Nur für mich?«

Mickie lächelte den Mann an, den sie liebte, denn sie wusste ganz genau, von welchem Outfit er sprach. »Es hat mir gefallen, wie kreativ du mit deinen Zähnen geworden bist, als du mich wieder bedeckt hast ...«

»Ist das ein Ja?«

»Es ist ein Ja.«

Cruz sah ihr in die Augen. »Ich verspreche, ich werde dir jeden Tag zeigen, wie viel du mir bedeutest. Ich werde dich nie mehr anlügen. Wir werden alle

Probleme gemeinsam angehen, die sich uns in den Weg stellen.«

»Ich werde das Gleiche tun, Cruz. Der Gedanke, dich zu verlieren, hat mich bei lebendigem Leib aufgefressen.«

»Jetzt bin ich hier. Ich will dir zeigen, wie viel du mir bedeutest. Zieh dein Oberteil aus. Ich muss dich sehen.«

Mickie zog sich ihr T-Shirt über den Kopf und schaute Cruz an. Sie liebte den Blick der Bewunderung aus seinen Augen. »Deins auch?«

»Selbstverständlich. Ich muss dich an mir spüren.«

Mickie zog rasch ihre Hose aus, entledigte sich ihres BHs und Slips und rutschte auf dem Bett nach oben, während Cruz ebenfalls seine Kleidung auszog. Es verging keine Minute, da spürte sie bereits, wie Cruz' Herz an ihrer Brust klopfte. Sie nahm an, er konnte ihres ebenfalls spüren, da es sich anfühlte, als würde es ihr aus der Brust springen.

»Du bist wunderschön und ich schwöre, ich fühle mich wie der glücklichste Mann auf der Welt, weil du hier bei mir bist.«

»Ich glaube, ich bin die glücklichste Frau auf der Welt, weil ich hier bei *dir* bin«, konterte Mickie lächelnd.

Cruz machte sich nicht die Mühe, ihr zu widersprechen. Er senkte einfach den Kopf und bedeckte ihre Lippen mit seinen. Mit den Händen streichelte er über ihren Körper, als er ihren Mund verschlang und ihren Geschmack wiedererlernte. Er drehte Mickie und sich um und hielt ihre Hüften fest, als sie auf ihm ihr Gleichgewicht erlangte.

»Nimm mich, Mickie. Ich gehöre dir. So schnell oder langsam wie du willst.«

Mickie schaute nach unten und sah, dass er ein Kondom übergestreift hatte, bevor er zu ihr ins Bett geklettert war. Sie war so sehr mit ihren eigenen Klamotten beschäftigt gewesen, dass sie es nicht gesehen hatte. »Bist du bereit?«

Er lachte, als hätte sie soeben das Lustigste gesagt, das er je gehört hatte. »Süße, ich habe einen Blick auf deine Brustwarzen geworfen und war bereit.«

Mickie lächelte ihn schüchtern an und kniete sich über ihn. Ihr Lächeln wurde strahlender, als er bei der ersten Berührung ihrer Hand an seinem Schwanz aufstöhnte. Sie streichelte ihn einmal, bevor sie ihn an ihre Öffnung brachte, dann senkte sie sich Zentimeter für Zentimeter ab und stöhnte gemeinsam mit ihm, als ihre heiße, feuchte Muschi seinen harten Schwanz in sich aufnahm.

Sie blieb regungslos, als er so tief in ihr steckte, wie es möglich war. Sie spürte, wie er mit den Daumen ihre Hüften streichelte, doch abgesehen davon bewegte sich keiner von ihnen.

»Bist du okay?«, fragte er mit leiser Stimme.

»Es ging mir nie besser.« Mickie hob die Hüften ein klein wenig an und ließ sich dann wieder auf Cruz fallen. Mit den Händen verstärkte er den Griff an ihren Hüften und gestattete es ihr, das Tempo vorzugeben.

»Genau so. Beweg dich auf mir. Tu das, was sich gut anfühlt.«

»Alles fühlt sich gut an.«

Sie sahen einander in die Augen, während sie ihn ritt. Mickie stützte sich mit den Händen auf seinem Oberkörper ab, als sie das Tempo seiner Stöße erhöhte. Sie wusste, dass Cruz seinen Kampf, ihr die Kontrolle zu überlassen, verloren hatte, als er sie festhielt und von unten in sie hineinstieß.

Als sie spürte, dass er seinem Höhepunkt nahe war, nahm Mickie rasch eine Hand von seiner Brust, brachte sie an ihre Klitoris und rieb sie wie wild, während Cruz sie fickte. Sie warf den Kopf nach hinten und erzitterte mit einem Monsterorgasmus auf ihm, als Cruz ein weiteres Mal in sie hineinstieß und sie auf seinem Schwanz festhielt, während er explodierte.

Kurze Zeit später, als Mickies Muskeln sich wie Wackelpudding anfühlten und sie erschöpft auf Cruz lag, genau wie sie es getan hatten, nachdem sie zum ersten Mal miteinander geschlafen hatten und auf die intimste Weise miteinander verbunden waren, in der zwei Menschen miteinander verbunden sein können, räusperte Cruz sich und Mickie erwartete, etwas Romantisches oder Erotisches aus seinem Mund zu hören.

»Bis zu einem Alter von fünfzig Jahren hat der Durchschnittsamerikaner rund zwei Kilo unverdautes rotes Fleisch in seinen Eingeweiden.«

Während der letzten Wochen hatte Mickie fünfmal *Beverly Hills Cop* geschaut, nur in dem Versuch, Cruz näher zu sein. Sie kicherte, als sie angemessen antwortete: »Und warum erzählst du mir das, Cruz? Wieso denkst du, ich hätte irgendein Interesse daran?«

Cruz schnupperte an dem Haar an Mickies Oberkopf und flüsterte: »Nun, du isst sehr viel rotes Fleisch.«

»Ich liebe dich, Cruz Livingston.«

»Und ich liebe dich, Michelle Kaiser.«

Mickie grinste die Gruppe am Tisch an. Fast drei Monate, nachdem Cruz' verdeckte Ermittlungen zu einem abrupten Ende gekommen waren, saßen sie an einem Samstag beim Mittagessen zusammen. Alle seine Freunde waren anwesend und Mack versuchte, die Jungs und Hayden davon zu überzeugen, dass sie Fotoaufnahmen für einen erotischen Kalender machen sollten, um Spenden für ihre Wohltätigkeitsorganisation zu sammeln.

Es war nicht überraschend, dass niemand besonders begeistert von ihrer Idee war.

»Kommt schon, Leute. Das wird toll. Ihr müsst euch ja nicht nackt ausziehen. Und wir könnten sogar eure Freunde von der Feuerwehr einladen. Glaubt ihr, ihr könnt Squirrel oder Chief ... oder *irgendeinen* von ihnen überzeugen, Ja zu sagen? Es wäre fantastisch, wenn ihr alle zum Mitmachen überreden könntet!« Mack schmollte in der Hoffnung, zu bekommen, was sie wollte, aber alle lachten bloß über sie.

Mickie legte Cruz die Hand aufs Knie und lächelte, als er sie sofort mit seiner eigenen bedeckte.

Die letzten drei Monate waren wunderbar gewesen. Sie war mit Cruz letzten Monat in eine neue Wohnung gezogen. Beide wussten, dass es in ihrer Beziehung sehr schnell ging, aber es fühlte sich richtig an. Eine Hochzeit war bislang noch nicht geplant, war in der Zukunft aber definitiv nicht ausgeschlossen.

Mickie dachte zurück an den Morgen. Sie hatte einen wundervollen Traum gehabt, dass Cruz langsam und zärtlich Liebe mit ihr machte, und war zu der Realität aufgewacht, dass Cruz mit den Fingern über ihre Brust strich und die Nase an ihren Hals drückte.

»Ich liebe dich.«

»Ich liebe dich auch.«

»Ich will dich.«

Mickie hatte gelächelt und ihre Brustwarzen hatten sich unter seiner Berührung versteift. »Dann nimm mich.« Sie hatte gedacht, er würde sich auf sie stürzen, doch stattdessen hatte er sich Zeit gelassen. Er hatte sich von ihrer Brust nach unten zu ihrem Bauch vorgearbeitet, bis er es sich schließlich zwischen ihren Beinen bequem gemacht hatte. Dann hatte er ein Kissen genommen und es ihr unter den Po geschoben, bis sie genau dort war, wo er sie haben wollte. Er hatte sich an ihrer Muschi gelabt, bis sie um Gnade bettelte. Erst dann war er an ihrem Körper hinaufgekrochen und langsam in sie eingedrungen. So sehr Mickie auch gefleht hatte, hatte er sie dennoch in seinem eigenen Tempo genommen und ihr während der gesamten Zeit Worte der Liebe und Bewunderung zugeflüstert.

Als Mickie endlich erneut explodiert war, hatte er sich mit beiden Händen auf der Matratze neben ihren Schultern aufgestützt und die Kontrolle verloren. Er hatte in sie hineingehämmert, ohne den Blick von ihr abzuwenden. Schließlich hatte er sich ein letztes Mal so tief in sie hineingedrückt, wie es nur ging, und sie mit seinem Sperma gefüllt.

Danach hatten sie noch lange im Bett gelegen und es einfach genossen, am Leben und miteinander verbunden zu sein. Auch wenn sie seitdem unzählige Male miteinander geschlafen hatten, war dieser Morgen, abgesehen von ihrem ersten Mal, einer der denkwürdigsten gewesen.

Mickie wurde aus ihrem halb benommenen Zustand gerissen, als Cruz sich zu ihr beugte und an ihrem Ohr schnupperte, während die gutmütigen Sticheleien um sie herum weitergingen. »Ich lasse mich für Macks Kalender fotografieren, wenn du mit mir in deinem Biker-Babe-Outfit posierst.«

Sie drehte den Kopf und gab Cruz rasch einen Kuss, bevor sie sich zurücklehnte. »Als würdest du es mir gestatten, in dieser Kleidung das Haus zu verlassen.«

»Wer hat davon gesprochen, ›das Haus zu verlassen‹?«

Mickie gab Cruz einen Klaps auf den Arm. »Du bist wirklich schlimm.« Sie grinsten einander an und Mickie streichelte Cruz' Arm dort, wo sie ihn gehauen hatte. Sie schaute nach unten und grinste über den Zusatz, den Cruz seiner Tätowierung hinzugefügt hatte. Neben Averys Initialen befanden sich nun die Buchstaben AK zu Ehren von Angel auf seinem Körper. Sie war nicht sehr nett zu Mickie gewesen, ganz besonders am Ende, aber sie war Mickies Familie und ein Opfer. Sie verdiente es, dass man sich an sie erinnerte und sie ehrte.

»Ich liebe dich, Cruz. Nicht nur das, ich bin sehr stolz auf dich.«

»Ich liebe dich auch, Mickie. Und auch wenn ich weiß, dass es Zeiten geben wird, in denen ich Dinge tun werde, die dich aufregen, werde ich jeden Tag versuchen, so zu leben, dass du stolz darauf bist, an meiner Seite zu sein.«

Mickie lehnte den Kopf an seinen Arm und schloss die Augen. Sie hatte keine Ahnung, wie sie so viel Glück gehabt hatte, aber sie würde Cruz nicht aufgeben. Auf keinen Fall. Niemals.

Ein lautes Krachen hallte durch das Restaurant und brachte Mickie dazu, überrascht und leicht verängstigt vor Cruz zurückzuweichen.

»Ganz ruhig, Süße. Alles in Ordnung.«

Mickie nickte und schaute in die Richtung, aus der das Geräusch gekommen war.

Eine Frau stand mitten im Lokal und entschuldigte sich immer wieder bei dem Mann, mit dem sie soeben zusammengestoßen war. Er war eine Hilfskraft und hatte ein volles Tablett mit schmutzigen Tellern und Gläsern fallen gelassen.

»Herrgott, sind Sie blind? Gucken Sie gefälligst, wo Sie hinlaufen, meine Güte!« Der Mann hatte die Hände in die Hüften gestemmt und blitzte die große, schlanke Frau vor sich böse an. »Wie würde es Ihnen gefallen, wenn ich an Ihren Arbeitsplatz käme und Sie vor allen Leuten wie einen Trottel dastehen ließe?«

Quint schob seinen Stuhl zurück und ging schnellen

Schrittes zu dem Duo in der Absicht, die Situation vor einer Entgleisung zu bewahren. In den meisten Fällen war der Anblick seiner Polizeiuniform ausreichend, um auch den wütendsten Menschen zu beschwichtigen.

»Ich bin *tatsächlich* blind«, sagte die Frau und klang ein wenig verärgert. »Ich habe bereits um Entschuldigung gebeten, dass ich mit Ihnen zusammengestoßen bin, aber wenn Sie aufgepasst hätten, hätten Sie mich gesehen und um mich herumgehen können.«

»Ist mit Ihnen beiden alles in Ordnung?«, fragte Quint und machte die beiden wütenden Menschen auf seine Anwesenheit aufmerksam.

»Alles paletti«, brummte der Hilfskellner, änderte sofort sein Auftreten, als er Quints Uniform erblickte, und hockte sich hin, um die Scherben aufzusammeln.

»Miss? Treten Sie doch bitte zur Seite, damit Sie nicht im Weg stehen.« Quint legte die Hand an den Ellbogen der Frau und ging mit ihr einige Schritte von den zerbrochenen Tellern und dem Wasser, das aus den Gläsern geschwappt war, nach hinten. »Alles in Ordnung mit Ihnen? Wurden Sie von einer Scherbe getroffen?«

»Nein, ich denke, es ist alles okay. Vielen Dank.«

»Kann ich Ihnen helfen –«

»Ich bin keine Invalidin, ganz egal, welche Meinung Sie über blinde Menschen haben mögen.«

»Ich habe nicht –«

»Doch, das haben Sie. Die meisten Menschen tun das.« Ihre Stimme klang teils resigniert, als sei sie es gewohnt, wegen ihrer Behinderung als minderwertig angesehen zu werden. Aber in ihren Worten steckte ebenfalls etwas Verärgerung, die sie sich nicht gerade anstrengte zu verbergen.

Quint erinnerte sich nicht daran, wann das letzte Mal jemand mit solcher Verachtung mit ihm gesprochen hatte.

»Ich wollte wirklich nur dafür sorgen, dass Sie auf dem feuchten Boden nicht ausrutschen.«

»Wieso? Weil ich nichts sehen kann? Weil ich eine Idiotin bin und mitten durch die verschüttete Flüssigkeit hindurchlatschen würde, um zu beweisen, dass ich recht habe?«

»Also, nein, sondern weil ich versuche, ein Gentleman zu sein.«

Die Frau schnaubte. »Ein Gentleman. Genau, als gäbe es in der heutigen Welt noch welche von dieser Sorte.«

Nicht im Geringsten verärgert schaute Quint lächelnd zu der gestressten, kratzbürstigen Frau vor sich. Sie war groß, nur wenige Zentimeter kleiner als er mit seinen eins achtundachtzig. Sie hatte langes blondes Haar, das sie zu einem unordentlichen Pferdeschwanz zusammengebunden hatte, und Augen, die so blau waren, dass sie unnatürlich aussahen. Sie waren fast mehr türkis als blau. Als er genauer hinsah, hätte er gesagt, dass es sich vermutlich um Kontaktlinsen oder Prothesen handelte.

Einige feine Haarsträhnen hatten sich aus dem Haarreif gelöst, den sie trug, um es zurückzuhalten, und sie war ungeschminkt. Sie trug ein hautenges T-Shirt und Jeansshorts, die weder zu lang noch zu kurz waren. An den Füßen hatte sie Turnschuhe und niedliche rosafarbene Socken. An ihrem Arm hing ein langer weißer Stock mit einer roten Spitze.

Da Quint nicht wusste, wie man vorging, wenn man die Hand eines blinden Menschen schütteln will, er die Geste aber nicht sehen kann, streckte Quint den Arm aus und berührte die Frau leicht an der Hand. »Mein Name ist Quint Axton, es freut mich, Sie kennenzulernen.«

Ohne zu zögern, streckte sie ihm die Hand entgegen. »Corrie Madison.«

»Sind Sie hier mit jemandem verabredet, Corrie?«

»Ja, er sollte jeden Moment hier eintreffen. Sie können die arme, blinde Frau also einfach an der Wand abstellen. Er wird in Kürze da sein und sich um mich kümmern.« In ihrer Stimme schwang immer noch leichte Verärgerung mit.

»Vielleicht sollte ich mit uns noch einmal von vorn beginnen.« Quint führte Corries Hand an das Dienstabzeichen, das er auf der Brust trug. »Mein Name ist Officer Quint Axton, ich arbeite bei der Polizei von San Antonio und es freut mich, Ihre Bekanntschaft zu machen.«

»Oh mein Gott«, flüsterte Corrie sofort in bekümmertem Tonfall. Nachdem sie sein Abzeichen abgetastet hatte und ihr klar geworden war, was sie gefühlt hatte, zog sie die Hand zurück. »Äh, ja, tut mir leid. Ich wollte nicht respektlos sein, ich meine ...«

Quint lachte und erlöste sie aus der unangenehmen Situation. »Ich wollte mich nur vergewissern, dass Sie es wissen, bevor Sie etwas sagen, das Sie hinterher bereuen könnten.«

»Es tut mir wirklich leid. Ich bin normalerweise nicht so. Ich hatte eine wirklich, wirklich, *wirklich* furchtbare Woche.«

Quint lachte leise und erinnerte sich daran, wie

Mackenzie in etwa das Gleiche gesagt hatte, nachdem TJ sie vor vielen Monaten angehalten hatte. »Schon in Ordnung. Sind Sie sich nun *sicher*, dass mit Ihnen alles in Ordnung ist? Die Person, auf die Sie warten, wird schon bald hier sein?«

»Ja, er ist mein Anwalt.«

»Ihr Anwalt?« Quint zog besorgt die Augenbrauen zusammen.

»Ja.« Corrie sprach mit gedämpfter Stimme weiter. »Ich habe einen Mord gehört. Ich glaube, irgendjemand versucht, mich zum Schweigen zu bringen, und ich muss herausfinden, wie es jetzt weitergehen soll.«

Corrie ist die einzige Zeugin eines schrecklichen Mordes, aber sie ist blind. Sie wird beschreiben müssen, was sie gehört hat, und hoffen, dass es ausreicht, um den Mörder zu schnappen. In der Zwischenzeit wird der Mörder alles tun, was er tun muss, um der Polizei einen Schritt voraus zu bleiben. Quint muss einen Weg finden, seine neue Freundin zu beschützen, die nicht einmal sehen kann, wenn der böse Kerl sich nähert. Holen Sie sich jetzt *Gerechtigkeit für Corrie* .

BÜCHER VON SUSAN STOKER

Badge of Honor: Die Texas Heroes

Gerechtigkeit für Mackenzie

Gerechtigkeit für Mickie

Gerechtigkeit für Corrie (1 Mar)

Gerechtigkeit für Laine (1 Mar)

Sicherheit für Elizabeth (1 Apr)

Gerechtigkeit für Boone (1 Apr)

Sicherheit für Adeline (1 Jun)

Sicherheit für Sophie (1 Jun)

Gerechtigkeit für Erin

Gerechtigkeit für Milena

Sicherheit für Blythe

Gerechtigkeit für Hope

Sicherheit für Quinn

Sicherheit für Koren

Sicherheit für Penelope

Die Männer von Alpha Cove

Ein Soldat für Britt (12 Aug)
Ein Seemann für Marit (3 Mar)
Ein Pilot für Harper
Ein Wächter für Jordan

Ein Spiel des Glücks

Ein Beschützer für Carlise
Ein Prinz für June
Ein Held für Marlowe
Ein Holzfäller für April

Die Männer von Silverstone

Vertrauen in Skylar
Vertrauen in Taylor
Vertrauen in Molly
Vertrauen in Cassidy

SEALs of Protection: Alliance

Schutz für Remi
Schutz für Wren
Schutz für Josie
Schutz für Maggie
Schutz für Addison
Schutz für Kelli
Schutz für Bree (6 Jan)

Die Rescue Angels

Hilfe für Laryn (1 Jul)
Hilfe für Amanda (4 Nov)
Hilfe für Zita

Hilfe für Penny
Hilfe für Kara
Hilfe für Jennifer

Das Bergungsteam vom Eagle Point

Ein Retter für Lilly
Ein Retter für Elsie
Ein Retter für Bristol
Ein Retter für Caryn
Ein Retter für Finley
Ein Retter für Heather
Ein Retter für Khloe

Die SEALs von Hawaii:

Die Suche nach Elodie
Die Suche nach Lexie
Die Suche nach Kenna
Die Suche nach Monica
Die Suche nach Carly
Die Suche nach Ashlyn
Die Suche nach Jodelle

Die Zuflucht in den Bergen

Zuflucht für Alaska
Zuflucht für Henley
Zuflucht für Reese
Zuflucht für Cora
Zuflucht für Lara
Zuflucht für Maisy
Zuflucht für Ryleigh

SEALs of Protection: Legacy

Ein Beschützer für Caite
Ein Beschützer für Brenae
Ein Beschützer für Sidney
Ein Beschützer für Piper
Ein Beschützer für Zoey
Ein Beschützer für Avery
Ein Beschützer für Kalee
Ein Beschützer für Jane

Mountain Mercenaries:

Die Befreiung von Allye
Die Befreiung von Chloe
Die Befreiung von Morgan
Die Befreiung von Harlow
Die Befreiung von Everly
Die Befreiung von Zara
Die Befreiung von Raven

Ace Security Reihe:

Anspruch auf Grace
Anspruch auf Alexis
Anspruch auf Bailey
Anspruch auf Felicity
Anspruch auf Sarah

Die Delta Force Heroes:

Die Rettung von Rayne
Die Rettung von Emily
Die Rettung von Harley
Die Hochzeit von Emily

Die Rettung von Kassie
Die Rettung von Bryn
Die Rettung von Casey
Die Rettung von Wendy
Die Rettung von Sadie
Die Rettung von Mary
Die Rettung von Macie
Die Rettung von Annie

Delta Team Zwei
Ein Held für Gillian
Ein Held für Kinley
Ein Held für Aspen
Ein Held für Jayme
Ein Held für Riley
Ein Held für Devyn
Ein Held für Ember
Ein Held für Sierra

SEALs of Protection:
Schutz für Caroline
Schutz für Alabama
Schutz für Fiona
Die Hochzeit von Caroline
Schutz für Summer
Schutz für Cheyenne
Schutz für Jessyka
Schutz für Julie
Schutz für Melody
Schutz für die Zukunft
Schutz für Kiera

Schutz für Alabamas Kinder
Schutz für Dakota
Schutz für Tex

<u>Eine Sammlung von Kurzgeschichten</u>
Ein langer kurzer Augenblick

bookbub.com/authors/susan-stoker
instagram.com/authorsusanstoker
Email: Susan@StokerAces.com